神獣と騎士

杉原理生

幻冬舎ルチル文庫

CONTENTS ✦目次✦

神獣と騎士

✦カバーデザイン＝小菅ひとみ（CoCo.Design）
✦ブックデザイン＝まるか工房

イラスト・サマミヤアカザ✦

神獣と騎士

プロローグ

開かれた鉄門の向こうに、信者たちを乗せた車が次々と消えてゆく。

背の高い樹木に囲まれた敷地内には、灰青色の外壁の瀟洒《しょうしゃ》な邸宅があった。門扉の前には幾人もの警備員が控えている。

閑静な住宅街にあるその屋敷は、広大な敷地面積を有し、元の持ち主である会社経営者が手放して以来、なかなか買い手がつかなかったが、昨年『天空倫理会《てんくうりんりかい》』という宗教団体に所有権が移った。

一般の信者たちはいつも通っている集会場から教団のワゴン車でこの場所に連れてこられていた。ほかにも黒塗りの高級乗用車で到着した者の姿も見受けられる。人々の顔ぶれ、年齢や社会的地位はさまざまだったが、共通しているのは全員の持ち物のなかに分厚い教典があることだった。それは黒い皮革のシンプルな装丁を施された千頁《ページ》を超える書物で、表紙には銀色の文字で『天空倫理書』と綴《つづ》られていた。

天空倫理会は一年ほど前から徐々に信者を増やしてきた宗教団体だが、新興宗教にありがちな派手なパフォーマンスをしないことで知られていた。教義の書物である『天空倫理書』

は、宗教学者にいわせれば古今東西のありとあらゆる思想をつまみぐいして集めたような内容なのだが、やさしくわかりやすい哲学書のような雰囲気が広い層からの関心を誘った。天空倫理会の宗教活動は、『天空倫理書』について学ぶことである。信者たちは教典を熱心に読み、その内容について思索し、ディスカッションしながらレポートを書く。その優劣によって、悟りの度合いともいうべき信者たちの階級は決められていた。

今日、この屋敷に集まった信者たちは教団の日本支部におけるエリート、いわば幹部候補生たちだった。邸内に入って行く信者たちは言葉少なだったが、心中は昂《たか》ぶっていた。こけおどしの見世物はしない主義である教団が、「徳の高い方たちに見てもらいたいものがある」といって信者を集めたのだ。期待しないほうがおかしい。

「皆様、こちらへ」

受付を通りすぎると、白いワンピース姿の外国人の少女が信者たちを先導した。薔薇色《ばらいろ》の頬《ほお》をした金髪の美しい少女に笑顔を向けられて、男の信者たちから感心したようなためいきが漏《も》れる。

教団自体は地道な活動をモットーとしているものの、巷《ちまた》ではこの新興宗教はなにかと話題になっていた。なぜなら教団の本部は海外にあるのだが、日本へ布教しにくる者たちが見目麗しい者たちばかりだからだ。ほかに目立つことをしなくても、その事実だけでマスコミは食いついた。日本支部を設立してまだそれほど経《た》っていないのに、若年層を中心に信者の数がじわじわと伸びている理由でもあった。

選ばれた者たち――本部の指導者のなかには、この世のものとは思えぬほど美しい者もいた。現にいま、信者たちを先導している少女はまるで天使のような容貌をしている。

少女は優雅な動きで床の上をすべるかのように音をたてずに歩を進めてゆく。地下への階段を下りるたび、信者たちはうっすらと冷気のようなものを感じた。なにが待ち受けているのか。少女の背中には幽玄の世界に誘うかのような神秘的な空気が漂っていた。

案内されたのは、ホテルの小宴会場ほどの広さの地下のカラオケルームだった。元の持ち主の会社経営者が景気のよいときには仕事関係者や知人たちを集めて楽しんだのであろう華やかな空間も、いまは祭りのあとのようにひっそりと静まりかえっていた。

部屋の正面には演台が備え付けられ、教団の人間が五人ほど並んでいる。「先生」と呼ばれる指導者たちだ。全員外国人の彼らは揃《そろ》って背が高く、欠点のない美しい顔をしていた。

三十人ほどの信者たちが部屋に揃い、誘導してきた少女が演台のそでに消えると、代わりに現れたのは二十代後半と思われる美貌の青年だった。華やかな艶《つや》のある金髪、明るい色の瞳が見る者を惹きつける。「皆様」と彼はよく通る声でいった。

「今日、お集まりになった皆様は、これから奇蹟を目にすることになります。教典を熱心に学んでいる方はご承知のとおり、この目に映るものが世界のすべてであります。そして、この目が映しだすものが世界となりうるもの。たとえ絵空事の幻であっても……その幻にエナジーが吹き込まれればそれは世界なのです。皆様、美しい理想を描くことを、どうか恐れないでいただきたい。あなたがたが内に抱く至高の精神こそが、神の意志です。あなたがたが描く理想には力があると思っていただきたい」

　青年の声は澄んでいて、不思議な響きがあった。指導者たちの序列は、教団の末端の信者たちには明らかにされていないが、その青年が高い地位にあることが察せられた。彼の落ち着いた口調と物腰には、自然とひとを諭すような説得力があった。

「この世には幻に力を吹き込む能力を持つ人々がいるのです。それは現実になにかをなしえる力を持つ者のことかと、皆様はお考えになるでしょう。そのとおりです。物質的な力で成功をおさめる者も、強いエナジーをもっているといえましょう。これはあなたたちの世界で成功者と呼ばれる金や地位をもつ者のことです。しかし、物質と対極にある精神にも、その力はあるのです。これはどういう意味かと申しますと、その言葉通り、幻に生命の息吹を与えることができるのです。われわれの存在を考えてみてください。人間だって、神が見ている幻かもしれない。その幻に、神が戯れで命を吹き込んでしまったのかもしれない——」

　淡々としながらも熱がこもっている口調。それは表面を一瞬にしてあぶるわけではなく、じわじわと内に浸透してくる熱さだった。

　青年の話を聞く信者たちの顔にはとまどいが広がっていた。まやかしとは遠いところにあると思っていた教団がいきなり妙なことをいいだしたのだ。この教団のよさは胡散臭《うさんくさ》い霊感商法などとは無縁で、ひとえに『天空倫理書』を学ぶことで真理に近づき、心の安らぎを得ることではなかったのか。しかし、青年のよく響く声には聞く者をとらえて離さないなにかがあった。

「あなたたちの手元にある『天空倫理書』――それは次の段階へと進む第一段階にすぎません。この世には選ばれたものだけが読み解ける書物がある。この世に名の知られぬ神々がいる。『天空倫理書』に書かれている邪悪なる獣たち――これは実際の化け物などではなく、現実世界での災害や戦争を意味していると理解している方が多いでしょうが、違った意味もあるのです。あなたがたは信じますか？　それが存在することを……こんなものは存在しない、幻に違いないというようなものが実際に呼吸をし、そこに生きていることを……」

ふいに演台に、白い布をかけられた大きな檻《おり》が台に乗せられて運ばれてきた。布で隠しきれない部分から鉄格子がのぞいており、不気味な唸《うな》り声が聞こえた。

信者たちの表情に動揺が広がるのを見て、青年は、「大丈夫です」と微笑《ほほえ》んだ。ほかの指導者たちも柔和な笑みを浮かべたままだ。

鉄格子の向こうには、足が覗《のぞ》いていた。薄茶の毛に覆われた太いそれは人間のようにも見えたが、足先には獣のような鋭い爪があった。

鼻をつく動物臭に、誰もが顔をゆがめた。肉食獣でも運んできたのか。しかし、ただならぬ気配が、普通の野生動物などではなく計り知れない未知の生物が檻のなかにいることを伝えてきた。

信者たちの目に恐怖が映しだされるのを見てから、演台の中央にいる青年は微笑んだ。

「あなたがたは信じられないかもしれない。けれども、あなたの目に映るものが世界だ。賢明なあなたがたにはしっかりと理解してもらえるはずです。われわれはこの世界を守るために、このような獣を操る者と闘わなければならない」

檻の布が外されると、信者たちは誰もが息を呑《の》んだ。獣がいた。いや、単純に獣といってしまっていいのだろうか。それは人々の想像を超えていた。

頭部はライオンのように見えたが、首から下はところどころ毛に覆われているとはいえ、人間のからだつきをしており、しっかりと二本足で立っている。たとえるならば、人間と動物が合わさったキメラだろうか。それが吠えるように口を大きく開けると、皆の目に映ったのは鮮やかな朱だった。鋭く尖《とが》った牙、そこからしたたる血の色――。

獣は雄々しい風貌をしており、獰猛《どうもう》なのにどこか神々しく見え、知性すら感じられた。もしも古代の壁画に描かれていたのならば、異形とはいえ、半獣の神とでも崇《あが》められそうだった。その知能ある生き物が血のしたたる牙を見せているところがさらに不気味だった。そう――間違いなく意思があるのだ。

檻のなかの獣はこの場にいることに憤りを感じており、演台の指導者たちを睨《にら》みつけ、次に信者たちに向けられた目はぼんやりと赤く光っていた。

幾人かの口から細い悲鳴が漏れた。食い入るように檻を見つめる信者たちの顔は一様に恐怖に彩られていた。しかし演台の指導者たちは動揺したふうもなく、微笑みを口許《くちもと》に貼りつけている。

檻の扉が開けられ、獣がゆっくりと出てくるのを見て、再び信者たちの悲鳴があがった。演台の中央にいる青年は檻から出てきた獣に向かって、なにやら呪文のような声を投げかけた。それは不思議な旋律をもっていた。ひとの声のはずなのに、楽器を鳴らしたような音に聞こえた。

獣の表情がこわばり、ぴたりと動きが止まる。その呪文のような音が、彼を支配しているのはあきらかだった。

青年は満足気に唇の端をあげて、自分の額の高さまで左手をあげてみせた。その指の先からわずかにゆらめく白い炎のようなものがたちのぼる。

「信じられますか？　こういった生き物が存在しているということを。わたしたちはこれらの獣と闘うすべを持っている。わたしたちの陣営に加わるあなたがたは選ばれた人々なのです」

一章

類《るい》の祖母の記憶といえば、椅子に座って外を見ている――その光景が真っ先に思い浮かぶ。祖母は世捨て人だった。若くして祖父を亡くしたのち、家に引きこもってしまったのだと聞かされていた。幸い裕福な家だったので、世間といっさい関わりをもたなくても生きることを許された。子どもさえも自分で育てなくてもよかった。

彼女はいま信州の古い屋敷で数人の使用人とともにひっそりと暮らしている。類は子どもの頃から年に数回その家を訪れたが、祖母は家族たちが集う居間に顔をだすことすら滅多になく、いつもひとりで書斎にこもっていた。

その部屋の壁は一面の書架で覆われ、古い本の匂いがした。大きな窓の前には飴色のマホガニーの机が置かれていて、調度品のひとつひとつが長い時間を経た重みをもっていた。レースのカーテン越しに差し込む西日に照らされながら、祖母は自分さえもその部屋の置物のひとつと化したように机の椅子に座って物思いに耽《ふけ》っていた。類が部屋を訪れると、必ずといっていいほど椅子を反対側に回して、窓のほうを向いていた。そこから見える絵葉書のような雄大な自然の風景に見惚《みと》れているわけではなく、扉から入ってくる人間から顔をそむけるようにして。

挨拶するとき以外、祖母の書斎を訪れる理由はなかったが、類はひとりでたびたびこっそりと部屋のドアをあけて中を覗いた。どうして祖母が人間嫌いと噂されているのか、その意味さえもわからなかった。単に秘密めいた匂いに惹かれたというか、子ども特有の好奇心だった。

類には兄弟がいたが、弟の由羽《ゆう》はまだ小さくて、遊び相手にもならなかった。両親や周囲の大人たちの注目は自然と由羽に集まっていたから、ひとりで探検してみたい気分もあった。

そうっとドアを開けたつもりだったのに、祖母はすぐに気配に気づいて振り返った。

「——類」

祖母は老いていても美しいひとだった。ほっそりと高い鼻梁《びりょう》が目立つ、彫りの深い綺麗《きれい》な顔立ち。若い頃は相当な美人だったと誰もが写真を見れば納得する。ただ美しいだけではなく、その美貌にはひとを寄せつけない張りつめた空気があった。

祖母は類が書斎にやってきても怒らなかった。うっすらと微笑むだけで、必要以上の歓迎も、子どもの機嫌をとるような真似もしなかった。

書斎の中央にあるソファに類が腰掛けるのを見ると、また瞑想に耽るように窓側を向いてしまう。ときには気まぐれのように綺麗な絵の描いてある本をプレゼントしてくれたり、小箱からチョコレートをだして与えてくれたりもしたが、基本的にはかまわなかった。類が書架から勝手に本をだしても咎《とが》めることもなく、ソファの上で足をぶらぶらとさせても、高そうなクリスタルの置物を落としてしまっても「まあ」と小さくためいきをついてみせるだけで放置していた。

皆が「おばあさまは難しいひとだ」というのは知っていたが、類にはその理由がよくわからなかった。ほかの人間にはそうなのかもしれないが、実感がないからだ。ろくにしゃべったり遊んだりしてくれなくても、祖母のいる空間は居心地がよかった。

それは不思議な感覚だった。愛想良く笑って話してくれるわけでもないのに、祖母のそばにいるだけで気持ちが安らぐ。世界でたったひとり言葉が通じる相手が見つかったような気すらした。

類が十歳のときだ。ある日、父に連れられていつものようにご機嫌伺いに訪れた際、書斎に入ると、祖母は珍しくソファに座っていた。「おばあさま、こんにちは」と挨拶しながら、類はソファの前のテーブルのうえにある剣型のペーパーナイフに目をひかれた。銀色に光るそれは、柄に凝った細工が施されていて深い青の宝石が埋め込まれていた。

子どもにはペーパーナイフというよりも、ミニチュアの剣の玩具《おもちゃ》のように見えた。祖母は「こんにちは」と淡々と応えたあと、立ち上がって窓際の机の椅子へと移動した。ソファ前のテーブルには手紙などはなく、祖母は開封のためにペーパーナイフを使ったわけではなさそうだった。

祖母が例のごとく窓の外をぼんやり見つめだしたので、類はテーブル上の小さな剣型のペーパーナイフに手を伸ばした。指先にふれた瞬間、ほんのりとあたたかく感じた。しかし、すぐにその温度は消え去る。

類は首をかしげながら、剣を振り回すようにペーパーナイフを振ってみた。子どもの手にも小さすぎる剣だったが、しっくりと肌になじむ気がした。チャンバラごっこの真似をして宙を切るように動かすと、不思議な高揚感につつまれる。

その小さな剣はとても美しかった。手にしているうちに、類はすっかりペーパーナイフを気に入ってしまった。

普段、類が書斎に置いてあるものをどんなに弄《いじ》ろうとも、祖母はなにもいわない。だが、その日、祖母はふと振り返って、類が剣型のペーパーナイフで遊んでいるのに気づくと、眉をひそめた。

「――類。それにさわるのはおやめなさい」

祖母の表情がわずかにひきつっていた。なにかに怯《おび》えるように。

「ごめんなさい。おばあさまの大事なものでしたか」

「いえ。そうではないのです」

祖母は硬い表情できっぱりと答えた。いままでどんなに高価そうな置物にさわっても気にもとめなかったのに、大事なものでないのなら、なぜ神経質になるのか。

玩具が好きな年頃の男の子にとっては、美しいミニチュアの剣のペーパーナイフは魅力的だった。いままでおねだりなどしたことはなかったが、類はペーパーナイフの柄をぎゅっと握りしめた。

「おばあさま。これ、僕にいただけませんか。大事にしますから」

「——」

祖母は相変わらず硬い表情だったものの、幼い孫の必死の形相に口許をゆるめた。

「剣に見えるからですか。男の子ですものね。その形のペーパーナイフが欲しいのなら、もっと良いものを贈りましょう」

だからそれは返しなさい——というように手を差しだされて、類はとっさに首を横に振った。

「これが欲しいんです。駄目ですか」

きっと祖母は約束通りに素敵なペーパーナイフをプレゼントしてくれるだろう。それはわかっていたが、類はなぜかいま手にしているものが欲しくてたまらなかった。自分でもどうしてなのかはわからない。

ただ小さな柄が手にすっと吸いつくような奇妙な感覚があった。これは僕のものだ——という先ほども感じた不可解な胸の高鳴り。

祖母はどこか凍りついたような表情になり、幼い類を見つめた。

「――では、そのときがきたら」

消え入るような声は不思議な重々しさと謎の響きを含んでいた。

とりあえずいまは返しなさい、と手を差しだされて、さすがにそれ以上粘れず肩を落としながら剣型のペーパーナイフを返したことを覚えている。

どうしてあれほど剣型のペーパーナイフが欲しかったのか。

その後、祖母から代わりのものが送られてくることはなく、また例のペーパーナイフはしまってしまったのか、二度と書斎で見ることはなかった。

結局、手に入れられなかったわけだが、ペーパーナイフにふれた翌日から、類は変わった夢を見るようになった。

それは剣と魔法がでてくる海外のファンタジー小説や映画で見るような異世界が舞台になっていた。一時は毎日その世界を旅するように夢を見ていたが、なぜか目覚めたあとは細かな記憶は曖昧《あいまい》となっていた。

ただその世界には巨大な神殿があり、その裏手には皆から畏《おそ》れられる神秘に満ちた闇《やみ》の森が広がっていたのは覚えている。

そしてもうひとつ記憶に深く刻まれているのは――。

類はその世界を冒険小説でも読むような感覚で眺めていたのだが、決まって自分に寄り添う登場人物がいた。彼は騎士で、類はいつからか心の友だと思うようになった。

それはよくある子どものひとり遊びだったのかもしれない。心強い、なにがあっても自分の味方でいてくれる架空の存在を夢のなかで創りだしたのだろうか。彼の名前はクインといった。

騎士の友人が現れたのは、深層意識であの小さな剣を振り回した高揚感が忘れられなかったせいか。奇妙なことに、クインは祖母の書斎にあったペーパーナイフそっくりの剣を腰に携えていた。

まるで彫像のように美しい男——それがクインの第一印象だった。少し長めのやわらかなプラチナブロンドの髪は装飾品のように端整な容貌を彩り、空を映したような青い瞳は強い意志と翳《かげ》りのある憂いを同時に秘めていた。高い鼻梁から描かれる横顔は完璧で、引き締まった口許からはストイックな色気が漂っていた。

ほんとうに物語から抜けだしてきたような美男で、長身でほっそりして見えるけれども、鍛えられたからだはしなやかな筋肉に覆われていた。頭のてっぺんから足のつま先まで、どこをとっても隙《すき》ひとつなく美しく造形されており、剣を握るのに相応《ふさわ》しい戦士の肉体をしていたが、その容貌は戦いに身を投じる者というよりも、詩人のような優美さに満ちていた。

クインは類がその夢を見始めたときから、あたりまえのようにそばにいた。彼とどんなふうに出会ったのか、詳細な経緯は霞《かすみ》がかかったように思い出せないのだが、「どうしてクインは僕のそばにいるの？」とたずねたとき、「それが俺の役目だから」とそっけなく答えられたのは覚えている。

最初は冷たい表情で類のそばにいることが多かったので怖かったが、そのうちに彼が単に子どもの扱いに慣れていないだけだとわかった。その証拠に何度も夢のなかで会ううちに、クインは自らの無表情さや淡々としたものいいで類が怯えていることに気づいて困ったような顔を見せたり、ぎこちなく「そんなつもりじゃなかった」とフォローしてくるようになった。

「すまない。きみのようなもののそばにいるのは初めてだから。小さいものは難しい」

黙っていることが多いのも決して機嫌が悪いのではなく、クインはもともと口数が少ないのだった。おまけに元来の顔の造形が端整すぎてクールに見えるため、感情が読みとりにくい。周囲から駄々をこねたり我儘《わがまま》をいわない礼儀正しい男の子と見られている類にしてみれば、クインのそういった一面は共感できる部分だった。

「僕もすましてるって周りにはいわれるんだ。クインと同じだね」

彼のひととなりがわかってからそういうと、クインはいつもより気難しい顔を見せた。

「なぜ？　類はかわいいだろう。俺と同じではない」

愛想がないのかと思えば、真面目《まじめ》な顔でそんなことを強く断言するのだから、類はおかしくてたまらなかった。類が破顔すると、クインも釣られたようにわずかに目を細める。不器用なその微笑みを見るたびに、類の胸は自然と高揚した。

夢の世界で自分を守ってくれる騎士。いつしか現実世界での話もクインに打ち明けるようになった。うれしかったこと、楽しかったこと、怖かったこと、かなしかったこと――クインは類がなにをいっても辛抱強く聞いてくれたし、一見関心がなさそうな顔をしていても、一度話したことはすべてきちんと覚えていた。

悩みごとを相談しても、役に立ちそうなアドバイスは期待できなかったが、どこで学習してきたのか、類が落ち込んでいるときには頭をなでてくれるようになった。最初はこわごわと子犬をなでるような手つきだったが、一緒に過ごすうちに「元気をだせ」というように背中を抱きしめてくれることもあった。

剣を握る力強い手と詩人のような繊細な美貌をもつ騎士は、基本的に子どもの相手は得意ではないらしかった。だが、言葉巧みに話しかけられるよりも、真摯《しんし》な眼差《まなざ》しとぎこちない手のぬくもりのほうが類の心には沁《し》みた。その頃の類には現実世界で母親が精神的に不安定になっていたり、懸念材料がたくさんあったから――クインと一緒にいるだけで嫌なことが払拭《ふっしょく》され、欠けている部分が満たされる気がした。

クインが何者なのかはよくわからなかった。説明してくれた気もするが、なぜか忘れてしまう。

はっきりしているのは、つねに彼が類を守ってくれていることだった。不思議な世界をあちこち見て回ったのだが（類は冒険したと思っている）、肝心の風景やなにが起こったのかは曖昧なのに、クインが常時隣にいたことだけはたしかだった。

どこに行っても、彼とすれ違う女性たちがその美貌に必ずといっていいほど頬を赤らめるのを見て、類は「クインは王子様みたいだね」といったことがある。

「王子?」

「うん、格好いいから」

すると、クインは無表情に類を見つめてきて、しばらくたってから困惑したように眉根をよせた。

「俺は騎士だ」

そう一言呟《つぶや》いたあと、類に向かってかすかに口許をゆるめる。

「それに……王子というのなら、きみのほうだ。俺はきみを守るためにいるのだから」

クインはおよそ感情を面にださない男だったが、類に向けられる眼差しには情愛に満ちたやわらかさが含まれていた。

なぜ自分だけに——?

それは決まっていた。クインは類が頭のなかで創りだした、空想上の人物だからだ。強くて頼もしい友人を欲していたからこそ、夢のなかで彼のような存在が誕生したのだろう。だから、なにもかもが類の理想どおりに完璧なのだ。

夢だとわかっていたから、類はその台詞《せりふ》を「ありがとう、クイン」と笑顔で受けとめた。

美貌の騎士は少し照れくさそうに目を細めてから、すぐに表情を引き締めて前を向いた。綺麗な青い瞳は、類には想像もつかない遥《はる》か遠くを見据えているようだった。

あの不思議な夢の世界は、いったいなんだったのか。

類が十歳から十三歳ぐらいになるまでクインが登場する夢は続いた。クインと過ごした時間は、目覚めたときには詳細を思い出せないのに、時折ほんとうに夢なのかと疑ってしまうほど感覚だけがリアルだった。

なぜ、いまになって思い出すのか。

最初に祖母の書斎でペーパーナイフを見たのはもう七年も前のこと。そしてクインの夢を最後に見たのも数年前だというのに。

祖母の住む家に向かう車のなかで、高坂《こうさか》類は子どもの頃の記憶をぼんやりと頭のなかに巡らせながら眉をひそめた。

車窓の向こうには別荘地らしい白樺《しらかば》並木が流れていく。

祖母とは何年もご無沙汰《ぶさた》だった。類は今年十七歳になる。祖母がひとと会わなくなったのは類の母が行方《ゆくえ》知れずとなった頃だった。ほどなくして父も失踪した。類は当時十三歳——

以来、類と弟の由羽は叔父の家にひきとられて暮らしている。

叔父だけは祖母の顔を時折見に行っていたが、それ以外の家族の訪問は受け入れられなかった。だから先日いきなり「祖母が会いたがっている」と聞かされて驚いたのだ。

運転席にいる従兄弟《いとこ》の紘人《ひろと》が、ちらりと横目に類の表情を確認する。

「どうした？　疲れた？」

三歳年上の紘人は、やわらかな茶色の髪に瞳、いかにも女の子に好かれそうな甘い顔立ちをしていて、細身の眼鏡は知的な印象をプラスしている。

「コンタクトにしたほうがいいのに」と周囲からいわれても、「めんどうくさいから」と拒んでいるが、ほんとうの理由は女の子よけなのではないかと睨んでいる。もっとも眼鏡ぐらいでは牽制はきかないのか、つねに紘人は女性に人気があるけれども。

紘人が陽のイメージなら、類はどちらかというと陰のイメージだ。つややかな黒髪に抜けるような白い肌、ヘーゼルの瞳はどこか遠い世界を見ているようだと周囲から評される。子どもの頃からもの静かで年齢のわりには大人びているといわれてきた。

社交的な紘人とは性格的にも正反対だったが、両親がいなくなったいまとなっては、類にとって年上の従兄弟は誰よりも信頼できる相手だった。

「そうじゃない。おばあさまのこと思い出してたんだ。もう何年も会ってないから」

「緊張してるのか？　大丈夫だよ。向こうから『類に会いたい』っていってきたんだから。

おまえはお気に入りだ」

類は「そんなことないよ」とかぶりを振る。

「いやいや。類はなんだかんだいって、顔のつくりも一番おばあさまに似てるからな。やっぱり自分に似てる孫はかわいいのかね」

「似てないだろう。おばあさまは美人だ」

「だから、似てるっていってんだろうに」

からかうようにいわれて、類はむすりと唇を引き結んだ。

顔のことをいわれるのは好きではない。たしかに類は彫りが深く整った顔立ちをしているが、それは紘人も共通していて、高坂の先祖に外国の血が混じっているためだ。類も髪の色こそ暗いものの、肌は静脈が透けそうなほど白く、日本人離れした顔をしている。端麗すぎる顔立ちと表情が薄いせいで、第一印象は「冷たそう」といわれることが多い。

顔のつくりもそうだが、「遠くを見ているみたい」とよくひとからいわれるところは、窓の外を見ながら物思いに耽っていた祖母と共通点があるのかもしれなかった。

昔から、自分の居場所にどうもしっくりこない。そんな気持ちは十代の若者ならば誰もが抱《いだ》くものだとわかっているが、それでもなにか――大きな違和感。意識が知らないあいだにどこかに飛んでいってしまうような感覚を周囲にうまく説明できない。だから類は無邪気に感情表現することが苦手で、そこが「冷たいように見える」といわれてしまう所以《ゆえん》だった。

そういえば、子どもの頃は――誰にも伝えられない孤独感をかかえていたせいか、類には空想上の友人がいた。

クイン――類が夢のなかで創りだした守護者であり理解者の騎士。

クインも一見冷たく見えるような美貌の持ち主だった。誰よりも強く、類を守ってくれていた。類の想像の産物だからか、彼は夢のなかで祖母のペーパーナイフと同じかたちの剣をもっていた。

そういえば、あのペーパーナイフはいまどこにあるのだろう。「欲しい」といったけれども、祖母は「そのときがきたら」と答えただけで、結局もらうことはできなかった。

クインの夢を見始めたのは、あのペーパーナイフにふれたあとなのだ。

再び子どもの頃の夢の記憶を辿《たど》っているうちに、祖母の家が見えてきた。外国風の大きな切妻屋根と煙突があり、白い壁にアクセントとして焦げ茶の木枠や煉瓦《れんが》が使われていて、落ち着いた風情の屋敷だ。

敷地内に入って車が止められ、類はシートベルトを外しながら小さくためいきをついた。

「おばあさま、からだの具合がよくないんだろう？　紘人は会ったの？」

「いいや。俺には会ってくれないよ。いっただろ？　おまえが特別なんだよ。今日だって、おばあさまの部屋に入れるのはおまえだけだ。俺は居間で待ってる。父さんと一緒にきてるときもいつもそうだから」

「そうなのか……」

運転手にしてしまって申し訳ないような気がして類がうつむくと、ひとの機微に聡《さと》い紘人は「気にするな」と笑う。

「いいんだよ。おまえは特別なんだから」

あっさりといって、紘人は車を降りていく。その後ろ姿を追いかけるように車の外にでながら、類は引っかかるものを感じた。

特別――紘人はよく類にその言葉を使う。おばあさまのお気に入りという意味だけではなく、子どもの頃からなにかにつけてそういわれてきた記憶がある。

要領がよくてひとづきあいのいい紘人に比べて、類はどちらかというと不器用だし、感情を伝えるのが下手だ。不甲斐《ふがい》ない自分を励ますために「特別」という表現を使ってくれているのだと思っていた。

でも今日はどういうわけか胸の底がさわぐ。なぜだろう？

避暑地の秋のひんやりとした風にぞくりとくるものを覚えながら、類は祖母の待つ家へと歩を進めた。

屋敷に入ったところ、祖母の家をとりしきっている使用人の角倉《かどくら》に「類様だけにお会いになられるそうです」と早速告げられた。

隣を振り向くと、紘人は「ほら」というように肩をすくめてみせる。「行けよ。居間で待ってるから」といわれて、類は角倉のあとについて歩きだした。

角倉は笑ったことがないのではないかと思われる無表情な男だった。類が子どもの頃から祖母の家の管理をまかされているのだから結構な年のはずだが、外見は異様に若くてまだ二十代後半にしか見えない。子どもの頃、紘人とふたりでこっそりと「やつは吸血鬼なんじゃないか」と本気で疑ったことを思いだす。

屋敷のなかは埃《ほこり》ひとつないように綺麗に手入れされていたが、どこか時間が止まったように見える静寂は昔のままだった。

「角倉。おばあさまの容体はどう？」

「お会いになられればわかるかと――」

角倉の返答に、類は表情をこわばらせた。この何年か、叔父以外の親族には会わないようにしていたのに、突如として類を呼びだしたのだから、事態がいままでとは違うことは明らかだった。おそらく祖母の具合はかなり悪いのだろう。その病状については誰もが口を濁すけれども、周囲の人間の顔色を見れば自ずと察せられる。

おばあさまがいなくなってしまうかもしれない――。

この数年間、ずっと会っていなかったし、祖母のことを考える機会もろくになかったというのに、なぜだか急に心許なくなった。幼い時分に書斎に出入りしていた頃、祖母のそばには類の居場所があった。類にめったに話しかけることもなく、一般的に見れば奇妙な祖母と孫の関係ではあったけれども、類にとっては大切な時間だった。

自分は祖母と似ている部分があるのだ。普段はかかわりがなくても、いなくなってしまうと想像しただけで妙な不安にかられる。

祖母は最近日中もほとんど床についているということだったが、その日案内されたのは寝室ではなかった。類にとってはなつかしい、西日の差し込む書斎だ。

「——類」

角倉に促されて開けられた扉のなかに進むと、昔と変わらない声が呼んだ。

祖母は類が子どもの頃と同じように、窓際の机の椅子に座っていた。その容貌は心配していたほど変わっていないように見えたが、目の下の翳りは少し濃くなっていた。そしてなによりも類がくるのに合わせて寝室から出てきたらしく、ガウン姿だった。

「久しぶりですね。こんな格好でごめんなさい。またすぐにベッドに戻らなければならないから」

類は「いいえ」とかぶりを振ってから、「お久しぶりです」と挨拶をした。

心のなかではますます不安が増していた。祖母がガウン姿で人前に現れるなど——息子である叔父ならともかく、そういう姿を迂闊《うかつ》に孫やほかの者に見せるのがいやだから見舞いをことわっていたのではないのか。

着替えることもままならず、すぐにベッドに戻らなければならないほど体調が悪いのなら、なぜ自分が呼ばれたのか。

しかし、やつれてはいるものの、祖母はいつになく朗らかな表情だった。奇妙に明るいといってもいい。

「類は元気そうですね。高校二年生ですか。大きくなりました」

「はい。おばあさまも……今日はお加減がよさそうで」

病人相手に「元気そうですね」というわけにもいかず、類は会話に詰まった。察したらしく、祖母がおかしそうに口許を押さえる。まるで少女のような笑い声が漏れた。祖母が声をたてて笑うのを類は初めて聞いた。

「――類。今日あなたを呼んだのは、贈り物があるからです」

祖母は姿勢を正して類を見つめた。

「贈り物？」

祖母は頷《うなず》くと、机の引き出しをあけた。類は机のそばへと近づく。

車での道中、幼い頃の記憶を思い出していただけに、とっさにあのペーパーナイフのことかと思った。

だが、祖母がおもむろに取りだしたのは一冊の古い革表紙の本だった。美しいエンボス加工の装飾が施され、凝った細工の金属のバックルがつけられている。

綺麗なアンティークの本だったが、類には古書収集の趣味はない。いままでこの書斎で見たことのない本だった。

「僕に……これを？」

「これは遠い国の〈神代記《じんだいき》〉なのです。このなかにはいろいろな神々がいます。あなたがもし望むのなら学びなさい」

突拍子もないことをいわれて、類は困惑した。類が歴史や古書好きならともかく、いきなりこんな古い本を渡されるいわれがわからなかった。

そもそも遠い国とはどこなのか。祖母は幅広い教養のあるひとだったが、特定の国の歴史や宗教に傾倒しているとは聞いたこともない。

「どうして僕にくださるんですか」

「もうすぐわたしの時が止まるからです」

祖母の声は確信に満ちていたが、不思議と穏やかで、嘆きは感じられなかった。否定しようにも、それは厳然たる事実として目の前に横たわっているようだった。

「久しぶりにお会いしたのに、変なことをいわないでください」

類がやっと言葉を押しだすと、祖母はやわらかな笑みを浮かべた。それ以上なにをいっていいのか考えあぐねて、類は目の前の本に手を伸ばす。

「中を見てもいいですか」

「どうぞ。あなたのものです」

慎重にバックルを外して本を開く。ふわりと古い時代の空気をかいだような気がした。

年代ものらしく中の紙は黄ばんでいた。何頁《ページ》かめくってみたが、書かれている文字はひとつもなく白紙だった。

「……なにも書いてないのですが」

「それは読もうと思えば読める本なのです。でも無理に読む必要はありません」

ひょっとして祖母にからかわれているのか。本のように見えるけれども、アンティークの白紙の日記帳みたいなものなのだろうかと考えた。

だが、祖母はそんな種明かしをしてくれるわけもなく、ひどく真面目な様子で類を見据えた。

「読み解こうと思わなければ、それでもかまわないのです。ただこれは我が一族に代々受け継がれているものだから、あなたに継承してもらわなくてはなりません。この本を手放さないように――やがて相応しい継承者が現れたときに、あなたの手から渡してください」

白紙の本を読み解く……。

祖母が病気の影響で精神的に混乱しているのではないかという可能性がちらりと頭の片隅

をかすめた。けれども、目の前にいる祖母は冷静そのもので、我を失っている様子はない。

なぜ白紙の本が読もうと思えば読めるのか。意味不明だが、緊迫感だけは伝わってきた。

とにかく家に伝わる大切なものであるのは間違いないらしい。

「もっているだけでもいいのですか。僕はこういうものは詳しくないのですが」

「かまいません。そのほうが良いでしょう。継承者が選ぶことですから」

そこまで話してから、祖母はふっといやな臭《にお》いをかいだように顔をゆがめた。あたりにちらりと目線を這《は》わせて、窓のほうを振り返ってから小さくためいきをついた。呼吸が苦しそうに荒くなっている。

「もう少し詳しく話したいのですが……今日はもう無理ですね。私の力が足りない。また今度にしましょう」

まるで狐につままれた気分だった。「もう帰りなさい」といわれたので、類は本のお礼を告げて立ち去ろうとした。

祖母のからだがしんどそうなので、これ以上長居をするわけにはいかない。それに、先ほど祖母が顔をゆがめてみせたように、類にも「いやな感じ」がしたのだ。一刻も早くこの本をもって屋敷を立ち去らなければならないような――なぜこんな気持ちにさせられるのか。

「――類」

扉の前に立ったとき、名前を呼ばれて振り返ると、祖母は西日の逆光に照らされて微笑んでいた。死期が近いと自分で口にしつつも、その表情は幸福そうだった。同時に、どこか痛ましい。

「そのときがきたら――あなたにもうひとつ贈り物をします」

類たち兄弟が世話になっている叔父の家は閑静な住宅街にあった。類たちが両親と暮らしていた本家の屋敷もすぐ近くだ。

叔父は輸入関連の会社を経営していて、その暮らしぶりは豊かだった。仕事柄、外国製の調度類を多く採り入れたモダンな屋敷は外観も洒落ていて趣味がいい。

両親がいなくなったとき、叔父は「なにも遠慮しなくていいんだよ」とこころよく類たちを引きとることを申しでてくれた。叔母が紘人を産んですぐに亡くなってから叔父は独り身を通しており、屋敷には家の雑事をとりしきる家政婦が住み込みで働いていた。

両親が相次いで消えた当初、類は中学生で由羽は小学生だった。子どもたちだけで暮らしていけるわけもなく、類は叔父の申し出にありがたく従うことにした。

類たちが暮らしていた本家の屋敷にはいま誰も住んでいない。もしもこのまま両親が行方知れずだったら、類が成人したときに好きにしたらいいといわれているが、いまは戻ることも考えられなかった。

叔父も紘人も類たち兄弟に親切だったし、生活の不自由を感じることもなく、男四人の暮らしはきわめて気楽なものだった。

両親が相次いで失踪してしまったという悲惨な境遇のわりには、だいぶ恵まれていたほうだと類は考えている。

でも、すべてがうまくいったわけではない。やはり両親不在の傷跡は残っている。なぜなら……。

「――類くん、入ってもいいですか?」

部屋のドアをノックする音に、ベッドに寝転んでいた類はあわてて眺めていた本を枕の下に隠した。今日、祖母からもらってきた〈神代記〉だ。

「いいよ」と返事をすると、弟の高坂由羽がドアを開けて部屋に入ってくる。

「おばあさまの家のことで、まだ聞けてないことがあったから、話をしたかったんです」

由羽は十三歳になったばかりの中学一年生で、天使のようにかわいらしい顔立ちをしているが、表情が乏しくてロボットみたいな振る舞いをする。おまけに家族の誰に対しても敬語だ。

知らない人間から見たら、思春期独特の反抗期か、中二病的な妙なこだわりのせいでそんな態度になっているのかと見えるが、実情は少しばかり違う。由羽がこんなふうになってしまったのには理由があるのだ。

子どもの頃の由羽はいつでもニコニコしていて甘えん坊で、周囲の大人たちの愛情を一身に集めるアイドルだった。類のあとをくっついてきては「にーちゃ、にーちゃ」とお日様みたいな笑顔を見せたものだ。

類は幼い頃からおとなしい子どもだったので、年上の紘人と一緒にいるときでも無邪気に甘えたことはない。

本能のままに泣いてわめいて笑って——その天真爛漫ぶりが自分と血がつながっているとは思えなくて、どう扱っていいのかわからずにわざと避けていた時期もあった。一言でいうと、「ウザイ」だ。だが、それにもめげずに「にーちゃ」ととことこと歩いてきて懸命に手を伸ばしてくる姿は愛らしくて、類はいつからか誰よりも小さな弟の手をまっさきにつかんで引っ張るようになった。

無邪気なひまわりみたいな子どもだった由羽が変わってしまったのは母が行方不明になり、父が家を出て行ってしまってからだ。気がついたら表情が硬くなり、しゃべらなくなっていた。一年近くそんな状態が続いたように記憶している。そして再びぽつりぽつりと口をきくようになったときには、周囲に対する不信感からか、誰に対しても子どもらしからぬ妙な敬語で話すようになっていた。

だんまりを続けていた一年のことを考えると、「なんでそんなふうに話すんだ」と問い詰めたら再び話さなくなってしまいそうで、誰も注意できないでいるうちに変な口調が定着してしまった。

無理もないのだと思う。類でさえもまだ両親のことについては受け止め切れていない。なぜ自分たちふたりを置いて消えてしまったのか。そしていなくなる前の母の錯乱ぶり――あの精神的に不安定になったさまを見れば、まだ幼かった由羽が心に傷を負ってしまったとしても無理もない。

「話って？　おばあさまのなにが聞きたいんだ？　こっちにおいで」

類が手招きすると、由羽はすたすたと歩いてきてベッドの隣に腰を下ろす。しゃべりかたや表情は独特だが、由羽はひねているわけでもなく、中学生という微妙な年齢にしては素直だ。

「僕、知りたかったんです。類くんがおばあさまに呼ばれたって聞いてから、気になって眠れませんでした」

「なにが知りたかったの？」

由羽も祖母の家には子どもの頃によく訪ねていたから思い出があるのかもしれなかった。今日の訪問は叔父から「おまえに会いたいといっているから」と告げられて、由羽は同行させるなとわざわざ釘をさされていたのだ。

「知りたいんです。角倉は老けてましたか？」

「…………」

切羽詰まった表情を見せるから、なにが気になるのかと身構えていたら、そんなことかと類は拍子抜けした。

「え……あ、うん。相変わらず若かったけど。僕たちがおばあさまに会いにいってた頃と変わってない。まだ二十代に見えるよ」

「そうですか。やはり――」

由羽はその事実がなによりも重要だといわんばかりに眉間《みけん》に皺《しわ》をよせてなにやら考え込みはじめた。

ニコニコ天使だった頃の由羽は、角倉がお茶に用意するお菓子が大好きで無邪気に「かどしゃん」と呼んでなついていた記憶があるから、なつかしいのだろうかと思っていたが、関心の理由はそれではないようだった。

「やはり奴は吸血鬼かもしれませんね。僕、このあいだおばあさまがまだ若かった頃の古い写真に角倉そっくりの男を見つけたんです。吸血鬼は実在するんだ」

いきなり神妙な顔つきでぶつぶつと呟かれて、類は少しばかり反応に困った。自分と紘人も幼い頃に「角倉、吸血鬼説」を唱えたことはあったけれども……。

「その古い写真なら、僕も見たことあるけど、角倉に似てる男は、彼の父親だって聞いたよ。親子二代で仕事をしてくれてるって」

「嘘です。あれは角倉本人です。同じ人間ですよ。僕はだまされやしない。世界にはそういう例が何件も発見されてるんです。年代の違う写真に、同じ顔の人間が写ってるって……やつらは長い時間を生きてるか、時空を超えられる化け物なんです」

「――」

またはじまった――と類は頭をかかえたくなった。

弟の由羽は誰ともしゃべらなかった一年のあいだに、パソコンでひたすらネットを閲覧し、図書館に通い詰めて調べものをしていた。まだ小学校低学年だというのに、大人でもひるむような厚さの専門書を読み耽る姿に、周囲は「神童か」と期待をよせたが、由羽が興味をもって調べていたのはオカルト的なことばかりだった。そのうちに不思議系雑誌のバックナンバーを集めだしたりして、気がついたときにはすっかり「超常現象大好き少年」になっていたのだ。

見た目は虫も殺さぬようなかわいらしい少年なのに、頭のなかの大部分は「未確認生物」「世界の陰謀」「秘密結社」「見えざる力」――などというおどろおどろしいキーワードでくくられた情報であふれているらしい。

その手のものに夢中になるのも子どもらしいといえばらしいのだが――心配になって叔父や紘人に相談してみたところ、「まあ、そういうのが好きな年齢だから」と苦笑されてしまった。由羽は母がいなくなってからずっと心理カウンセリングにも通っているが、その先生からも「ある程度の逃避をすることで日常生活のバランスを保っていることもあるから」と説明された。

たしかに不思議な現象について語っているときの由羽は、荒唐無稽なことを熱弁しているはずなのに、頬を紅潮させていて表情も生き生きとしている。普段のロボットめいた無表情な人形ではなく、きちんと血が通っているように見える。

そのため、「またか」と思いつつも、類は由羽があやしげなことをせつせつと語るのを聞くのが嫌いではなかった。また昔みたいにお日様のような笑顔を見せて、「にーちゃ」といってくれていた由羽が戻ってくるのではないかと期待してしまう。

とはいえ、好きなものに夢中になるのはいいが、極端な方向には行ってほしくない。先ほど由羽が部屋に入ってくる前に祖母からもらった本をとっさに隠したのはそのためだった。遠い国の〈神代記〉だの、一族に継承されているだの、読もうと思えば読める白紙の本なんて——まさに由羽が愛読している不思議系雑誌に掲載されている記事そのものの内容ではないか。

もしも由羽がこの本のことを知ったら、興奮しすぎて鼻血でもだして卒倒しそうな気がする。これがいったいなんなのかわかるまで見せるつもりはなかった。

「類くん——僕、角倉に会って真相を聞いてみたいんです。今度僕もおばあさまの家に連れていってもらうわけにはいかないでしょうか」

「そうだね……でも、おばあさまは病気だから」

「無理でしょうか。僕が行くのが無理だったら、角倉だけをここの家に呼びだしてもらえませんか。なにかうまいことといって」

「うまいことって……いや、それはどうかな」

そこまでして角倉が吸血鬼かどうかをたしかめたいのか——と考えるとなにやらおかしくなって、類は笑いを禁じ得なかった。

類の目尻がさがるのを見て、由羽は唇を引き結び、その顔に無表情の仮面が貼りつく。類は機嫌を損ねてしまったのかとあわてた。

「由羽？」

「類くんは馬鹿にするけど……怪物は実在するんですよ。この世のものとは思えない化け物がいるんです。僕は見たことがある」

化け物——その言葉が由羽の口からでてくると、類は心穏やかではない。家を出て行く前の母を思い出すからだ。

姿を消す前の母は精神をあきらかに病んでいた。なにかを恐れるように部屋に引きこもり、幻覚を見ていたのか、「もう化け物を見るのはいや」と混乱した様子で悲鳴をあげていた。

由羽が「化け物がいる」などというのは、母の記憶が影響しているに違いなかった。まだ幼かったから、母の取り乱した姿を見てほんとうに怖いものがいるのだと勘違いしてしまったのだろう。極端な超常現象好きも、結局そこにつながるのか。

「大丈夫だよ。由羽は怖がらなくても。化け物がきたら、僕が守ってあげるから」

「ほんとうですか？」

由羽は類をじっと見上げてくる。硝子玉のように無機質に光る瞳——そこに幼い日の明るい光をどうしてもさがしてしまう。

もう中学生になる弟相手に甘すぎると思いつつも、類は由羽の頭をそっとなでた。自分も子どもの頃、夢のなかでこんなふうにクインにしてもらったなと思い出しながら。

「うん。僕が守る。だから由羽は安心して」

「——類くんなら、ほんとにできそうな気がします」

兄として尊敬されているようで、まんざら悪い気はしなかった。由羽の表情が珍しくやわらぐ。しばらくそうやって類を見つめていたが、ふと我に返ったように再び眉間に皺をよせた。

「でも角倉が吸血鬼かどうかは一度じっくりたしかめたいです。気になって眠れません」

そこにやはりこだわるのか——と内心閉口しながらも、類は「じゃあ今度ね。なんとかできるように作戦をたてよう」と答えた。由羽は「作戦」というのが気に入ったらしく、真剣な面持ちで「了解です」と頷いた。

「もう自分の部屋に戻ります」と由羽がいって立ち上がったときには、類は安堵《あんど》のあまりひそかに胸をなでおろした。これ以上、突拍子もないことを――もしも「吸血鬼を殺す銀の弾丸がほしい」などといわれたら、うまく対応できる自信がない。

由羽はそのまますたすたと歩いていったが、扉の前でふと足を止めた。

「そうだ、類くん。僕、新しい友達ができたんです」

由羽は学校でもこの調子で決まったことにしか興味を示さないが、教師の話を信じるのなら成績がいいのでいじめられることもないらしかった。

「ほんとに？　よかったじゃないか」

「はい。今度、家に遊びにつれてきます。転入生なんです。類くんにも会ってほしいです。僕とはとても話が合うんです。彼も怪物はこの世にいるっていうので有意義に語りあいました。このあいだ、一緒にＵＦＯを呼ぶ実験もしたんです」

一瞬喜んだものの、そういう話で盛り上がっている友達か――と考えると、笑顔がわずかにひきつった。

「……そう、か。つれておいでよ。僕も由羽の友達に会いたい」

「はい。みんなで吸血鬼退治の作戦をたてましょう」

由羽はかすかに口許に笑みらしきものを浮かべて部屋を出ていった。いつになくご機嫌な弟の背中が扉の向こうに消えるのを見送ってから、類は枕の下に隠した本にそっと手を伸ばす。

なぜ祖母はこんなものを自分に託したのか。ひょっとして渡す相手を間違えたのではないか。

もし由羽だったら、一族に代々受け継がれている不可思議な本の存在を知って喜ぶだろう。孫を元気づけたくて、祖母が由羽のために考えた芝居の小道具なのでは――などと勘ぐりたくなるが、実際には祖母が本を託したのは類のほうだった。

たとえ眉つばものだろうと、この古めかしい本は高坂家にとっては大事なものらしい。本を渡したときの祖母の顔を見れば真剣なのは一目瞭然だし、おまけに従兄弟の紘人も――おそらく叔父までもがこの本がなんなのかを知っている。

今日、祖母の家で本を手渡されて書斎から居間に戻ったとき、紘人は類の手元を見るとすぐにこわばった表情を浮かべたのだ。まるで初めから本が類に手渡されることを知っていたかのように、本を見ても「それ、どうしたんだ」とはたずねてこなかった。

そしてすぐに長居は無用とばかりに「帰ろう」と腰をあげた。用事がすんだのなら、一刻も早く立ち去りたいようだった。「もう少し休んでいかないか？」と類がいっても、同意しなかった。

「すぐに帰ったほうがいい。そうだよな？　角倉」

なぜ角倉に確認するのかわからなかったが、角倉は祖母が見せた表情と同じくいやな臭いがするとでもいうようにしかめっ面になって「それがよろしいでしょう」と頷いた。

なんだか自分だけがかやの外のような――妙な居心地の悪さを感じて、類はとまどいながら祖母の家をあとにしたのだった。祖母と紘人、そして角倉とも、自分ひとりだけが感じている温度が違うような……わけがわからずに、脚本を読んだこともない舞台に突然立たされた気がした。

車に乗り込んでからようやく「おばあさまに本をもらったんだ。これがなんだか知ってるのか」と問い質《ただ》すと、紘人はいっときの間のあと「――知ってる」と答えた。

そのやりとりで、一族に受け継がれているというのは事実だとわかった。託されたはずの自分はこんな本の存在は知らなかったというのに。

「〈神代記〉ってなんなんだ。白紙なのも知ってるのか」

「説明してやりたいけど、いまはちょっと時期が悪いんだ。とにかくその本は大事にしまっておくといい。まあ、家に伝わる『お宝』みたいなものだと思ってくれてればいいかな。家に戻っても、誰にもその本のことはいわなくていいから。父さんも知ってる」

そして――家に帰ってきてから、夕飯のときに叔父に祖母の家を訪ねてきたことを報告したが、本については紘人にいわれたとおりなにも告げなかった。それにもかかわらず、食事が終わって席を立つ前に、類は叔父から「おばあさまから譲り受けたものは大切にしなさい」と声をかけられたのだった。「あれはなんなんですか」とたずねても、紘人と同じく「一族のお宝みたいなものだよ」とにこやかに返答される。とぼけられているような気もしたが、いまは問い詰めてもそれ以上の詳しい話は聞けそうもなかった。

……この白紙の本はなんなのか。

由羽に見せてはいけないと考えていたが、もしかしたら超常現象好きの弟は自分よりもどういうものか知っているのではないか。しかし、やはりある程度どういうものか調べてからでないと迂闊に由羽の目にさらすわけにはいかない。

由羽が超常現象に異常に興味を示すのは、たぶん「怖い」という感情から逃れたいためだ。不可解なものを知識として吸収して、なんとか対抗手段を講じてやろうと分析しているようなもので、決して好きだからではない。

類自身も、母が幻覚を見て精神的に不安定になっていった様子を覚えてるから、「化け物」云々《うんぬん》の話は好きではないが、不思議とおそろしい話を聞いたりしても感情が波立つことはない。胡散臭いと思っても、気味が悪いような怯えは浮かんでこないのだ。

幼い頃からそうだった。由羽はお化けの話を聞いただけでも泣いていたが、類はさほど動じなかった。両極端な兄弟の反応を見て周囲の大人たちはよくこういった。

「由羽くんはあんなに怖がりなのに、お兄ちゃんの類くんは強いのね。さすがっていうか。由羽くんは感受性が豊かみたいだけど、類くんは冷静なのね。兄弟でも全然違う」

「――類は特別だから」

そんな場面でも「特別」という言葉がつきまとっていたような気がする。そういったのは紘人だったか、父だったか……。

でも類だって、ほんとうは怖いこともあった。ただ自分が「怖い」という前に、由羽が泣いているのが見えてしまうから、わきあがってくる感情をこらえるしかないのだ。

母と父が相次いで姿を消してしまったときもそうだった。能面のような表情でふさぎこんでしまった由羽を見ているうちに、自分だけはしっかりしなければいけないと思った。

小さい頃から慣れ親しんできた感情の抑制。でも、いつでも平気だったわけではない。そういうとき、どうやって乗り越えてきたのだろう。

ひとりで書斎にこもってあてもなく窓の外を見ている祖母に同調するような、自分の居場所がどこにもないような、表現しようのない孤独は——。

そこまで考えて、類は祖母の部屋で見つけた剣型のペーパーナイフを思い出した。

そうだ、クイン……。空想のなかの友人。

いやなことがあっても、夢でクインの隣に行けば忘れられた。クインのいる世界はまるでほんとうに存在する場所みたいに感じられて……。

そこまで考えて、類は苦笑する。超常現象に夢中になる由羽を現実逃避していると評している場合ではなかった。自分だって夢のなかで同じようなことをして精神のバランスを保ってきたのだ。夢のなかで創りあげた、類の理想の騎士。守護者で理解者。

遠い国の〈神代記〉……。

祖母からもらった本をめくりながら、ばらばらになっていた符号がひとつにつながっていくような気がしたが、頭のなかでうまく整理できなかった。

信州までのドライブのせいでさすがに疲れていたので、その夜は早く床についた。ベッドのなかであらためて〈神代記〉とやらの白紙の頁に目を凝らしてみたけれども、当然ながら見えてくるものはなかった。

「なんなんだ、これは……」

白紙を睨んでいるうちに、いつのまにか類は本を開いたまま眠ってしまった。

眠りのなかで、白金の髪の男の後ろ姿を見たような気がした。いつも自分を守ってくれた、美しい騎士。クイン……。

なつかしい情景に呑み込まれるようにして、さらに深い眠りへと落ちていく。

だから、類は知るよしもなかった。夜中に開かれたままの本の頁が青白く光り、ゆらめくような輝きを帯びていたことを。

久しぶりに不思議な世界の夢を見た。

類は神殿のような大きな白い建物の柱のそばにいて、裏庭には佇《たたず》んでいるクインの姿があった。

あまりにも久しぶりだったものだから、どう声をかけていいのかわからずにしばらく柱の陰に隠れていた。

月の光でも編み込んだようなきらきらと光沢がある白地と銀の糸の刺繡《ししゅう》で飾られた長衣とマントは、彼のプラチナブロンドの髪と繊細なつくりの横顔によく似合っていた。

穢《けが》れのない真っ白な衣装を見ているうちに、類はクインが神殿に属する騎士だったということを思い出した。昔も説明されたような覚えがあるが、どういうわけか細かな設定は忘れているのだ。

数年ぶりだけれど、クインは僕を覚えているだろうか……。

夢のなかだというのにそんなことを気にしながら躊躇《ちゅうちょ》していると、背後の気配を感じたのか、クインがこちらを振り返った。

「――類？　どうしてそんなところに隠れてるんだ」

一見冷ややかな印象すら与える美貌がまっすぐに類を見つめる。腰に携えている剣の柄に埋め込まれている宝石と同じ色の青い瞳は一瞬にして見る者を引き込む魅力をそなえていた。

「……クインに会うのは久しぶりだから」

ようやく口にだしてから、類は自分の声が子どもみたいに高くて細いことに気づいた。おまけにいつのまにか視線が低くなっている。あらためて己のからだを見てみると手足も細く小さくて、いまの類の体型ではなかった。

十七歳になった現在では類も細いとはいえ、現実世界では身長は一七〇センチ以上ある。しかし、これはどう見ても十歳前後の子どものからだつきだ。

どうやらいま、類は以前よく夢を見ていた頃と同じ姿でクインの前に立っているらしかった。

夢だからさもありなん――という現象だった。同時に、やっぱり夢だったのだと思い知って、いくばくかの淋《さび》しさを覚える。

目の前にいるのは、類が夢のなかで創りだした架空の心の友。実際には存在しない。

「そうだな。でも俺はきみをずっと見ていた。いつでも守れるように」

クインはそういって腰に下げている剣に手をかける真似をしてみせた。例のペーパーナイフそっくりの剣だった。

からだが幼い頃に戻っていることと、夢だという開き直りもあって、数年ぶりだというのに、類は子どもみたいに素直な感情を口にした。

「どうしてこの数年、会えなかったんだろう。僕はクインの夢を見なくなってた」

「それは無理もない。時期が悪かったから。きみがくることは封じられてた」

時期が悪い……。つい最近、誰かの口からも似たような言葉を耳にした。祖母の家から本をもらって帰るとき、車のなかで紘人がいったのだ。いまは時期が悪い、と。

「やつらが大量にきみのいる世界に流れ込んでいる気配がするから。きみが動くのは危険だった。いまもきみは意識だけを飛ばしている。でも、これからはきみの手元に〈神代記〉があるから」

さすが夢——と類は瞬《まばた》きをくりかえす。情報が新しく更新されていて、祖母からもらった白紙の本のことが早速クインの口からでてきている。

「——きた」

ふいにクインが険しい表情になって身構えた。いったいなにが起こったのかと類は目を瞠《みは》る。

裏庭は森につながっていて、昼間でも鬱蒼《うっそう》としていて暗い。不気味な足音を響かせ、繁みをかきわけるようにしながら何者かがこちらに近づいてきていた。

異形のものがいるのは気配でわかった。だが、幼い頃にもどこか記憶が曖昧だったように、類には黒いぼんやりとした塊のようなものが自分とクインに迫っているとしか見えなかった。

「——類。さがれ」

クインが腰の剣を抜き、刀身がまぶしいほどに光りきらめくのが目に映った。さがれといわれたけれども、類はその場に凍りついたように動けなかった。

目の前で白銀のマントが翻り、流れるような動きで、クインはその黒い塊を切りつけた。真っ黒なタールのような闇色の血しぶきがあたりに飛び散る。思わず顔をしかめたくなるような生臭い腐臭が鼻をついた。クインの剣からまばゆい閃光が飛びだして、周囲を浄化するように照らす。

クインの唇がなにか呪文を唱えるように動いていた。それは聞き取れるような言葉ではなく音だった。ひとの口からでているのに、楽器のように美しい旋律が聞こえる。目を閉じてその甘美な音を奏でているクインのからだから、大きな白い影がゆらりとたちのぼるのが見えた。

先ほどよりももっと強烈でまばゆい光があたりを包み込んだ。クインの姿も見えなくなり、類はふらつきながら目をつむった。

「……クイン！」

数年ぶりのクインの夢はそこで途切れて、類は叫びながら目覚めた。

見慣れた自分の部屋の天井が目に映る。窓からは朝日が差し込み、カーテンの隙間から光が一直線に漏れていた。

呼吸を整えながら身を起こすと、類は祖母から渡された古書を下敷きにするように眠っていたことに気づいた。あわててベッドから立ち上がる。

――どうしてあんな夢を……。

夢とはいえ、あまりにもリアルだった。たったいまほんとうに何者かに襲われかけたように心臓の鼓動が高鳴っている。

クインの夢を久しぶりに見たのは祖母の家に行ったせいなのだろうか。それとも……。

古書の白紙の頁をめくりながら、背中を冷たい汗が流れた。


その日以降、類はたてつづけに昔と同じようにクインの夢を見るようになった。

夢から覚めてしばらくすると、クインとなにを話したのか、事の前後は曖昧になってしまうのだが、毎回どこからか現れる奇怪なものに襲われることだけは覚えていた。

それは最初ぼんやりした黒い塊にしか見えなかったが、回数を追うごとに次第に輪郭がはっきりしてきた。画像処理でぼやけさせていたものが徐々に解像度があがってきて鮮明になるような感覚だった。

毎回襲撃してくるものの正体は違った。共通しているのは、それらが闇色の血をもつ異形ということだけだ。例えば頭がふたつあって、血走った目をした巨大な狼だったり、頭がないくせにやたら長い手足をもち、その腹に目と口があって長い舌が触手のように伸びる奇怪な生物だったりした。ひとの顔をしているけれども、髪の毛の部分が無数の細い蛇で、けたたましく鳴く怪鳥《かいちょう》にも出くわしたことがある。どこの地獄絵図から抜けだしてきたのかと思うような化け物ばかりだった。

初めてそれらの姿をはっきりと確認したとき、類は息が止まるかと思った。

「類、ゆっくりと呼吸して。きみは大丈夫だ」

隣でクインが声をかけてくれなかったら、その場で倒れていたかもしれない。クインの声は魔法のように効き目があって落ち着いた。

昔から、類が怖い話を聞いても動じないのは、ひょっとしたらいつでもクインが守ってくれるという信頼感が深層意識に植え付けられているせいかもしれなかった。それに、夢のなかでこんなグロテスクな化け物ばかり見ていたら、たいていのものは怖くない。

「あれは邪神の僕《しもべ》。どこかでそいつを操る〈神遣い〉がいる」

理解できないことをいわれて、そのたびに問い質すのだが、目覚めたときにはクインと会話した肝心な部分はものの見事に記憶から消えてしまっていることが多かった。

類は十歳前後の子どもの姿で夢のなかに登場していたが、それがもどかしくてたまらなかった。小さいままだと怪物に襲われたときに足手まといになりかねないからだ。

「クイン――僕はほんとうはいま、こんな子どもじゃないんだよ」

現実では成長して十七歳になっているのだという話をすると、クインは驚いた様子もなく「知ってる」と答えた。

さすが夢だ。いちいち説明しなくてもよかったらしい。

「いまは意識だけだから、好きなように姿を変えられるんだろう。俺もこの姿は実体じゃない」

「そうなの？」

十七歳だという自覚はあるものの、類は夢のなかでは外見同様に口調や行動も幼い頃に戻ってしまっていた。実体ではない肉体とはどんなものなのかという好奇心にかられて、思わず「さわってもいい？」とクインのからだに手を伸ばす。

長い指をもつ硬く鍛えられた手――そして、腕、腹から胸へとふれていって、手のひらでさすったり押したりしてみる。細身に見えるのに、布ごしにもクインの逞《たくま》しく弾力のある筋肉が感じられた。胴の部分は長衣の下に鎖帷子《くさりかたびら》を身につけているらしく、さらに硬い。

「これが実体じゃないなんて変な感じがする」

「――くすぐったい」

調子に乗ってあちこちをさわりまくっていたら、ふいにクインに無表情のままぼそりと呟かれて、類はあわてて「ごめん」と手を引っ込めた。

「実体じゃないのに、くすぐったいの？」

「実体どおりの造りになっているし、それをかたちづくっている魂にふれられているようなものだから」

よくわからない理屈だったが、類は「ふうん」と頷いた。

「類にさわられるのは、いやな気分じゃない」

クインは唇の端をかすかにあげて身をかがめると、類の手をつかんで引っ張って自分の頬にふれさせた。実体ではないといいつつも、なめらかな肌の感触と体温が伝わってくる。先ほどまでぺたぺたと遠慮なくさわっていたというのに、そうやって間近に顔を近づけられて見つめられると、類はなぜか気恥ずかしくなった。

思わず引き込まれそうになる、青く美しい瞳。感情に揺らぐことは少ないが、その目の奥には昔から類にだけ向けられる、あたたかな情愛のぬくもりがある。

さわりまくってしまったのは、これがほんとうに夢なのかと信じられなくてたしかめたかったせいもあるのだった。

だってこんなふうにあたたかくて、胸の鼓動が相手に聞こえてしまいそうなほど高鳴る夢なんてあるのだろうか。

まるで類の心情を読み取ったように、クインがかすかに目許をほころばせる。

「もうすぐ――時がくれば、実体で会える」

「ほんとに？」

そうたずねたとき、類は完全に子どもに戻っていた。

現実世界で心細いとき、夢のなかで自分を支えてくれた騎士――ほんとうは夢を見なくなってしまって淋《さび》しかった。できればもう離れたくない。夢のなかでもいいから心の友に会いたい。そんなふうに切羽詰まった気持ちになる。

「約束してくれる？」

類がせがむと、クインは小さな手を握りしめてくれた。

「俺のほんとうのからだは——いま……神殿の——」

クインは実体ではないという意味を説明してくれたが、目覚めたときには類はその内容を覚えていないのだった。


夢がリアルなだけに、目覚めたときの類の自己嫌悪はすさまじかった。

クインに再び会えてうれしいのはほんとうだ。雛《ひな》のように彼を慕うのも、夢のなかにいるときはなにも矛盾を感じない。

だが、十七歳にもなって、子どもの頃の心の友を頼りにするのはどうなのだろう。いったいこれはなんなのか。「離れたくない。約束してくれる？」とは——頭が変になってしまったのではないか、と。

幼い頃にヒロイックファンタジーに憧れて、空想上の騎士の友人を創りだすのは理解できても、類はすでに成長して高校生なのだ。こんな夢を毎日見るようでは、我ながら大丈夫なのかと心配になってしまう。

両親がいなくなってから、類は残された弟の由羽を守るために精神的に強くなろうとした。だから、ちょうど両親が消えてしばらくたった十三歳あたりから現実逃避であるクインの夢を見なくなったのではないかと自己分析していた。

それが、いまになってなぜ……。

おまけに夜の夢だけではなく、類は昼間でも時折意識が飛ぶようになっていた。例えば学校で席について授業を聞いているときに、ふと大きな神殿——例の世界の映像が頭のなかをよぎる。次に気がつくと、ほんの一瞬のように感じたのに授業が終わって昼休みになっていたりする。

そして、なぜか日に日に頭がものすごく痛くなって気分が悪くなることがあるのだ。どうしてなのか理由がわからない。

その日も例の世界の映像がたびたびフラッシュバックのように甦《よみがえ》ることがあって、類はすっかり消耗してしまった。もしかしたら、精神的に不安定になっているのだろうか。由羽がかかっているカウンセラーに自分も相談したほうがいいのではないかと本気で心配になった。

「——きみ、大丈夫？」

帰り際、考えごとをしていたせいで下駄箱の段差で足を踏み外しそうになったところを背後から腕をつかまれて、類はハッと我に返った。

「あ……ありがとう」

振り返ると、親切に支えてくれた相手は外国人の生徒だった。同じクラスでもないし、話をしたこともない。交換留学生かなにかなのか、とにかく初めて見る顔だった。

陽の光を弾《はじ》いたような金髪にブランデー色の瞳、甘くとろけるような美貌にほっとした笑みが広がる。

「具合が悪いようだったら、保健室に行ったほうがいいよ」

「いや。もう平気だから」

「そう――じゃあ」

外国人の彼はにっこりと爽やかに微笑みながら去っていった。

類の通っている高校は私立の伝統ある中高一貫の男子校で、いわゆるお坊ちゃんが多い。外国人の留学生も各学年に一定数いるし、それゆえに品のいい綺麗な男は見慣れているが、そのなかでも彼は抜きんでて美形だった。

その端麗な容姿に惹きつけられたというよりも、妙に引っかかるものを感じて、類は遠ざかっていく彼の背中を見つめた。親切にしてもらったのに、どうして落ち着かないのだろう。

「高坂、なにぼーっとしてるんだよ。大丈夫か。やつに惚《ほ》れたか」

その様子を見ていたらしい友人の藤島《ふじしま》がおどけたように肩を叩《たた》いてきた。男子校ゆえに、こういう冗談は洒落にならない。類は「なにいってるんだ」と彼の手の甲をつねった。藤島は「いてっ、サドっ」と叫ぶ。

藤島毅《たけし》は気のいい男で、いまはクラスが違うけれども、家が近所ということもあって中等部の頃から親しくしている。彼には由羽と同じ学年の弟がいるため、そちらでもつきあいがある。

「……藤島。いまの彼、知ってるのか？　あんな目立つやつ、僕は初めて見た」

「あー、あいつな。俺と一緒のクラス。先週、転入してきたばかりだよ。おまえ、校内事情に疎《うと》いのな。すげえ美形だって、ちょっと騒がれたじゃん。気にしてないの？　おまえの高等部美少年ナンバーワンの座も危ないいんだぜ」

「僕はそんなものになった覚えもないし、どうでもいい」

「なんだよ、ノリの悪いやつ」と藤島は睨んできたが、類が相手にせずに「彼はどういうひとなんだ？」とたずねると、居心地が悪そうに「わーったよ」と叫んだ。

「どんなひとって、微笑みちゃんだよ」

「微笑みちゃん？」

「ほら――『天空倫理会』の……」

声をひそめられて、類はようやく「ああ」と頷いた。

「ひょっとして、指導者の子ども？」

「よく知らないけどな。名前はアーロン・ベイズ。イギリス人だって」

天空倫理会は最近注目を集めている新興宗教の団体だ。もともとは海外でつくられた教団であり、一昨年あたりに日本に初めて支部がつくられたことで話題になった。

海外から布教に訪れた指導者たちが一様に優れた容姿の持ち主だったため、最初はキワモノ扱いでメディアにとりあげられたのだが、教団そのものの教えはきわめて保守的であり、地道な布教活動やネットのクチコミのおかげで若者を中心に信者が急増したといわれている。

叔父や本家の屋敷の近くにあるバブル期の象徴ともいわれる豪邸が教団に購入されて、リフォームされたと話題になったのは昨年のことだ。

最初は地域住民も警戒しながら彼らの動向を見守っていたが、教団関係者は皆そろって物腰もやわらかく穏やかな人物ばかりで、問題を起こすわけでもなかった。「皆様にご迷惑をかけることはありません」と関係各所と丁寧な交流をはかっていたのも功を奏したのか、マスコミに面白半分に取り上げられることも少なくなった。

類の通う学校にも、何人かの信者の子どもたちがいる。皆そろってボランティア活動などに熱心で、つねに微笑みを絶やさずに親切なので、「微笑みちゃん」などと揶揄《やゆ》されているが、特別浮いているわけでもない。すでに「そういう存在だ」ということで地域社会に受け入れられはじめている。

「……アーロンてイギリス人なの？　日本語、達者すぎないか？　日本生まれとか？」

「さあな。でも天空倫理会の指導者たちって、すげえインテリばかりなんだろ。家族も含めて語学も秀でてるんじゃないの。あいつら、感じは悪くないけど、自分のこととか教団のことはろくに話さないから謎だわ。まあ、露骨な勧誘とかしないように気をつけてて話さないらしいけど」

「そうなんだ……」

類もテレビやネットでニュースになったときに情報を得たぐらいで、天空倫理会のことはさほど詳しくはなかった。

ただ先ほどアーロンに対して覚えた変にひっかかる感じ——あんな感覚は初めてだった。もう少しで符号が合うような気がするのに、すっきりしないような、もやもやしたものを感じながら帰路につく。

夢でクインに会えたと浮かれていないで、本気でカウンセリングを受けたほうがいいかもしれない。祖母の家であの本を受け取ってから、なにかがおかしい。

家に帰ると、珍しいことに弟の由羽が友達を連れてきていた。家政婦の崎田《さきた》がうれしそうに「とても仲よさそうですわよ」と報告してくれる。崎田は壮年の女性で、由羽を我が子のように可愛がってくれているのだ。

そういえば新しい友達ができたといっていたことを思い出しながら、類は制服から部屋着に着替えた。

友達を連れてきたら類にも会ってほしいといっていたのだから由羽の部屋を訪れたほうがいいのかと思ったが、頭痛が再びしてきたのでベッドに寝転んだ。あの世界の情景が細切れのフィルムみたいに頭のなかに広がる。クインの凛々《りり》しい横顔。ペーパーナイフそっくりのデザインの剣――それが闇色の血に染まる場面で、こめかみがぴりっといままでになく痛んで、類は顔をゆがめた。

「う……」

やはりこれは普通じゃない。どうしてこんなふうに頭痛がするのか。

クインの夢を再び見始めたのは、祖母の家を数年ぶりに訪問し、〈神代記〉といわれる古書を受け取ったあとだ。

いったいあの本はなんなのか。

類は机の引き出しからしまっておいた古書をとりだした。すると、不思議なことにすっと頭痛が消える。とまどいながらバックルをはずして中身をめくると、頁が青白く輝いているように見えた。

「――類くん」

呼びかけとともに部屋の扉がノックされた。振り返って一瞬目を離したすきに、手にしていた古書の光は消えうせて、黄ばんだ白紙の頁が見えるのみになっていた。

見間違いだろうかと首をかしげながら、類は古書を引き出しにしまうと、「なに？」と返事をした。

「友達が遊びにきてるんです。類くんにも紹介したいんですけど、いいですか」

類が立ち上がっていって扉を開けると、由羽が直立不動の姿勢で立っていた。

「いいよ、入って」と招き入れた類は、由羽の背後の少年を見て息を呑む。

類と同じ学校の中等部の制服を着ているから、女の子でないのは一目瞭然だったが、それでも疑いたくなるくらい、彼は可憐な少女めいた顔をしていた。金髪に蜂蜜色《はちみついろ》の目、ミルク色の肌は上気したように艶があって、まさに西洋人形が歩いているみたいだった。

身内の欲目ではないが、由羽も顔だけなら負けず劣らず可愛らしいので、ふたりが並んでいる姿はまるで少女ふたりが男装しているようにも見える。

それにしても今日は外国人に縁がある……。奇妙な偶然に、類は少年をさらにまじまじと見つめてしまった。

「類くん、どうしたんですか。エリックがかわいいから一目惚れですか？」

弟に淡々とした口調で突っ込まれて、類は内心おもしろくない気分になりながら微笑んだ。

「いや……人形みたいにかわいい子だからびっくりして。エリックっていうの？」

エリックは由羽の後ろに隠れ、ちらりと類を見上げて「はい」と返事をする。

「エリックは類くんに憧れているそうなんです。よかったですね。両思いです」

「憧れ？」

エリックは頬をさらに薔薇色に染めて、恥ずかしそうに頷いた。

「――類先輩は、高等部の綺麗な上級生ってことで、僕たち中等部の一年生のあいだでは人気があるんです」

　ああ、そういう人気か……と類は口許をひきつらせずにはいられなかった。

　藤島などもよく類のことを「美少年ナンバーワン」などとからかうが、たしかに下級生から慕われてプレゼントやメアドを書いた手紙をもらうことがある。中等部時代には上級生たちから「かわいこちゃん」とふざけてしょっちゅう絡まれたりもした。

　みんな女子がいないせいで暇をもてあましているだけだとわかっているので、類はいつも「はいはい」とクールに受け止めて流すだけだ。だが、中等部時代に本気で押し倒すような勢いでつきまとってきた先輩もいたので、男子校的なお遊びの疑似恋愛には否定的だった。従兄弟の紘人に「美人だ」などとからかわれて顔をしかめるのもそのためだ。とはいえ、純粋に慕ってくれる下級生には罪がない。

「そうなんだ、ありがとう。でも、きみのほうが綺麗だよね」

　エリックは耳まで真っ赤になって助けを求めるように由羽を見た。初心《うぶ》なんだな――と感心していると、由羽が類を睨みつける。

「類くん、エリックをたぶらかさないでください。いやらしいことをいうと、汚れます」

「いやらしいって、由羽、僕はべつに……」

　途方にくれる類を見て、エリックが「由羽、類先輩に失礼だよ」とたしなめてくれる。

　立ち話もなんなので、類はふたりに部屋のソファに座るように促した。家政婦の崎田を呼

んで、お茶をもってきてくれるように頼む。

「僕たち、さっきもいただいたんだけど」と由羽とエリックは運ばれてきたケーキの皿と紅茶に手を伸ばした。ふたりとも現代日本に生息している中学生とは思えないほどおっとりしていて品がいい。

由羽は一風変わっているが、まさかその調子にうまく合わせられる友達がいるとは思わなかった。「一緒にUFOを呼ぶ実験をした」などと話していたから、どんなに濃いオタク気質の子がくるのかと想像していたのに、美少女かと見紛う外国人の天使がでてきたのは意外だった。

おまけに、エリックは日本語がうまい。西洋人形のような顔をして、その口から漏れる言葉はアクセントも含めて完璧なのには感心した。

先ほど学校の下駄箱であった転校生――アーロンの顔がちらりと脳裏に浮かぶ。この子も、親が天空倫理会関係者なのだろうか。しかし、さすがにいきなり信仰に関することに踏み込むのはマナー違反の気がしてたずねることはできなかった。

「ふたりはいつもどんな話をしてるの?」

無難な質問をすると、由羽とエリックは顔を見合わせた。エリックが「いってもいいのかな」ととまどう表情を見せる。

「大丈夫です。類くんは全部知ってるから。今度、作戦たてようって話してたんですから」

作戦？　――と類が首をかしげていると、エリックが頬をピンク色に染めて興奮したような瞳で見つめてきた。

「あの……類先輩、僕もぜひその作戦に参加させてください。吸血鬼を倒したいんです」

「――」

吸血鬼といわれて、やっとあの話かと思い至った。由羽は祖母の家の使用人の角倉が年齢よりも若く見える男なので、吸血鬼だと思い込んでいるのだ。

やはりエリックも由羽と同様に、外見は可愛らしいのに中身は残念で個性的な趣味をもっているらしい。

「えーと……きみはそういう話が好きなの？」

「はい。由羽とはすぐに気が合って、いろいろ語りあってるんです。化け物の存在を信じてくれたのは由羽だけだから」

「…………」

化け物という言葉に対して神経質になるのは母を思い出すだけではなくて、最近あの不思議な夢を再び見るようになったせいだ。

醜悪で、この世のものとも思えない奇怪な異形の者たち――ここ毎日、類はクインとふたりでそれらに対峙《たいじ》しているのだ。夢のなかだけれども。

「化け物って、きみがいうのはどんなやつなの？」

「僕が見たのは――獣みたいなやつです。僕はもう怖いから教団の施設には行きたくないんです。あれを見るのが怖い。でも父も母も熱心な信者なので……」

わざわざたずねなくても、エリックのほうから教団の関係者だと告白してくれた。いままで天空倫理会にはなんの興味もなかったが、信者の子どもが「化け物を見るから教団施設に行きたくない」という事実には好奇心がそそられる。

「きみのご両親は天空倫理会の信者なの？」

エリックは怯えた顔つきでこくんと頷いた。その背中を支えるようになでながら、由羽が

「エリックの両親は指導者なんです。それでこのあいだ日本にきたばかりで……」と教えてくれる。

「教団と、きみのいう化け物はなにか関係あるの？」

「地下に、それを閉じ込めている檻が置いてあるんです。父も母もそんなものはいないというんですが……嘘です。僕はたしかに見たんです。逞しい男のひとみたいなからだつきをして、二本足で立っているけれども、頭がライオンみたいな化け物なんです。ほかの信者の子が噂しているのも聞きました。あれは古《いにしえ》の邪神なんだって」

「…………」

とんでもない話に発展してしまった。天空倫理会がそんな怪しげな宗教だというのは初耳だった。

日本支部ができたころには指導者たちの容姿であれこれマスコミを賑《にぎ》わせたものの、派手さのないストイックな団体だというのがブームも落ち着いた世間一般の評価となっていたはずだ。類も詳しいわけではないが、少なくとも化け物とか邪神とかあやしげなものが関わっているとは聞いたことがない。

由羽と同じく超常現象が大好きな少年のいうことだから、エリックの話を頭から信じるわけにはいかなかった。疑いたくはないが、思い込みや虚言ということもありえる。

しかし、奇妙な偶然の一致に胸騒ぎを感じずにはいられなかった。ライオンは知らないが、自分も夢では獣系の化け物をいくつも目撃している。

エリックはためいきをついてうなだれた。

「うちの両親はひょっとしたら騙《だま》されてるんじゃないかって……僕は思うんです。イギリスにいたときからそう考えてました。天空倫理会はおかしな団体なのかもしれない。あれこれ疑いだしたら、いてもたってもいられなくなって……化け物をもし退治できるのなら、そうしたいんです。方法が知りたい。誰に話しても笑われそうだけど、由羽が僕を助けてくれるっていうから」

この子も由羽と同じなのだ——と思った。話が真実かどうかはともかく、超常現象などに興味をもつのは対抗策を知りたいから……。それがわかってしまうと、類としてもほうっておけない気持ちになった。

「きみはどうしたいの？　ご両親にその疑問をさらにぶつけられる？　それが難しいようなら、ほかに——誰か話ができそうな大人はいないの？　親戚のひととか、教団には入っていないひとで、きみが話しやすくて信用できるひと」

「……父方の祖父やおばさんたちが——でも、イギリスにいるので」

「そうか。じゃあ手紙やメールで連絡をとってみたら？　いま話したことをストレートに書いてもいいし、とりあえず近況報告でもいい。あとは学校の先生に一度話してみたらどうかな。無駄かもしれないけど、きみの現状を外に知らせておくことは、いざというときの助けになる。もちろん僕も——宗教的なことはわからないけど、なにか怖い目にあったりしたら、頼ってくれてかまわないから」

由羽が「ほら、類くんは味方でしょう」と話しかけると、エリックは小さく頷いたあと、類を見つめてきた。あまりにも綺麗すぎて、落ち着かなくなるような澄んだ大きな瞳——女の子に見つめられているわけでもないのに、類はかすかに頬が熱くなった。

それを見てとったように、エリックの蜂蜜色の目が甘く潤む。

「ありがとうございます。僕は今日、類先輩とお話しできてよかった……とても不安だったんです。もし教団が変な団体だとわかったら、父も母もきっと目を覚ましてくれると思うんですけど」

エリックが悩んでいるのは事実だろうが、化け物云々がほんとうのことだとも思えないし、いまは具体的にアドバイスできることは限られていた。

「そう。なら、よかった」と類が返すと、エリックは「ええ」と微笑んだ。

邪気のない笑顔は、さすがに天空倫理会の信徒が「微笑みちゃん」と揶揄されるだけはあると思われた。

それでもなにか表面的なものとは関係のないところで、惹かれるような、怖いような……下駄箱でアーロンを見たときに感じたひっかかりと同種のものを覚えた。どうしてこんな感覚になるのか。

エリックが帰ったあと、由羽が再び「お礼をいいたいです」とひとりで類の部屋へとやってきた。

「類くん。エリックの話を笑ったり馬鹿にしないで聞いてくれて、ありがとうございます。きっとほっとしたと思うので」

自分たちの話が人に笑われるかもしれないという自覚はあるようだった。それでも由羽はその手のことを話さずにはいられない――その事実に、ふと痛ましさを覚える。

「僕にはあれ以上なんともいえないけど。……由羽も、エリックの話している化け物を見たのか?」

「いいえ。僕が見たのとは違います」

いままでもこのやりとりは何度もあった。しきりに「化け物はいる」と口にするくせに、類が「なにを見たんだ」と問い詰めると、由羽は黙り込んでしまう。しつこく追及すると、以前のように一年もしゃべらなくなってしまうのではないかと心配になるので、深くは聞かないようにしていた。

「化け物を見た」という言葉を本気で信じていなかったせいもある。しかし、いまは少しばかり事情が違う。

祖母にあの本をもらってから、再びクインの夢を見るようになった。毎日のように奇怪な生き物が襲いかかってくる、不思議な明晰夢。そして弟の友人も「化け物を見た」という。叔父の家と同じ住宅地区にその化け物がいるらしい宗教団体の施設がある現実――これらははたして偶然なのだろうか。

一族に伝わるという遠い国の〈神代記〉。あれはいったいなんなのか。重大なものを握っているかもしれないのに、全体像が把握できていないもどかしさ。

のらりくらりとかわされているが、今日こそは叔父や紘人を問い詰めよう――と類はひそかに決意した。だから、由羽にも……。

「由羽。おまえはいつも『化け物はいる』っていうけど、なにを見たんだ?」

類の問いかけに、由羽は感情のないロボットのような面持ちになった。やっぱり駄目か――とあきらめようとしたところ、由羽の唇が震えながらのろのろと開く。

「……お母さんが――怪物に……」

「え？」

類は緊張に全身をこわばらせて次の言葉を待った。だが、由羽は再び能面のような表情を見せて動かなくなってしまう。

「由羽？」

類が由羽の肩に手をかけて揺さぶったそのとき、部屋の扉がノックされて、「ふたりとも、いるのか？」と紘人の声がした。

ちょうどいい。紘人にあの本のことを聞こうと思いながら、類は立ち上がっていって扉を開けた。

きっと紘人は「兄弟そろってなにしてるんだ？　映画でも見ないか」と類たちの様子を見にきたのだと思っていた。彼はしょっちゅうそうやって類たち兄弟を気遣って声をかけてくれるのだ。

だが、その日はどうやら違ったようだった。部屋の前に立っていた紘人はいつになく真剣な顔で類を見つめてきた。眼鏡の奥の瞳に暗い翳りが宿っている。

「——ふたりともすぐに出かける支度をしてくれ。たったいま、知らせがあった。おばあさまが亡くなったから」

祖母の葬儀は親族だけでしめやかに行われた。祖母本人ですら死期が近いことを悟っていたし、周囲の者たちも覚悟していたにもかかわらず、それでも納得できる死などあるわけがなかった。

皆かなしみにくれていて、祖母が暮らしていた屋敷は薄く透明な悲哀の膜につつまれているようだった。

棺《ひつぎ》のなかで花に埋もれた祖母の顔は白く透き通っていて、とても綺麗だった。数年ぶりに会う由羽はこわばった表情で最後のお別れをして、無表情のまま声もなく涙を流していた。

類もかなしかったが、涙はでなかった。泣くことでは表現できないような、大きな喪失感にとらわれていた。まさに心にぽっかりと穴があいたようで、なにか考えようと思っても、そこから重要な部分が抜け落ちてしまってまともに思考回路が働かない。

葬儀が終わったあと、叔父は屋敷の整理もあるから何日か滞在するといったが、学校がある類たちは紘人の車で先に帰ることになった。

「――お待ちください、類様」

玄関を出ようとしたところで、角倉が追いかけてきた。「これをお持ちください」と小さな包みと手紙の封筒を手渡される。

「なに？」

「奥様から類様に渡すようにといわれておりました」

形見分けなら時期が早すぎるし、叔父たちとも相談しなければならないと思ったが、そばにいた紘人が「生前からくれるっていってたものだから、おばあさまのためにももらっておきなよ」というので受け取った。

車に乗ると、後部座席に乗った由羽はさすがに疲れたのか、すぐに眠ってしまった。信号で止まったときに、紘人は後ろを振り返ってその寝顔を確認する。

「眠ってるときの由羽は天使だな。普段は不思議ちゃん全開だけど」

「起きてるときだって天使だよ」

類が抗議すると、紘人は「そりゃおまえがブラコンだから」とおかしそうに笑った。

機嫌のよさそうな紘人の様子が不自然に映った。先ほどまで祖母の死を受け止めきれないように沈んだ顔つきをしていたのに、この軽やかさはなんなのだろう。

「——類。おまえ、おばあさまからもらった本はもってきてる?」

類は「ああ」と頷く。祖母の家に行くとき、例の本は荷物に入れておけといわれたので鞄にしまってあった。

「なら、いい。なるべく手元においておけよ」

あの〈神代記〉——祖母にはまだ聞きたいことがたくさんあったのに叶《かな》わなかった。

紘人のこの反応からして、あの本が一族にとって大切なのはわかるが、自分はなにも知らない。

叔父と紘人を問い詰めようとした矢先に祖母の死が知らされたので、結局それどころではなかった。この奇妙な古書は謎のままだ。

「紘人……。またはぐらかされるんだろうけど、あの本はいったいなんなんだ？　お宝だって思えばいいっていわれたけど、おばあさまに本をもらってから、僕は……」

化け物がでてくる夢を見るんだ――といおうとして、思いとどまる。

（もう化け物を見るのはいや）

そう叫んでいた母は、幻覚を見る心の病気になったのだと思っていた。ひょっとしたら自分も症状がでているのではないか。母と同じような精神的な病に……。

その懸念があるからこそ、類はいままで誰にも「化け物の夢を見る」とは伝えられないのだった。由羽も不安定なのに、自分まで病人扱いされたくない。

「ああ。おまえはわけがわからずに不安だっただろうな。でも、もうすぐわかる。説明してやりたいけど、きっとおまえは信じないだろうから。いままでも俺はずっといいたかったんだけど、いえなかったんだ。バランス的に無理だったんだよ。だから、今日はおばあさまが亡くなってかなしいけど、少し解放的な気分だ。おまえにも事情がわかるだろうから」

てっきりとぼけられると思ったのに、紘人が妙なことをいいだしたので、類は目を丸くする。

「バランス？」

「識《し》る人間の数は限られてるんだ。パワーバランスが崩れるから。でも、おばあさまが亡くなってしまったから——おまえも知ってもいい時期になった」

「なにいってるんだ？」

「すぐにわかるよ。俺が説明するよりも、一目瞭然だから。もうすぐおまえの守護者が現れる。さっき角倉から包みをもらっただろう？　家に帰ったら、例の本を開いて、包みの中身を見てみろ」

紘人がなにをいっているのか理解不能だったが、先ほどもらった包みになにかあるのは類も感じていた。

祖母がわざわざ類に名指しで残してくれたものだし、手にとった瞬間からなつかしいような不思議な感触がしたのだ。

叔父の屋敷に帰り着いたのは、夜も遅くになってからだった。眠っている由羽を起こして、「ちゃんとベッドで眠れ」と部屋へと連れて行く。

すぐにでも包みの中身を見たいような気がしたが、類はまずシャワーを浴びて着替えた。自室に戻ると、祖母の家にもっていった鞄の荷物も整理する。

やることを終えてから、ベッドの上に例の本と角倉から渡された包みと手紙を並べた。早く知りたいと思うのに、なぜかいざとなると躊躇してしまう。

祖母と最後に会ったときの情景が脳裏をよぎる。西日に照らされた書斎のなかで、祖母は自らの死を見つめていた。もう思い残すことはないといいたげに幸福そうで、同時に痛ましげにも映った笑顔。

（そのときがきたら——あなたにもうひとつ贈り物をします）

類はごくりと息を呑んでから、紘人にいわれたように古書の白紙の頁を開いた。そして包みを開けてみる。

中身は平べったい木箱だった。蓋《ふた》の表面には古書の革表紙に施されているエンボス加工と同じ模様の装飾が彫られていた。

類はこの木箱の中身を知っているような気がした。胸が高鳴るような感覚は子どもの頃にも覚えがある。

祖母の部屋で見つけた、あの……。

蓋を開けると、木箱のなかには光沢のあるえんじ色のビロードの布が敷かれており、中央には予想したとおり銀色に光る剣型のペーパーナイフが置かれていた。柄には凝った細工がされており、青い宝石が埋め込まれている。

類が成長したせいか、子どもの頃に見たよりも、そのペーパーナイフは小さく感じられた。手に握ってみた途端に、欲しいと願ったペーパーナイフ。普段我が儘などいわない子どもだったのに、珍しく祖母におねだりした。

昔のやりとりを覚えていたから、祖母は類にこれを譲ってくれたのか。でも、なぜ、いまになって――？

昔から祖母はこういっていた。

（では、そのときがきたら――）

困惑しながら包みと一緒に受け取った手紙を開いてみると、たった一言こう書かれていた。

『もしもあなたが知りたいのなら、その剣をとりなさい』

剣――このペーパーナイフのことなのか。

類は木箱からそれをとりだしてみた。金属だからひやりとしてもおかしくないはずなのに、人肌のようなぬくもりが感じられた。

類が目を瞠っていると、手にしたペーパーナイフから煙のような白い光がゆらめくのが見えた。

気がつけば、ベッドの傍らに置いてあった古書の白紙の頁が、呼応したように青白く光っている。以前も一瞬だけ頁が光るのを見たが、目の錯覚だと思っていた。さわってもいないのに、ぱらぱらと頁がものすごい早さでめくられていく。

やがてペーパーナイフの柄の部分が徐々に熱くなっていった。火傷《やけど》でもしてしまうのではないかと思うほどに温度があがっていたが、手に張りついたみたいに柄を離すことができない。

「……あっ！」

手のひらから、それこそ全身を剣で貫かれたような痛みが走った。あまりの激痛に、類はベッドから転がり落ちて、床にうずくまる。

手にしているペーパーナイフからさらに大きな光がたちのぼり、剣の形となった。類が握っているペーパーナイフは小さいままなのだが、光の剣が透けて宙に浮かんでいるようだった。

ちょうど夢のなかでクインがもっていたような大きさの剣――。

（説明してやりたいけど、おまえは信じない）

（もうすぐおまえの守護者が現れる）

先ほど紘人がいっていた台詞が頭のなかを駆け巡り、類ははりつめた表情でその光を見つめた。

やがて光の剣が砕けるようにして、四方に霧散する。

「わっ……！」

衝撃に耐えかねて、類は後方に転がった。手のひらからやっとペーパーナイフがはがれ落ちる。

拾おうと手を伸ばしたところ、先に何者かの手がナイフをつかんで持ち上げた。

部屋にいるのは類ひとりのはずなのに――節くれ立った長い指をもつ美しい手を、類は信じられない思いで見つめた。

これはまた夢か。すでに夢の世界に入っているのか。

顔を上げると、目の前に夢のなかでしか会えないはずの登場人物が立っていた。プラチナブロンドの長めの前髪から覗いている目は空よりも澄んだ青色をしていて、その端麗な顔は詩に謳《うた》われる月光のような繊細な美しさに満ちていた。

腰に下げられた宝石細工も見事な大ぶりの剣。白銀の光沢をもつ長衣とマントは、神殿に所属する騎士の証《あかし》だった。夢のなかと同じく、ひんやりとした優美さとしなやかな強さを身にまとって、彼は類の現実世界の部屋に佇んでいた。

信じるわけがない。信じられるわけがない。こんな馬鹿なことが――。

「クイン……」

類が呼びかけると、それこそ彫像のように表情を崩さなかったクインの目許がふっとやわらぐ。

「やっと大きくなったきみに会えた」

クインは呟くようにいうと、床に座り込んでいる類に手を差し伸べた。おずおずと手をあずけると、しっかりと握られた指先は、体温が感じられてあたたかかった。

これは現実なのか。夢なのか。

自分でも判断がつかないまま、類は茫然《ぼうぜん》としながら目の前の騎士を見つめるしかなかった。

二章

母は美しいひとで、父とはいとこ同士だった。

子どもの頃は意識もしなかったが、高坂の家にはたびたびそうやって血が近いもの同士の婚姻が見受けられた。

祖父が早くに亡くなり、祖母も人間嫌いといわれて家にひきこもっている姿を見て、近すぎる血の因果なのではないかと成長するにつれて類は考えるようになった。

昔は意味のないものとして切り捨てられていた記憶が、いまようやく線と線で結ばれてかたちになってゆく。類が気にとめなかっただけで、思えば昔から周囲の大人たちは奇妙なことを話し合っていた。

「どうしてなんだ、兄さん」

父と叔父がいいあいをしていた。ふたりは普段は仲が良い兄弟で、端整な顔のつくりもよく似ていた。ただし性格は父のほうが神経質で繊細、叔父はおおらかで周囲に気を配るたちで正反対だった。それでも違う部分があるからこそうまくいっていたように思う。

「どうしてって……俺は継承者にはならないよ。あんなものを受け取ったら、一生息をひそめて生きていかなきゃいけない。妻や子どもたちにそんな苦労をかけたり、危ない目に遭わせたくない」

「じゃあ、どうするつもりなんだ。俺にも無理だ。俺は受け継ぎたくたって、その能力がない」

「馬鹿だな。おまえにもそんな苦労を負わせるか。真優《まゆ》さんはどうなった。紘人くんが同じ目にあったら……？　おまえは耐えられるか」

真優というのは、紘人の母親だった。紘人を産んですぐに亡くなったと聞いている。どうしてここで叔母の名前がでてくるのだろう……。

「だけど……母さんだってもう限界だ。世捨て人みたいになって」

「〈神代記〉を封印すればいい。追っ手の手の届かないところに――ここではない世界に」

「そんなことは無理だ。ずっと一族が守ってきたものなのに」

「あれは俺たちの手にだって余る」

ふたりは類が扉のそばに立っていることに気づかず、延々と話しあっていた。幼い類は、「お父さんたちがなにか難しいことを話してる」と認識して、その内容に興味を示せず、すぐに忘れてしまった。

あれこれ考えようにも、その頃の類にはゆっくりと自由でいられる時間がなかった。ひとりで過ごしたくても、三歳になったばかりの由羽がすぐに突撃してくるからだ。

「にーちゃ、にーちゃ」

なぜそんなに必死になれるのか。「またやってきた」としかめっ面になる類を、由羽は手を伸ばして「待って待って」と追いかけてくる。

「ついてくるな！」

思い出すと最低の兄なのだけれども、やりたいことができない状態に苛《いら》ついて、由羽を怒鳴りつけたこともあった。

「うわあああああん」と由羽が泣きだすと、母が笑いながら「あらあら」と駆け寄ってくる。母は困ったような顔をしたものの、「どうして弟をいじめるの」と類を責めたことはなかった。

「類は由羽が嫌いなの？」

「嫌いじゃない。でも、まったく僕と似てないんだもの」

好き放題に泣きわめく弟は、類にとってはエイリアンのように遠い存在だった。自分が由羽と同じ年頃のときは、兄貴分の紘人に対してももっと遠慮して接していた覚えがある。それこそ遊んでくれそうなときにだけ、紘人の邪魔にならないように声をかけたりしていたのだ。由羽にはそういった控えめな部分がいっさいない。

「あら、性格なんて似てなくても、仲良くなれるのよ。ほら、たとえばお父さんと叔父さんだってそうでしょう？　互いに足りない部分を補えるから」

そうはいわれても、すぐに母の意見に納得して、由羽と仲良くなったわけではなかった。ただ由羽を見るときに、母にいわれた言葉はつねに頭に浮かんできた。由羽は僕と似てないんじゃない。違うものをもっている。そう考えると、弟を興味深く観察することができた。

「にーちゃにーちゃ……うわっ」

類を追いかけてきて転んでも、由羽は泣きながらあとをついてくることをやめない。転ばせないためには、こちらが立ち止まって待つしかなかった。

類に追いついたとき、由羽はどんなプレゼントをもらったときよりもうれしそうに笑う。そんな笑顔を確認してしまうと、あれだけ面倒くさいと思っていたにもかかわらず、次第に由羽がかわいく見えてくるから不思議だった。手をつないで引っぱってやるともっと喜ぶので、いつも手を握ってやることにした。

由羽が笑っていると、つられたように自分の表情もやわらかくなる。そんなふたりを見て、母が朗らかに「いい子たちね」と笑う。やさしい笑顔が連鎖して循環していくのが心地よかった。

幸せな時間に翳りがでてきたのは、類が十一歳の頃だった。母がふさぎ込みがちになり、あまり笑わなくなった。

「お母さんは疲れてるだけだ。大丈夫だよ」

父はそういったけれども、母の疲労はやわらぐどころか、ひどくなっていくばかりだった。

しだいに由羽も自分もよせつけなくなり、部屋にこもるようになった。

「もういや。化け物を見るのはいや」

ぶつぶつと独り言をいっていたかと思うと、悲鳴をあげる——そのくりかえし。

「この家から出たい」

一年後にはその言葉通り、母は行方知れずになった。どこに行ったのか誰も知らない。荷造りした様子もなく、実家や友人知人に連絡をとった形跡もない。たったいままで寝ていたというようにベッドカバーも乱れたまま、それこそ煙のように消えてしまったのだ。

母がいなくなったとき、普段冷静な父が憔悴《しょうすい》しきっていたのは覚えている。叔父が頻繁に家にやってきて、何事か深刻そうにふたりで話していたことも。

母が消えたことにショックを受けて、由羽がしゃべらなくなってしまったので、類はその世話にあけくれて、父たちの動向にまで気が回らなかった。

「由羽の様子はどうだ?」

父にたずねられた際、類は不安でたまらなかったが、口にはできなかった。弱音を一言でも吐いたら、その場に崩れ落ちてしまいそうだったからだ。

「うん。僕がちゃんと面倒見てるから、大丈夫だよ。由羽はそのうちに元気になるよ」

正直なところ、嘘でも気丈に振る舞っていなければ耐えられそうもなかった。

ねえ、お母さんはどこに行ったの? お父さんはちゃんとさがしてるの? お母さんはなにに怯えていたの？　病気だったの？　なにか恐ろしいものが見えるみたいだった。幻覚を見るのは、高坂の血のせい？

聞きたいことは山ほどあった。でも、あれほど無邪気だった面影をすっかりなくして動かない人形のようになってしまった由羽——そして目の前の父のやつれきった顔を見ていると、なにもいえなかった。

もう少し落ち着いたら、状況も変わる。そう思っていたが、類は結局父になにも聞けなかった。なぜなら、その半月後には父もあとを追うように失踪してしまったからだ。

化け物——母はいったいなにを見ていたのか。それも謎のまま……。


これは現実なのか、夢なのか。

自分はひょっとしたら母と同じように精神的な病で幻覚を見るようになってしまったのか。

祖母の葬儀が終わって家に帰り着いた夜、剣型のペーパーナイフを手にしたあとに起こった信じられない出来事について、類がまっさきに心配したのはそのことだった。己が正気なのか、否か。

クインが——夢のなかの心の友の騎士がいま、現実の自分の部屋にいて、ベッドの前に立っている。こんなことが起こりうるのか。

もしかしたら次の瞬間に夢から覚めて、クインも消えてしまうのではないかと、類は何度か瞬きをしてみた。

――覚めない。消えない。

「類？」

クインは不思議そうに類を見つめてくる。夢で見たままの彼がそこにいる。現実だとわかっていても、なにがどうなっているのかが理解できずに頭が混乱した。

しばし無言のままクインと見つめあってから、類はやっとのことで言葉を押しだした。

「どうして――クインがここに現れるんだ。だってクインは僕の夢のなかの……」

「あれは夢ではないよ」

クインは静かに答える。その声は夢のなかと同じく心地よく深い響きをもっていた。

「本物……？　いまは夢？」

「なにが本物かと問われているかによるが、俺は見たとおりの存在だし、これは夢ではない」

きっぱりと断言されても、すぐに納得できるわけがなかった。類はぼんやりとしたまま、再びクインを凝視する。

ふいにクインが類の手をとって、「――ほら」と自らの頬にふれさせた。

「このあいだは実体ではなかったが、実体と同じ造りだったから、感触は同じなはずだ。こ

れで確認できるだろう」

「……わ、わからない」

「だったら、もっとほかにもさわってみればいい。類がよく覚えてるところを」

先日、遠慮なくからだをぺたぺたさわりまくったのはてっきり夢だと思っていたからだし、自身が十歳前後の子どもの姿になっていたからできたのだ。いま同じことをしろといわれても、さすがに抵抗がある。

類がとまどっていると、クインは少し途方に暮れたような顔をして、「座ってもいいか」とベッドに腰を下ろした。

気難しげに眉間に皺をよせる表情には、昔から覚えがあった。クインが幼い類をどうやって扱っていいのかわからないときに見せていた反応だ。どう事実を伝えればわかってもらえるのかと、クインは生真面目に考え込んでしまっているようだった。

なんだか申し訳ない気がして、類は子どもの頃につねにそうしていたようにおずおずとクインに寄り添うように隣に腰をかけた。

クインは類がそばにきたことで、わずかにほっとしたように表情をゆるめる。

「きみは子どもの頃に俺を夢で見たと思ってるんだな。それは違う。夢を見ていたわけではない。きみは異世界に渡ってきていたんだ。無意識のうちに。先日からよく会うようになっていたのも、きみが意識だけをあちらの世界に飛ばしていたからだ」

「あちらの世界……？」

「俺と会っていた場所だ。最初に〈神代記〉があった世界」

「……あの本……」

頭のなかで散らばっていたピースが合わさっていくような感覚に眩暈《めまい》を覚えながら、類はベッドの上にあった古書を手にとる。

クインは「そう――」と頷く。

「その本には名の知られぬ神々の神話と、それを召喚する呪文が書かれている。特別な者しか読めず、力を発揮できない〈神代記〉。きみの一族が代々受け継いでいるものだ。そして俺は〈神代記〉の継承者を守る役目を負ってる。きみは選ばれた――俺の剣の主だ」

たしかに祖母は類に継承してもらわなければならないといっていた。しかし、なぜそんな異世界のたいそうなものが高坂の家に伝わっているのか。

「どうしてそんなものが……僕に……」

「きみの先祖は、もともとこの世界の人間ではない。異世界の住人で、〈旅人〉と呼ばれる異なる世界を自由に移動する能力がある一族だ。大昔、〈神代記〉を悪用させないために、こちらの世界に逃れてきたんだ。そして根付いた」

「この世界の人間じゃない……？　僕が……？　いや、僕だけじゃなくて、一族みんな……？」

当然のようにクインに「そうだ」と頷かれて、類は混乱した。

「だって僕は十七年間ここで生きてて……由羽も、叔父さんも、紘人も普通に生活してて
――みんな、この世界の人間じゃないっていうのか」

「一定以上血を薄めないために血族結婚をくりかえしてるだろう。〈神代記〉を守るために、それを受け継ぐ能力がある人間を絶やさないためにやってることだ。……もっとも皆が事情を知ってるわけではないし、きみの一族でも知らないまま一生を終える者もいる。いくら〈旅人〉でも、この世界では異分子として認識されるので、そうでもしないと世界のバランスが崩れる」

どうして高坂の家は血の近い者同士で結婚する例が多いのか。幼い頃から抱いていた疑問の答えがそこにあった。

バランス――そういえば紘人も妙なことをいっていた。

「世界のバランスが崩れるってどういうこと……?」

「異世界のことを識っている人間が十人いる世界と、百人いる世界では、その世界の有り様が変わってくる。だから、この世界を変容させないためには、許容量を守らなければならない。そうしないと、世界のバランスが保てない。もともと〈神代記〉を守る意味は、そのバランスを崩さないためだから」

「……よ、よくわからないけど」

「わからないか。どう説明したらいいのか……」

クインが再び苦悩するような表情になったので、類は「理解するのに時間がかかるかもしれないから」といったんその疑問は棚上げにすることにした。

これが夢ではないというのなら、事態を把握するために追及しなければならないことはまだほかにもある。

「クイン。さっきこの本――〈神代記〉について説明してくれたけど、名の知られぬ神々ってなんのこと？」

「言葉が誕生する前からの神で、とても古い神だ。光と闇が分かれるよりももっと前の存在――混沌たる闇しかない時代の神。それしかなかった時代だから、闇といっても即ち悪というわけでもない。闇のなかに光を内包し、善悪をも超越している。原始の　とてもやわらかい存在の神だ。〈神遣い〉の支配で、どうにでも変化するともいえる。闇ゆえになにも見えず、言葉も知らず――だから呪文といっても、音で呼びだす」

「神遣い……」

いつだったか、クインの唇から楽器を奏でているような音が流れていたことを思い出した。とても人間の口からでているとは思えない美しい旋律。

「前にクインが化け物を倒したときに、謳っていた――あれがなにか関係あるのか？」

「そう。あれで神を支配している。俺は〈神遣い〉の騎士だから。〈神代記〉を守るための神獣が俺には憑《つ》いてて、力を貸してくれる」

日常生活では聞き慣れない単語を連発されて、さすがに類は頭の整理が追いつかなかった。

とりあえず祖母から受け継いだこの本が重要なものだというのは間違いないらしかった。

なぜそんなものが自分に——。

高坂の家の者が代々受け継いできたというのは祖母から譲り受けたのだからそのとおりなのだろうが、「この世界の人間ではない」という事実まではすぐには受け入れがたかった。

自分は母と同じように精神的な病にかかって、いま見ているクインもひょっとして幻覚なのではないのか。そんな考えがちらりと浮かんで不安になる。

もしも類だけに見える幻なのだとしたら……。

妄想なのかと考えて押し黙る類に、クインは眉をひそめた。

「……理解できない？　俺の話がうまくないからか」

「え？」

「俺はあまりひとと話す機会がないんだ。だから、きっと説明が下手なんだろう。すまない」

そのこと自体を伝えるのすら苦痛そうなクインの様子を見て、類は幼い頃にも似たようなやりとりがあったと思い出す。

たしかにクインは口が達者とはいえなくて、そっけない返事をされるたびに、当時十歳だった類は怖くて怯えた。だから最初は冷ややかな外見どおり、氷のような人間なのだとばかり思っていた。でも、一緒に過ごすうちに実際は違うとわかった。

恐る恐るといったふうに類の頭をなでてくれた、クインのぎこちないぬくもり。

いま隣にいるのは、ほんとうに子どもの頃そばにいたクインなのだとあらためて実感した。クールでひとを寄せつけないような端整な横顔。それでも、類をつねに守ってくれたし、一生懸命気持ちを伝えようとしてくれていた。類が心の友だと思って頼りにしていたクイン――あれは夢ではなかった。そして、いまも夢ではなく、現実に彼は類のそばにいる。

「クインの説明が悪いんじゃないんだ。僕が混乱してるだけだから気にしないでほしい。その、さすがにびっくりしたから。異世界とか、おばあさまのいっている遠い国っていうのがそういうものだとは思っていなくて。それに……まさかクインがほんとうに現れるなんて思ってもみなかったから」

クインは「なぜ」というようにかすかに首を傾ける。

「つい先日、俺はもうすぐ会えるといったはずだ」

「いったけど……現実になるなんて思わなかった。僕は夢だと思ってたから。いまも……正直なところ、ちょっと信じられない。もしかしたら、僕が幻覚を見てるんじゃないかって」

「これは夢ではない」

クインは再び類の手をとって、自分の頬にふれさせた。類に向けられるまっすぐな眼差しは、「今度こそわかるだろう」といいたげだった。

夢のなかとは違って、現実にクインのような絵に描いたみたいな美男に見つめられながら頬にふれるという行為は、十七歳の男子高校生としてはひたすら気恥ずかしい。クインはおそらく類が十歳前後のときと変わらない感覚でいるのだろうが……。

類がとまどっていると、クインの表情がふっと険しくなった。なにかに耳をすましているような――そして、次にいやな臭《にお》いをかいだように鼻がひくつく。

「――ちょうどいい説明材料がきた。きみにも夢ではないとわかる」

「え？」

類が目を丸くした次の瞬間、いきなり背後の窓ガラスがものすごい音をたてて割れた。外は嵐でもなんでもなかったのに、突如部屋のなかに突風が吹き荒れる。風にのって、鼻をつく強烈な腐臭が流れてきた。同時に、ギャアアアアアアアアア――と空気を切り裂くような鳴き声を上げて飛び込んできた異形の者。

それは以前、夢のなかで――いや、クインのいうとおりなら、異世界で見た化け物だった。ギリシア神話のハーピーのように、人間の顔と大きな翼を持つ生き物。その面に知性は感じられず、大きくあけられた口には鋭い牙が生えている。

「う、うわあっ？」

「大丈夫。小物だ。〈神代記〉をもって」

クインは落ち着き払った様子で立ち上がると剣を抜き、自分と類の周囲に軽く円を描くようなしぐさをしてみせた。

　すると、類が手にしている古書が青白く発光する。呼応したように、類たちの周囲をぐるりと囲む光の魔法陣が浮かび上がった。

　飛びかかってくる人面鳥を、クインは息ひとつ乱さずに冷静に剣を振り下ろして切りつけた。あたりに闇色の血しぶきが飛ぶ。

　それは何度も見た光景のはずだった。しかし、夢のなかの出来事だと思っているのと、現実に自分の部屋で不気味な怪鳥が切られて断末魔の叫びをあげるさまを目のあたりにするのとではまったく意味合いが違う。

　怪鳥は床に倒れてからも、自らの血だまりのなかでぴくぴくと動いていたが、やがて闇色の血のなかに沈み込むように息絶える。

　クインがその屍《しかばね》に剣をかざすと、刀身が光りだす。不思議なことに、その光を浴びると、怪鳥の屍が血だまりも含めてすうっと消えていくように見えた。

　クインは謳うように唇を動かした。美しい旋律とともに、クインの手にしている剣から――いや、それを含めた彼自身から、ふわりと白い煙のような影がたちのぼる。クインの奏でる音に応えるようにして、透ける光の線で描いたようななにかが動いていた。類の手元の〈神代記〉がよりいっそう強い光を発する。目もくらみそうになるほど。

　クインから現れた白い光の影のようなものは上半身しか見えなかったが、それは獣の姿をしていた。姿かたちはぼんやりしていて幻影のようだったが、巨大な白銀の獅子のようだった。しかもただの獅子ではなく、まるでペガサスのような翼があった。咆哮《ほうこう》をあげる有翼の獅子の横顔は、現実世界の動物とはまた違った、神々しいばかりの猛々《たけだけ》しさと優美さに満ちていた。知性ある瞳の獣の額には、青い宝石が埋め込まれたように光っている。クインの瞳と――そして剣の柄にある宝石と同じく、深く透明な青。

ゆらめく獣が見えているあいだ、部屋は光につつまれていた。ふっと陽炎《かげろう》のように曖昧な輪郭の獣が消えてしまうと、光も同時に消えた。

あらためて目を凝らすと、怪鳥の屍もあたりに飛び散った血しぶきも消えていた。そして部屋のなかに充満していた腐臭もなくなり、清浄な空気に入れ替えられたかのようだった。なによりも驚きだったのは、割れたはずの窓ガラスが元に戻っていることだ。たしかに怪鳥が入ってきたとき、ガラス片が粉々になって床に散乱していたはずなのに――なにが起こったというのか。類は目を瞠るばかりだった。

クインが小さく息をつきながら剣を腰の鞘《さや》におさめて、類を振り返った。

「もう大丈夫だ」

「……ま、窓ガラスはどうして割れてないんだ？　だって、さっき……人面鳥が入ってきたときに……」

「ああ。この部屋の物質の状態だけ、奴が入ってくる前に時間を戻した。奴もこの世界では異分子だから、そういった場合の修正は認められる。俺だけならできないけど、きみの手には〈神代記〉があるから」

「……人面鳥の死体は？」

「あるべきところに返した。やつらがもともといた次元に。これはきみも何度も見てるはずだろう」

「――――」

見ていたはずだが、夢だと思っていたときの記憶の詳細は曖昧になっていて、覚えてないことも多いのだ。

それにしても時間を戻す……？　〈神代記〉があるから、修正が可能？

手にしている古書がやけに重たく――途方もないものに感じられて、類は息を呑んだ。最初はアンティークな価値がある古書のお宝ぐらいにしか思っていなかったのに、祖母はなんというものを残してくれたのか。

「類？　これで、きみにも夢ではないとわかっただろう」

それはいやというほどわかった。わかったけれども……。

「類？」

突如として全身の力が抜けてしまって、類はその場に倒れた。緊張が一気にとけたら、頭痛と吐き気がしてきた。

目覚めると、いつもよりも一段と眩《まぶ》しい光がカーテンの隙間から差し込んでいた。

類は起き上がってから、すぐに窓のそばへと駆けよって、ガラスの表面に目を凝らした。

やはり傷ひとつない。

床を見回しても、昨夜、怪鳥が倒れて血だまりで汚れた箇所はまったく見つからなかった。

いったいなにが起こっているのか。

机の上には例の剣型のペーパーナイフが置かれていて、鈍い光を放っている。怪鳥がいた痕跡がなにも残ってないのだから、昨夜の出来事はクインの出現も含めて夢だと片付けることも可能だ。だが、ペーパーナイフの横にはひとふさの髪が置かれていた。目をそむけることのできない、決定的な証拠が。

「明日の朝、これを見たら、さすがにきみにも夢ではないとわかるだろう」

そういってクインが去り際に切っていった、ひとふさの美しいプラチナブロンドの髪。手にとりながら、類は眉根をよせる。

もちろん自身の黒髪とは似ても似つかないし、由羽の髪ともまったく違う。叔父はもちろん、紘人の明るい茶色の髪とも異なる。

こんな髪の持ち主は家のなかにはいない。現実の知り合いにも誰にもいない。もはや幻覚云々ではなく、クインが実在するのだと認めないわけにはいかなかった。

昨夜、クインは倒れた類をベッドまで運んで、「大丈夫か」と子どもの頃と同じようにぎこちないしぐさで頭をなでてくれた。

そして自身に憑いているという神獣を呼びだすのとはまた違う旋律を謳った。すると、頭痛と吐き気は消えていった。

「〈癒やしの術〉はあまり得意ではないけれど」

本人はそういっていたが、効果は覿面《てきめん》だった。クインは剣で戦うだけではなく、ほかにも不思議な力をもっているのだ。

「いま俺がそばにいると、きみの混乱がおさまらないだろうから、神殿に戻る。きみがもう少し事態を受け入れて落ち着くまで。こちらの世界の俺の依《よ》り代《しろ》はその剣型のペーパーナイフだから、きみがそれを手にとって念じてくれれば、俺にはいつでもすぐに伝わる。もしなにかあったら、呼びだしてくれればいい。初めて〈神代記〉の力を引きだしたから、しばらくはからだがつらいかもしれない」

そう説明したあと、クインは類の頭を再びなでると、ふいに身をかがめて髪をかきあげ、額に軽くキスをしてきた。

驚いたけれども、先ほどの〈癒やしの術〉のようにその接吻になんらかのまじないの効果があるのかもしれないとも思ったし、クインにとっては自分がまだ小さい子どものように見えている可能性もあったので、たいしたこととは受け止めなかった。少なくともそのときは。なにしろ頭が朦朧《もうろう》としていて、反応できるほどの気力もなかったというのが大きい。

クインはすぐに身を離すと、おもむろに自身の髪の毛の先を切り落として机のうえにペーパーナイフとともに並べた。そして、「おやすみ」と類が瞬きをしているあいだに、空間に溶けるように姿を消してしまったのだった。

一夜明けて、彼の髪の毛を手にしながら、現実に起こったことなのだと認識すると、類はキスされた額が妙に熱くなるのを感じた。

子どもの頃にクインに会った記憶は曖昧になっている部分も多いからはっきりしないが、あんなふうにキスされた経験がいままでにもあったのだろうか。子どもに対する「おやすみのキス」だとすると、昨夜のクインの行動は不自然ではないのだけれども……。

クインに関しては、自分の行動に自信がもてなくて怖くなる。類は先日も無遠慮に「実体じゃないってどういうこと？」と彼のからだをぺたぺたとさわりまくった記憶があるが、それもあくまで夢だと思っていたからだった。もしも現実なら、たとえ十歳の子どもであっても、類はあんなふうに無邪気にひとにはふれない。

現実の類と、クインと一緒に過ごしていた類は少しばかり異なるので、そのギャップが自分でも整合しにくい。たとえるならば、クインに対しては本音を書き綴った日記をすべて読まれているような、やりにくさを覚える。本来、表にだすべきところではない部分まで知られてしまっているから対応に困るのだ。

その日はクインのいうとおり、からだがどうにも重くてつらかったので、類は学校を休むことにした。〈癒やしの術〉が切れてしまったのか、昨夜はいったん治った頭痛が再びひどくなる。

「類くん、風邪ですか？」

学校に行く前に由羽が心配して様子を見にきてくれた。昨夜は窓ガラスが割れたり、怪鳥が鳴きわめいたり、すごい音がしたと思うのだが、由羽はその騒ぎに気づいていないようだった。家政婦の崎田も「あらあら、おばあさまのお屋敷はこちらよりも寒かったから体調を崩したんですかね。少しでも食べてくださいね」と何事もなかったような顔で食事を運んできてくれた。

昨夜の怪鳥の襲来が同じ階に寝ている由羽に聞こえないはずがない。やはりあれは夢だったのでは――といっとき考えたが、クインのきらめくプラチナブロンドの髪が、それは違うと打ち消してくる。

なぜ由羽たちが同じ屋敷にいて気づかないのか。クインの存在を現実だと認めても、類にはわからないことばかりだった。

「類――風邪だって？」

崎田が食事をさげたあと、紘人が部屋に顔をだした。陽気な従兄弟の笑顔はいつもと変わらなかった。

紘人ならなにか知っている。昨夜、角倉から包みを受け取ったあと、思わせぶりなことをいっていたのだから。それなのに、あまりにも普段通りの彼の態度を見ているうちに、類はからだがこわばって動かなくなってしまった。

この世界の人間ではない――自分自身も、紘人も、叔父も。クインがそういっていたことを思い出して、事実をたしかめるのが怖くなったのかもしれない。

「なんだ、ほんとにぼんやりした顔してて、重症っぽいな。――お大事に」

類が黙っているからか、紘人は相当具合が悪いと判断したらしく、「じゃあな」と部屋を出て行こうとした。体調が優れないのは事実だけれども、浮かない顔の原因はそれではない。

部屋の扉がしめられる寸前で、類はあわてて声を振り絞った。

「待ってくれ、紘人。昨夜、僕のところにクインがきたんだ。紘人のいってた『守護者が現れる』って彼のことなんだろう？　教えてくれ。僕にはなにがなんだかわからなくて……」

「――――」

紘人は驚いた顔をして立ち止まった。扉をしめて、ベッドで上半身を起こしている類のそばへとやってくる。

やさしげな紘人の顔が珍しく緊張したようにはりつめているのがわかった。

「――〈神遣い〉の騎士が現れたのか」

「やっぱり紘人は知ってるのか？　昨日、クインが現れたあとに、人面鳥みたいな化け物も続いて部屋に入ってきたんだ。でも、窓ガラスが割れたはずなのに、元通りになって……そして、クインが――僕や紘人や叔父さんが……高坂の家の者が、もともとはこの世界の人間ではないって……」

興奮していたせいで、類は一気にまくしたてた。

もしも紘人が「馬鹿なことというな」とでも笑い飛ばしてくれたなら、類はいままでどおり平穏な日常を生きていけるはずだった。だが、紘人は重苦しい表情でためいきをついた。

机からベッドのそばへと引っ張ってきた椅子に腰かけると、「さて、なにから説明したらいいものか」と思案するような顔つきになって類を見つめる。

「……そうだ。俺たちの先祖は〈神代記〉を守るためにこの世界にやってきた。そして、おまえは選ばれた。次の継承者として」

「……ほんとなのか」

類の声は力が抜けてかすれていた。まだどこかでいままでのことはすべて夢だと否定してほしい自分がいた。

「嘘だと思いたいのはわかる。いままで十七年間、ずっと普通に過ごしてきたんだもんな。信じられないよな。だから、俺があれこれいうよりも、〈神遣い〉の騎士と会ったほうが早いと思ったんだ。でも、その混乱ぶりを見ると、彼と会ったいまでも、きっとどこかで信じられないんだろう。気持ちはわかるよ」

紘人は理解を示すように頷いて、「落ち着け」というように類の腕をさすってくれた。

幼い頃から三つ年上の紘人は兄のような存在だったけれども、類は素直に甘えた記憶はない。それでも紘人はいつもやさしかったし、一緒に暮らしはじめてからも類や由羽にとてもよくしてくれた。どの場面を思い出してもほとんどが笑顔だった。

記憶を辿ってみても、あたりまえの日常の風景ばかりが浮かぶ。どこに〈神代記〉をめぐるような秘密が隠されていたのか。

「……紘人は——いつから、このことを……」

「物心ついてからだけど。母の死の真相を説明されたときに、いやでも知ることになった。うちの家系は〈神代記〉を追うものたちと敵対してるんだって」

以前、父と叔父がかわしていた奇妙な会話の一端が甦る。「真優さんはどうなった。紘人くんが同じ目にあったら？　おまえは耐えられるか」——父は叔父にそうたずねていた。当時はなにをいっているのかわからなかった。でも、いまなら——思わず背すじがぞくりとする。

「叔母さんは……」

「母も、高坂の遠縁で同じ血をひくものだ。時々、異界の化け物に襲われて命を落とすものがでてくるんだ。対応が間に合うこともあれば、無理なこともある。おばあさまが継承者で一族を守るために奴らが近づいてくる気配を察知していたけれども、ちょうど具合が悪くて伏せっていたときだったんだ。母は助からなかった」

紘人は淡々と語るが、痛ましい事実に類は顔をゆがめる。叔母は紘人を産んですぐ病気で亡くなったのだと聞いていた。

「クインは……その場にいなかったのか。守れなかった?」

「いや。おばあさまは、〈神遣い〉の騎士をそばにおくことを拒んでいたから。そのとき、彼は眠っていて――こっちで呼ばなかったんだ。彼のせいじゃない」

「クインを拒む……?」

クインは、〈神代記〉を受け継ぐ者を守る騎士ではないのか。助けになる者を、継承者が拒むという理屈がわからなかった。

昨夜みたいな化け物に襲われたら、類はとうていひとりでは立ち向かえない。

「もともと異世界の住人である俺たちの先祖は〈神代記〉を守るためにこの世界に逃れてきた。だから、隠れて逃げ続ければいいとおばあさまは考えていたんだ。立ち向かえば多くの血が流れるからね。逃げるだけなら、〈神遣い〉の騎士は必要ない。彼を呼んだら、化け物を刺激するだけだと……。おばあさまは戦いたくなかったんだよ。おじいさまも俺の母と同じ理由で亡くなったらしいから。きっとおまえにも伝えただろう。その〈神代記〉――べつに読まなくてもいいと」

　最後に会ったとき、祖母がこの本を手渡しながらいっていた台詞を思い出す。

（それは読もうと思えば読める本なのです。でも無理に読む必要はありません）

「たしかに僕に任せるみたいなことはいっていたけど。じゃあ、どうすればいいんだ。こんなものを受け継いで、僕にずっと守れっていうのか。いったいどうやって？」

「それは類——継承者のおまえ次第だよ。おばあさまと同じでもいいし、違ってもいい」

「おばあさまは……隠れて逃げることを選んだ？　前に、おばあさまが生きているあいだは僕に世界のバランスが崩れるから説明できないみたいなことをいってただろう？　あれはどういうことなんだ？」

　クインも似たようなことをいっていたので、ずっと気になっていた。自分が継承者なら、なぜいままでなにも知らなかったのか。

「この世界では俺たちは異分子だから。本来は別の世界の人間だといっただろう？　だから、必要以上に事情を知っている人間が増えるのは困るんだ。異分子の能力者としてのエネルギーの分布図を一定させなければいけないというか。たとえば——どう説明したらいいかな。観察者効果というのがあるだろう。見ることによって、観察対象の行動結果が変わることを指す。それと似たようなもので、この場合は『識る』ということがキーワードになる」

「——〈神代記〉のことを識っている人間が十人いる世界と、百人いる世界では、その世界の有り様が変わる……？」

類は昨夜クインがいっていたとおりの台詞をくりかえした。「そう」と紘人は頷く。

「本来なら、〈神代記〉そのものも、この世界のものではないから。継承者は、この世界で自分たちが異分子だとばれないように一族の者たちを守る結界を張って、侵入者の気配を察知する——おばあさまにはそういう力があった。類が見たような化け物だけど、あれ自体に知性はないんだ。ただ〈神代記〉の気配と、俺たち〈旅人〉の血筋に惹かれてやってくる」

「昨夜、化け物がやってきて、鳴き声もすごかったはずなのに、誰も気づかなかった」

「奴らが現れた瞬間に、そこの空間だけ別次元に切り替えられる。だから周囲には聞こえないし、見えない。化け物が入ってきたら、そこはいつもと同じ類の部屋であって、同時に類の部屋ではなく、別空間になる。切り離されてるから、修復も可能なんだ。窓ガラスが元に戻ったのは、そこだけ時間を戻したからだろう？」

類がこくんと頷くと、紘人は「そうか」と重々しい息をついた。

「〈神遣い〉の騎士が、おまえを通して〈神代記〉の能力を引きだしたんだな。だから、慣れなくて体調が少し悪くなった。そういうことか」

紘人にとっては、昨夜の事象は全部説明がつくようだった。

類が知らないだけで、一族はつねに異形の化け物たちの脅威にさらされていたのだ。守っていたのは祖母……。

祖母がどこか遠くを見るような目をして物思いに耽っていた横顔を思い出す。ひとりでどんな風景を見て、なにを考えていたのか。異形のものに立ち向かう孤独。

そういえば由羽も先日、妙なことをいっていたのだ。「お母さんが……怪物に」——あの言葉の意味はなんなのか。

「——紘人……。もしかしたら、僕の両親は、叔母さんと同じく……奴らに襲われて死んだのか？　それで行方不明ってことにしてるのか」

先ほどからもしやと心の奥にくすぶっていた疑問をやっとのことで口にすると、紘人は痛ましげな顔つきになった。

「正直なところ、痕跡がなにもないだけで、親族は皆そう考えてる。少なくとも、伯母さんはそれ以前にも化け物に遭遇したことがあるのは事実だから。……伯母さんは『化け物を見るのはいや』ってよくいってただろう？」

「…………」

もう化け物を見るのはいや——母の叫ぶ声を思い出した。点と点がつながって、それが指し示す絵の残酷さに、類は顔をゆがめた。感情があふれるのをこらえきれなくて、手で顔を覆ってうつむく。

「類？」

「ごめん——ちょっと……ひとりにしてくれ」

肩を震わせる類を見て、紘人は椅子から立ち上がって歩きだしたが、部屋の扉の前で立ち止まる。

「類……伯父さんたちがいなくなったとき、おまえも由羽もまだ子どもだった。バランス云云だけじゃなくて……それもあって、おばあさまや父さんも、いまいったみたいなことを伝えるわけにはいかなかったんだ」

「わかってる……」

「――落ち着いたら、また話そう」

紘人が出ていって扉がしまった瞬間、類は身をふたつに折って唇を噛《か》みしめた。ひとりにしてもらったおかげで、もうこらえきれなかった。栓がこわれたみたいに涙があふれでる。

いまになって、母の不可解な言動の意味が理解できた。ずっと母は心の病になってしまったのだと思っていた。母のいっていることなど信じなかった。

化け物に襲われて、守ってくれる者もなく、どんなに怖い思いをしたのだろう。あんなに朗らかだった母が、なにかに怯えるような顔をしていたというのに、自分はなにも知らず……。

「母さん……」

大人たちでもどうにもできなかったのだから、当時の自分に対処できるわけがない。それでも母の置かれていた状況を想像すると、己の無力さにからだが震えて、類は嗚咽《おえつ》が止まらなかった。

その夜、ふと目覚めるとクインがベッドのそばに立っていた。

「具合はどうだ？」

類がぼんやりとしたまま黙っていると、クインは〈癒やしの術〉のために美しい旋律を謳ってくれた。

頭痛がすうっと消えてからだが軽くなる。じわじわと悩まされていた肉体の苦痛がなくなると、代わりに心の痛みが激しくなった。今朝、紘人から事情を聞かされてから、ずっと心の底にはかなしみが澱《おり》となって沈んでいた。

人前では泣けないと思っていたはずなのに、類の瞳から自然と涙がこぼれおちた。ほっと気がゆるんだときにでる吐息のように、もはや止められなかった。

「……類？　〈癒やしの術〉が効かないか。まだからだがつらいか」

類は「ううん」とかぶりを振りながら起き上がった。

「からだは楽になったよ。……クインは、頭痛と同じように涙も止められる？」

そんな魔法があったらいいのに――と思った。両親のことを考えると、やるせない思いが込み上げてきて、類は唇を噛みしめる。自分がなにもできなかったことがつらい。

するとクインがベッドの端に腰かけて、類の肩を抱き寄せた。

顔を近づけられた――と思ったら、その唇が類の目許にそっと寄せられた。濡れた眦《まなじり》や頬の涙を吸いとるように舐《な》められて、類は硬直した。

最初は茫然としてなにをされているのかわからなかったが、耳もとからこめかみをなでる指さきにぞくりと肩が震えてしまい、思わず「わっ」と声をあげる。

クインはいつもと変わらず冷静な表情のまま、類を不思議そうに見た。

「涙、止まらないか？」

「と……止まったけど、けど……」

「なら、よかった」

クインは類が動揺している理由がわからないようだった。

何事もなかったような涼しげな眼差しを見せられてしまうと、類はそれ以上うろたえるわけにもいかなくて押し黙る。

たしかに涙が止まる効果はあった。いやでも目が覚めた。

しかし――涙が止まったのはよかったけれども、クインの唇になでられた頬が焼けるように熱い。相手が変な意識でふれてきているわけではないとわかっているからこそ、なおさら居心地が悪かった。

昨夜去り際に額にキスされたときにも感じたことだが、これはやはり一度いっておかなければならないのではないか。

「クイン――僕はもう子どもじゃないんだ。クインによく会ってたときはまだ十歳とか、最後に会ったのも十三歳ぐらいのときだったから、きっとそのときと同じような感覚でいるんだろうと思うけど、いまはすでに高校生になってて、現代日本では周囲からは大人として扱われてもおかしくなくて……」

「知ってる。昔の類はかわいかったが、いまは綺麗になった」

真顔でそんなことをさらりといわれてしまうと、類は二の句が継げなくなった。以前もこんなふうに真剣に「類はかわいいだろう」と訴えてきたことがあったな……と思い出す。天然か――といいたいところだが、目の前の悩ましげな美貌の騎士を目にしたら、とてもそんな軽口はきけなかった。

「ふれたのが気に入らなかったのか。昔は、頭をなでたら喜んだだろう。うれしそうだった」

「だから、それは子どもだったから……」

「前も泣いてるときに、さっきと同じことをしたら、泣きやんだんだ」

あんなことをされたら誰だって驚いて泣きやむだろう――と考えたところで、「え」と類は瞬きをした。

「……僕は、クインの前で泣いたことがあった？　前にも？」

「覚えてないのか」

類は子どもの頃からしっかりした子で通っていた。だから、よほど幼い頃は別にして、少なくとも小学校にあがってからは人前で泣いた覚えは一度もない。

紘人の前でさえ耐えたのに、先ほどクインを目にしたときには涙がこらえられなかったのは過去にも彼の前で泣いたことがあるからなのか。

「子どものときのクインとのやりとりとか……僕は覚えてることと、覚えてないことがあるんだ」

「きみは『どうしよう』と泣いていたんだ。両親がいなくなったといって……俺もどうしたらいいのかわからなかった」

指摘されて、紐付けされた記憶が甦ってきた。そういえば、そんなこともあった、と。

母がいなくなり、父も消えたあと、由羽がまったくしゃべらなくなってしまったこともあって、類は叔父や周囲の大人たちの前では「僕は大丈夫です」と心配させないように気丈に振る舞っていた。だが、クインの前ではべつだった。

父までもが家からいなくなった日、類はクインに「どうしようどうしよう」と訴えながら泣きついたのだ。お父さんもお母さんもいなくなってしまった。弟はショックのあまり誰とも口をきかない……と。

そういって泣きじゃくる類の背中を、クインは「そんなに涙を流したら、きみが干涸《ひから》びてしまう」といって抱きしめてくれた。

類もそれまで大人たちの前で泣くのを我慢していた反動で涙の止め方がわからなくなっていた。クインは最初指の腹で類の頰をぬぐっていてくれたが、やがて追いつかないとでも考えたのか、唇で涙を吸いとりはじめたのだ。

おかげで、類はびっくりして泣きやんだ。クインはべつにたいしたことはしていないというように、そのときも生真面目な表情を変えなかった。

当時、類はもう十三歳になっていたからさすがにこんなことをされるのは恥ずかしいとわかっていたが、夢なのだから誰かに甘えてもいいか——と結局気持ちが落ち着くまでクインの胸にもたれかかっていたのだった。

そうだ、たしかに泣いた……。涙を吸いとってもらって泣きやんだ……。

次から次へと記憶が甦ってくると、さすがに決まりが悪くて、類は頰を朱色に染めた。

「あのときは……気が動転してたから——」

「そうだった。きみが泣きやんでくれたから、ほっとした」

クインとしてはあくまでも「涙を止める手段」として、今回も同じことをしただけのようだった。

思えば、最初は頭をなでるのさえぎこちなかったクインのすることなのだから、妙に意識する必要はないのだった。もう子どもではない男の涙を舐めるのは変だという感覚すらないのだろう。クインはとにかく存在自体が浮き世離れしている。

それに、正直なところ類はクインにふれられるのはいやではなかった。幼い頃、心の友として頼りにしていたように、その体温に接すると安らかな気持ちになれる。とくにいまは驚きの連続で心細い時期だから、なおさら彼の存在はありがたかった。

先ほども行為そのものには驚いたけれども、そのおかげで悔やんでもどうしようもない底なし沼のようなかなしみに引きずり込まれそうなところを救われた。

泣いていても、過ぎ去った出来事は変わらないのだ。だったら、類は前を向かなければならない。〈神代記〉をこれからどうするのか。周囲のひとたちを守るためにはなにをすればいいのか。

大丈夫だ。クインがそばにいてくれるのだから——そんなふうに思える。

「クイン……〈神代記〉を僕が継承したってことはわかった。守らなきゃいけないってことも。ただ……具体的にどうしたらいいのか、わからないんだ。おばあさまのやりかたも僕はよく知らないし、この〈神代記〉の読み方とやらもわからない」

「……それを読み解く気があるのか？」

淡々と問われて、類は早速返事に困ってしまった。祖母は読むのも読まないのも自由だといういいかたをしていた。ただ、受け継いでくれ、と。

「それも、いまは決められない。この〈神代記〉がどんな力を秘めているのか、クインは昨夜説明してくれたけど、まだ理解できてないんだ。一族のみんなも関係してくるみたいだし……。とにかく知りたいとは思ってる」

わずかに伏し目がちになったクインの表情が――その端麗な顔に大きな感情がのぼることは滅多にないのだが、かすかに瞳が揺れているように見えた。なにか苦痛を堪えるような、どこか悲痛そうな……？

そういえば、紘人が「おばあさまは〈神遣い〉の騎士をそばにおくことを拒んだ」といっていたのを思い出した。クインに助けを求めなかった、と。

でも、祖母はクインの依り代であるペーパーナイフを類に譲ってくれた。これも類に「選べ」ということなのか。

「いま、きみに必要なのは――とりあえず基本的な〈神代記〉の力を引きだすことを覚えることだ。継承者が代替わりしたから、きみたちの一族を守る結界が不安定になっている。化け物たちも引き寄せられやすい状態だ。だから、危ない気配を感じとったら、すぐに俺を呼んでほしい。覚えてほしいのは、まずそのことだ」

「わかった。……おばあさまが僕たちを守ってくれてたんだよな？　じゃあ、いまはその守りがまったくなくなっているってこと？」

「いまはつなぎの者が守っているけれど、万全ではない。きみが一番に覚えなくてはならないのは、〈神代記〉を隠匿《いんとく》する術だ。そして一族の者たちをこの世界に異分子として認識させないように目眩ましとしての結界を張る術。それができるようになれば、とりあえずは安心できる」

クインはなんでもないことのようにいってくれるが、類はそんな不思議な術とやらを自分が使いこなせるようになるなんて信じられなかった。

化け物たちとの戦闘や〈癒やしの術〉など特別な能力を使うとき、クインは楽器の音のような不思議な旋律を謳う。あんな魔法使いみたいな真似ができるのだろうか。

類が心細そうに見えたのか、クインはしばらくなにをいったらいいのかと迷っているような沈黙のあと、ふいに昔と同じようにぎこちない手つきで類の頭をなでてきた。

「――」

「これも、いやか」

類が無言のままでいると、クインはかすかに首を傾けてみせた。

真顔でそうやって類をなだめてくれようとしているクインに対して、類はもう「頭をなでるなんて、子どもじゃないんだから」と文句をいう気には到底なれなかった。

どんな形であろうと、そのしぐさに真摯な情愛があるのは事実だった。昔も、いまこの瞬間も、指さきから不器用に流れてくる体温がどんなに心強いことか。

「ううん、いやじゃない」

類がゆっくりと首を振ると、クインは唇の端をあげて珍しく微笑んだように見えた。

「大丈夫だ。きみが〈神代記〉を守れるようになるまで、俺がきみを守る」


その二日後にはなんとか体調が良くなったので、類は学校に行った。

忌引きのあとに風邪で休んだということになっているので、仲のいいクラスメイトたちが「おい、大丈夫か」と口々に声をかけてくれた。

いつもと同じ学校での日常風景にほっとしながらも、この数日間で起こった身辺の変化とのギャップが大きすぎて、類は少し落ち着かなかった。

なにしろいままでとは見えるものが一八〇度変わった。祖母から受け継いだ〈神代記〉に、〈神遣い〉の騎士クイン。高坂の家の者は本来異世界の住人で、〈旅人〉と呼ばれる特殊な能力がある——など。まさに由羽が大好きな不思議系雑誌の記事の当事者になってしまった気分だ。

昨夜、信州の祖母の屋敷から諸々の整理を終えて戻ってきた叔父から、あらためて事情を説明された。

一族についてはクインや紘人からすでに伝えられているとおりだった。

類が継承者になった理由は、昔〈神遣い〉の騎士の依り代であるペーパーナイフにふれただけで、まだ幼かったにもかかわらず異世界へと渡る能力を目覚めさせたからだという。類が「夢を見た」と思ってクインと一緒に過ごしてた記憶は、実はすべて異世界に夜中にひとりで夢遊病のように渡っていたときのものだった。

初めは誰も類が異世界に行っていることに気づかなかった。事情がわかってから、ちょうど異形のものたちが増えている時期で危険だったため、祖母がその能力を封じたのだという。だから、十三歳の頃からクインの夢を見なくなった——ということらしい。

類たちの両親については、やはり紘人がいっていたとおり、異形に襲われた可能性が高いようだった。

叔父は「黙っていてすまなかった」と頭を下げてくれたけれども、類には責める気などなかった。たとえ識る者のバランスがどうこうなどという話がなくても、由羽の精神的に不安定な状態を見たら、両親はこの世のものではない異形の化け物に殺されたなどと教えられるわけもないのだ。

いま事実を知った類も、とうてい由羽には告げられない。というよりも、由羽はすでに知っていて、化け物に襲われる母を見たのかもしれない。

もし、またあれが襲ってきたら——と考えているからこそ、なにかに取り憑かれたように超常現象を調べているのではないのか。

「〈神代記〉は守らなければならないものだ。だが、わたしたちには荷が重すぎて、兄さんとふたりでなんとかしようと相談していた矢先だった。最近、奴らがいつになく近くにいるような気配がする。見える化け物が多すぎる。こんなことはいままでなかったことだ」

叔父の話を聞いて、類は一刻も早く自分が〈神代記〉を扱える術を覚えなければならないと決意を新たにした。そのためにはこうして呑気《のんき》に学校に通っていてもいいのかと考えてしまう。時間がもったいない。

クインはいつも類の部屋にどこからともなく現れて、朝がくるまでには消えてしまう。呼べばいつでもこられるから——というが、そばにいるのは一時間にも満たないので、類はまだどこかでクインは夢のなかの存在なのではないかと考えてしまうことがある。その美しい姿かたち、洗練された所作からなにもかもがこの世界では浮いている。あの白いマントに長衣のクインが、高校生である類の日常生活の風景に馴染《なじ》んでいたら、そちらのほうが変なのだけれども……。

そういえば、今日〈神代記〉は鞄に入れてきたが、学校でクインを呼びだすこともないだろうと考えていたせいでペーパーナイフを家に忘れてきてしまった。肌身離さずもっていなければいけなかったか……。

わずかに不安になったものの、まっすぐに家に帰れば問題ないだろうと考え直した。

話をいろいろ聞きたいから、今日は家に帰ったら、すぐにペーパーナイフに念じてクインを呼びだそう。でも、あんな時代がかった格好で昼間に部屋にいるのを家政婦の崎田などが見たらびっくりするだろうから、紘人からシンプルなシャツとズボンでも着替え用に借りたほうがいいだろうか……。現代的な服を着たクイン……。個人的な興味だけど見てみたい。

——とあれこれ考えていたせいで、類は学校にいるあいだ勉強にまったく身が入らなかった。

授業が終わると、「なにか食べていかないか？」という友人たちの誘いを「ごめん」とことわって、類はすばやく教室を出る。

「お、高坂。なに急いでるんだ。あのさ、ちょっと話あるんだけど」

ちょうど廊下で会った藤島に声をかけられた。

「なに？　今日は用があって」

「ああ、時間とらせないよ。聞きたいことがあるだけだから。由羽、元気か？」

「由羽？　元気だけど、なんで？」

「いや、弟が……剛《つよし》が気にしてて。最近由羽がつきあい悪いみたいだから」

藤島の弟は由羽と同じ学年にいて、類と藤島が中等部から仲のよかった縁で、弟同士も小学生の頃からつきあいがあるのだった。社交的とはいえない由羽にとって、藤島の弟は貴重な友達のはずだ。

「つきあい悪い？　ああ……なんか新しい友達できたから、そのせいかな。由羽はあの調子でちょっと偏った興味があるから。剛くんに悪いことしたのかな」

「いや、うちの弟はガサツなやつだから、なーんも気にしてないんだけどさ。もしかしたら由羽の具合が悪いんじゃないかって思って。ほら、デリケートな子だから。そっか……家では元気なのか」

藤島は類が深刻に考えないように言葉を選んでいるように聞こえた。

ここ数日、由羽は祖母の葬儀を終えてから類が体調を崩していることを気にしていて、「類くんは僕より病弱なんですね」といいながらも毎日心配そうに部屋に様子を見にきてくれていたし、とくに普段と変わったところはなかった。

だけど、もしかしたら、家では隠しているだけで、学校でトラブルでもあったのだろうか。正直、由羽のあの一風変わった性格ではいままでイジメの対象にならなかったのが不思議なくらいなのだ。

「ありがとう、藤島。教えてくれて。ちょっと由羽の様子を気をつけてみてみるよ」

「いやいや。よけいなことといったなら、ごめんな」

類は藤島と別れてから、まっすぐ帰るのではなく、中等部の校舎に寄ってみることにした。高等部と中等部の校舎自体は渡り廊下でつながっているが、最近は由羽のもとを訪ねてはいない。

由羽が中等部に入ってきた当初は心配で、声をかけないまでも皆と仲良くやっているんだろうかとこっそりと様子を見に行ったりしていたのだが、本人から「恥ずかしいからこないでください」と立ち入り禁止を申し渡されたためだ。

中等部の由羽のクラスの教室をそっと覗いてみたが、すでに姿が見えなかった。一応下駄箱も確認したが、もう帰ってしまったらしく靴もない。

由羽に直接声をかけるのではなく、学校でどんなふうに過ごしているのかを見てみたかったが、今日はどうやらあきらめるしかなさそうだった。

高等部の校舎に戻ろうとしたところ、渡り廊下のところでいつぞやの親切な外国人とすれ違った。名前はたしかアーロン……。

そういえば、天空倫理会の教団施設に化け物が捕らわれているという話もあったのだった。由羽の友達のエリックのいうことだから、どこまで信憑性《しんぴょうせい》があるのかわからないが、あの一件も気になる。もしも、その化け物が類たちを襲ってくるものと同類だったとしたら？

「——きみ」

ふいにアーロンが立ち止まって声をかけてきたので、類は驚いて振り返った。「微笑みちゃん」らしく、悪魔さえも籠絡《ろうらく》しそうな美貌に爽やかな笑みが浮かんでいた。

「きみ、どこかで会ったことないかな？」

「え？」

学校内で同じ制服を着ている者同士でそんなことをいわれても——どこかで間違いなく会っているだろうと思ったが、先日類がふらついたときにからだを支えてくれたときのことをいっているのかと思い直す。

「ああ……ちょっと前に、僕が具合悪くてふらついたときに、きみが支えてくれたことがあった。あのときはありがとう」

「そうだった？　そうじゃなくて――ほかのどこかで会ったことはない？　初めてって気がしない」

アーロン・ベイズは廊下を歩いて戻ってくると、類の前に立った。きらきらと光を集めたような金髪が眩しい。月の光のようなクインのプラチナブロンドも綺麗だけれども、このアーロンの明るい太陽のような金髪も魅力的だった。

「名前は？　僕はアーロン・ベイズ」

「……高坂類」

「類、か」

アーロンは低く呟いてから微笑んだ。

「なんだかとてもなつかしい気がしたもので。ひょっとして、きみには外国の血が混じってる？」

「うん。もともとはそうだって聞いてるけど」

「イギリス？」

「さあ……」

先祖に外国人がいるとは聞いていたが、そもそもこの世界の人間ではないというのなら、その設定もほんとうのところなにが正解なのかわからなかった。

「そう。僕はイギリスなんだけど、同じかもしれないね。だからかな――初めて会ったような気がしなかった。思わず声をかけてしまうほどね」

類も先日会ったときから、アーロンには妙な引っかかりを覚えていた。悪いものを感じるというようなマイナスな意味ではなく、なにか気になるのだ。

いま、こうして向き合ってみても決していやな印象はない。アーロンの容姿には端整というだけではなく微笑みの貴公子とでも呼びたくなるような品があった。

もしも類が女子だったら、こんなやさしそうな美形に「どこかで会った?」といわれたら、きっとうっとりするだろう。そんなことを考えるくらいには好印象の人物だった。

「今度きみとはじっくり話をしたいな。わかりあえることがあるような気がする」

「そ、そう?」

廊下で声をかけられて、この積極的な態度はさすがに引く。

なんだかナンパみたいだな――と男子校歴五年にもなると『そっちのひとだろうか』と妙な可能性を考えてしまう。同時に、もしかしたら、宗教の勧誘のためにこんなふうにフレンドリーに声をかけてくるのかもしれないと思いついた。

しかし、天空倫理会は本来積極的な勧誘をしない。それが地域社会に受け入れられている要因でもあるのだ。

でも、ここでアーロンに天空倫理会の話を聞けば、エリックのあの話を裏付けることができるのではないだろうか。アーロンも信者の息子なら、教団施設にいる化け物の噂を聞いたことがあるかもしれない。

「アーロン……きみは天空倫理会のひとなんだろう？　気を悪くしないでほしいんだけど、ちょっと教えてもらえるかな」

アーロンは一瞬驚いたように目を瞠って、「まいったな」というように頭を掻《か》いた。

「きみに話しかけたのはそういう目的じゃないよ。誤解しないでくれ」

「それはわかってる。ごめん。いきなりこんなことを聞く僕のほうが悪いんだけど……その、噂が聞こえてきて。僕の弟が不思議な超常現象が大好きで、すごく興味をもってるんだ。その……笑わないで聞いてほしいんだけど、教団の施設に化け物がいるって噂があるのを知ってる？」

「化け物？」

「半獣みたいな、動物の頭と人間のからだをもってる化け物だって聞いたんだけど」

話の途中から、アーロンは「へえ」というように片眉をあげてみせた。その瞳にみるみるうちに笑いがにじむ。「笑わないで」といっても笑わずにはいられないようだった。

つい先日までだったら、類もきっと同じような反応を示しただろう。そんな馬鹿なことがあるものか、と。

アーロンの反応は至極まっとうだった。普通に生きていれば、そんな話は信じられないのは当然だ。

「オカルト好きな弟くんには悪いけど、その噂は間違ってる。ひどいな。そういう話が出回ってるんだ？」

「噂だから。気を悪くしないでくれ」

「いいよ。宗教なんてあやしげだからね。僕も親が信仰してたから、それにならってるだけだし。化け物なんて——あの施設にはいないよ」

「そうなんだ。面白半分に質問したように聞こえたなら、謝るよ。ごめん」

「いや……」

アーロンがさほど気にしていないようなので、類は「話を聞いてくれてありがとう。それじゃあ」と立ち去ろうとした。歩きだそうとしたところで、「待って」と呼び止められる。

「これ、僕の連絡先。なにかほかにも知りたいことがあったら連絡して。きみと友達になりたい」

アーロンがポケットからとりだしたのは、名前と電話番号とメールアドレスだけが記載されているシンプルな名刺だった。こんなものを用意してることにも渡された事実にも、類は面食らわずにはいられなかった。

「あ、ありがとう。じゃあ、また今度」

自分の連絡先も教えたほうがいいのかと思ったが、なんとなく腑《ふ》に落ちないものを感じたので、類は返事を曖昧にした。

高校生同士なら携帯でアドレス交換をするのが普通だが、なぜ名刺なんて作ってもってるのだろう。やっぱり宗教の勧誘のためなのか……。

「——帰り道、気をつけて」

アーロンは微笑みながら去って行った。類はなんとなく狐につままれた気分で、高等部の昇降口から出ながら、あらためてもらった名刺を眺めた。シンプルな名刺でとくに変わったところはない。

アーロンがあんなふうに笑い飛ばしたところを見ると、やはり教団施設の地下に化け物がいるという噂がどのくらい信憑性があるのか怪しかった。

でも、自分に襲いかかってくる化け物が夢でもなんでもないとわかったのだから、現実にああいうものは存在するのだ。エリックの話は無視できない情報だった。

家のそばまで帰り着いてから、類はふと例の教団が買い取って施設にしているという屋敷を見に行くことを思いついた。同じ住宅地区とはいえ、それなりに距離があるので、教団が入居するといって連日テレビニュースに流れていた頃ならともかく、いまどんなふうになっているかは知らなかった。

叔父の家や高坂の本家があるこの地区は、昔から比較的大きな家が建ち並ぶお屋敷町だ。そのなかでもバブル期の遺産といわれていた例の屋敷はひときわ大きく、敷地面積も広大だった。

頑丈そうな鉄門があり、敷地は背の高い樹木に囲まれていた。集会があるときは門扉の前にものものしく警備員が並んでいるらしいが、いまは誰の姿も見えず、ひっそりとしていた。

ここに怪物が——。

自分になんらかの特別な能力があるというのなら、もしかしたら屋敷のそばにきたら怪しい空気でも感じとれるのかもしれないと思ったが、いまいちはっきりしなかった。

祖母はいやな気配がするとき、臭気をかいだように顔をゆがめていた。類も何度か化け物と対峙したことがあるが、あれは腐ったような臭いがするのだ。

いま、この場所に立っていても、それらの腐臭の有無はわからなかった。ただ、妙に気になる建物なのは事実だった。なぜだろう、なつかしいような——その感覚を湧き起こさせるものがなんなのか把握できないことがもどかしい。

これ以上の成果は望めないとあきらめて、類は叔父の家への道を歩きはじめた。しばらくすると、すぐに異変に気づいた。いくら同じ住宅地区の端と端というぐらいに離れているとはいえ、迷うような道ではないし、距離もたかが知れている。それなのに、歩いても歩いても、知っている家の近くに辿り着かない。

――おかしい。

背中がぞくりとして、類はそのときになって初めていやな臭いをかいだ気がして、あたりを見回した。

間違いない。あの独特の臭気。アレが近づいている。

普通の住宅地の道であって、類が立っている場所はもはやそうではなかった。紘人が説明してくれた言葉を思い出す。「奴らが現れた瞬間に、そこの空間だけ別次元に切り替えられるんだよ。だから周囲には聞こえないし、見えない」――と。

ここはすでに別次元に切り替わっているのではないか？　だとしたら……。

背中に冷たい汗が流れるのを感じながら、物騒な気配が近づいてくる感覚に類が背後を振り返った瞬間、それは襲ってきた。

「――うわっ」

バサバサと大きな翼をはためかせて、お馴染みのハーピーのような異形の怪物がギャアアアアアと奇声をあげながら類めがけて飛んでくる。

類はよけたものの、翼をもつ異形は道路に降り立ち、ギョロッとした目でこちらを見つめたまま、再び耳をつくような鳴き声をあげた。まるで洞《うろ》のような、真っ黒で不気味な目をしている。大きな口を開けると、いったいなにを食べるのに必要なのかと思うくらい鋭い牙と、気味の悪い長い触手のような舌が伸びている。

類はごくりと息を呑みながらあとずさった。当然のことながら、人面鳥のような怪鳥もじわじわと距離を詰めてくる。

剣型のペーパーナイフを忘れてしまったことを、このときほど後悔したことはなかった。クインを呼びたくてもどうしようもない。〈神代記〉だけは鞄のなかにあるけれども、類にはあれをどうやって使うのかもわからないのだ。

「ギャアアアアッ」

怪鳥が叫びながら、再び飛びかかってきた。類は鞄をかかえて、そいつを力任せに殴ってみた。

もちろんそんな一撃で引き下がるわけがなく、異形は懲りずに類に挑んでくる。飛びかかられては避けながら、鞄で殴りつけるということを何度かくりかえしたものの、だんだんと息が切れてきた。

クインもいっていたが、こいつは化け物のなかでは小物なのだ。だから、なんの武器ももっていない類でもすぐにはやられない。でも、いつまでもこの手が通用するとは限らなかった。

その後、案の定よける動きが遅れてしまった瞬間、怪鳥の鋭い鉤爪《かぎ》が左腕をかすった。ほんの軽くなのに、それの切れ味は鋭く、制服の上着とシャツが切り裂かれ、皮膚に熱い痛みが走った。

「……っ」

癇《かん》に障ることに、怪鳥は勝ち誇ったような甲高《かんだか》い鳴き声をあげる。左腕を片手で押さえたが、みるみるうちに鮮血があふれてきた。

こんな悪夢としか思えないような化け物を目の前にして傷まで負ったというのに、類は自らの足が震えていないのが不思議だった。クインもそばにいないのに、どういうわけか怖くはない。

なぜなら、感情の奥に底知れぬ怒りがあるからだった。こういった異形の怪物が両親や叔母たちを襲って死に至らしめたのだ。その事実を考えると、怯《ひる》むわけにはいかなかった。

左腕からの出血がひどくて、正直なところ立っているのもしんどかった。傷口が熱をもって腫《は》れてきているだけではなく、奴の爪に毒でもしこまれていたかのように、全身がだるくなり、意識が朦朧としてくる。

それでも両親の笑顔と、まだ無邪気に笑っていた頃の由羽の顔が脳裏に甦ってくると、ここで倒れるわけにはいかないと足を踏ん張らせる。

「この——化け物っ……！」

鞄を振り下ろそうとかまえたとき、手になにやら熱が感じられた。ひょっとして鞄のなかにある〈神代記〉が発光しているのだろうかと思ったが、悠長になかを開けて確認する時間はなかった。対峙している怪鳥が一段と大きな奇声をあげて突進してきたからだ。

「……わっ！」

鞄からなにかが飛びだしてきた。外ポケットに突っ込んでおいた、アーロンからもらった名刺だ。

なぜかそれは発光していた。四角い光る物体となった名刺はくるりと宙を舞うと、類の周囲を一回転する。それが動いたとおりに、足下に魔法陣が浮きでるのが見えた。以前クインが描いたような、光る魔法陣だ。

怪鳥は魔法陣は越えられないらしく、威嚇するように強く鳴く。鞄のなかの〈神代記〉が反応して動いているのがわかった。

なにが起こっているのか。傷の痛みはひどくなるばかりで、類は魔法陣のなかで膝をついた。

「――きみは綺麗な顔をしてるのに、結構勇ましいんだね。なかなか健闘してるから、いつ助けていいものかタイミングを迷ったよ。でも、残念ながらこいつはいくら鞄で殴っても死にやしないよ」

からかうような声が頭上から振ってきた。誰が――と見上げると、アーロン・ベイズが宙に浮いていた。

彼は類のそばに優雅なしぐさで降り立つと、けたたましく鳴く怪鳥に向かって「しっ」と唇を指にあててみせる。

その唇が動くと、例の楽器のような音が流れだした。怪鳥は鳴くのをやめて、怯えたように後ずさりはじめた。ほどなくその姿が陽炎のようにゆらめいて、すっと消えていく。

類はもう立ち上がることもできずに、茫然とその様子を見ているしかなかった。

「きみは……いったい」

脇に立っているアーロンは、「ん?」というように類を見る。からかうような笑みが唇に浮かんでいた。

「だから、帰り道には気をつけろっていったのに。そんな目立つ物をもってちゃ」

アーロンが身をかがめながら手を伸ばしてきて、類がもっている鞄にふれようとした。〈神代記〉を奪われてはならないと、類はとっさに鞄を胸に抱え込む。

アーロンは苦笑しただけで無理に鞄をとろうとはしなかった。

「……きみは誰なんだ」

やっとのことで声を絞りだした類を見つめながら、アーロンは「さて」というように首をかしげてみせる。

そこにはもはや学校で会ったときのように、善良で親切な「微笑みちゃん」の笑顔はなかった。陽の光を集めたような華やかな美貌に変わりはなかったが、どちらかというと、この状況をおもしろがっているような、悪戯《いたずら》っぽさが感じられる。無垢な印象は消えても、その表情にはひとを惹きつける魅力があった。

「僕？　僕は——誰でもない」

相手の正体がわからないまま、類は精一杯睨みつけていたが、それも長くは続かなかった。出血が続いているからか、眩暈を覚える。腕の痛みが激しくなって、動悸が止まらなくなった。

目に映るアーロンの顔が次第にぼやけていく。気力だけではどうにもならず、類はふっと気が遠くなった。鞄をぎゅっと抱えたまま、その場に倒れ込む。

「これは大変だ。闇の毒が回ったね。神殿に連れて行かないと治らない。どうなることやら」

最後にアーロンが「やれやれ」といった調子で、まったく切迫感のない声でそう呟くのが聞こえてきた。


どんよりした灰色の靄《もや》を背景にした夢のなかで、例の人面鳥が騒がしい鳴き声をあげていた。

類は必死に鞄をさぐるのだけれども、剣型のペーパーナイフも〈神代記〉も入っていなかった。

怪鳥は気味の悪い真っ黒な目で類を見つめながらにじりよってくる。その闇の空洞のような瞳に凝視されると、金縛りにあったように動けなくなった。

奴の口が大きく開いて、触手のような奇妙な長い舌が伸びてくる。それの先端は二つに割れていて、うねうねと不気味に動いていた。それが鼻先まで近づいてきた瞬間――。

「――わっ!」

夢から覚めて、類は叫びながら起き上がった。

ベッドのそばに立っていた家政婦の崎田が驚いたように肩を揺らす。

「あらあら、びっくりした……。でも、よかった。目覚めたんですね。お医者さんをお呼びしようかと迷ってたところです」

「え?」

類はいつのまにか自室のベッドに寝かされていた。服もパジャマに着替えさせられている。左腕を切りつけられた重い痛みが消えているので、あわてて袖をまくってみると、傷はどこにもなかった。

なにがどうなっているのかわからなかった。どこからどこまでが夢?

今日類は久しぶりに学校に行って、帰りに天空倫理会の施設の屋敷を見に行った。そして道の途中で、例のハーピーもどきが出現したのだ。類は腕を鉤爪で切られて……。

おかしい。あれほど出血がとまらなかったのに……。

「崎田さん、僕の制服は?」

「クロゼットのなかにかけてありますよ。送ってきてださったお友達が『僕がやりましょうか』って着替えさせてくださったんです」

「友達……？」

類はあわてててベッドから立ち上がると、クロゼットの扉を開けて、吊るしてある制服の袖を確認した。記憶がたしかならざっくりと上着の布が切れ、血まみれになっているはずだった。だが、そこにあったのは、クリーニング仕立てのような綺麗な制服だった。切れているどころか、こすれたような跡さえない。

続けて、鞄の中身も確認した。〈神代記〉が入っていることを確認すると、安堵のためいきが漏れる。

類の一連の行動を見守っていた崎田が、「類様？　大丈夫ですか」と心配そうな声でたずねてくる。

「お加減はどうなんですか。お医者さんをお呼びしましょうか」

類は「大丈夫」とことわった。いまはどこも気分は悪くなかった。

「崎田さん……。僕はどうやって帰ってきたんだ？」

「帰り道の途中で気分が悪くなったって、お友達が送ってきてくださったんですよ。外国人のお友達の方。アーロンさんと仰《おつしや》る方です。わたし一人では玄関先から部屋まで類様をお連れできないので、部屋に運ぶのも手伝っていただいたんです。たったいま帰られました」

「…………」

アーロンが家に送ってきた……。では、帰り道で人面鳥の怪物が襲ってきたのは現実に起こったことなのだ。それなのに制服が破れていないということは、窓ガラスと同じ原理で元に戻されたということなのだろうか。

傷は――？　アーロンがふさいだのか。でも、薄れゆく意識のなかで「神殿に連れて行かないと治らない」などといっていたような気がするけれども、あれはなんだったのか。

なによりも、アーロンは何者？

「ほんとにお医者様を呼ばなくても平気ですか。風邪が治ってなかったんですかね」

「医者は平気。ありがとう」

崎田は「そうですか。じゃあ」と類の着替えたシャツを手にして部屋を出て行った。もちろんそのシャツにも血はついていなかったし、破れている様子はなかった。

「――類くん、大丈夫ですか？」

しばらくすると、由羽が部屋を訪ねてきた。アーロンが類を連れてきたとき、先に家に帰っていた由羽もその様子を見ていたらしい。ぐったりとして青い顔をしていたので、心配だったという。

由羽はベッドに腰掛けている類の隣に座って、じっと顔を覗き込んでくる。

「うん。大丈夫。由羽に情けないところ見せちゃったな」

「遠慮しないでください。兄弟なんですから」

だったら、由羽こそまずは兄に敬語を使うのをやめてもらえないだろうか——と内心思いつつ苦笑する。いつも少しズレているけれども、由羽が類を大切に思ってくれているのは伝わってくるから。

「類くんは——なにかあったんですか？　おばあさまのお葬式が終わってから……少し変ですよ。風邪で体調を崩しているせいだけじゃなくて、距離を感じます」

「そう？」

ほら、鋭い——とドキリとする。なにも説明してはいないのに、由羽には類に起こった異変が伝わっているかのようだった。

「おばあさまが亡くなったから、少し気分が滅入《めい》っていたのかもしれないね。……由羽はどう？　なにか変わったことない？」

藤島の弟が由羽の様子が変だといったことが気にかかっていた。

しかし、由羽はきょとんとした様子で「僕ですか？」と首をかしげる。

「そうですね。僕もおばあさまが亡くなったときはかなしくて泣いたけど。生きているあいだにもう一度お会いしたかったなって。……でも、いまはもう平気です。立ち直りが早すぎますか」

「そんなことないと思うけど。おばあさまのことはみんな覚悟してたから」

「僕って、薄情な人間なんでしょうか。なんだか自分の感情が……思いのままに振る舞うと、ずっと泣いてなきゃいけないような気がして怖くなるんです。だから……」

単に学校でなにかいやなことでもあったのかと聞きたかっただけなのだが、由羽は祖母が亡くなったあとに自分が落ち込みをそれほど引きずっていないことを責められているように感じたらしかった。

「なにやってるんだ」――と類は自らを叱咤《しった》する。由羽の一番デリケートな部分に触れてしまったのではないかと焦る。

「由羽……ごめんな」

「なにがですか」

由羽は硝子玉のような無機質な瞳で見上げてくる。

この子はきっと恐ろしいものを見て、なにかを感じたら自分が悲鳴をあげてしまいそうなのが怖くて、感情を抑制するようになったのかもしれなかった。

ごめん――と類は心のなかでもう一度謝る。

化け物がいるといわれても、どこかで信じてはいなかった。由羽がつらい現実から逃避しているだけなのだと考えていた。でも、由羽は由羽なりに奴らのことを調べようとして一生懸命闘っていたのだ。

いいたいことがうまく言葉にならなくて、類は思わず由羽の頭をそっとなでた。由羽はじっとされるままになっていたが、しばらくすると眉根をよせる。

「類くん――僕、前からいいたかったんですけど……僕はもう中学生ですから、そうやって頭をなでるのは少し甘やかしすぎなんじゃないでしょうか」

「――」

つい先日、自分がクインにいったのと似たような言葉を返されて、類は思わず噴きださずにはいられなかった。さすが兄弟。考えることが似ている、と。

すると、由羽はじろりと類を睨んできた。

「なにがおかしいんですか。だいたい類くんは過保護すぎます。僕はなるべく類くんたちに心配かけないように強くなろうとしてるのに」

「ごめんごめん。……たしかにそうだ。もう中学生でした。そうだね、うん」

「……馬鹿にしてます」

「してないよ」

それでもまだ笑いがおさまらず、口許を押さえる類を、由羽は疑わしそうに見つめてきた。

なんだか今日は勝手が違う。超常現象関連の話以外でも、由羽がずいぶんと感情をあらわにしてくれているような……。

いまなら本音が聞けるかもしれないと、類は以前から気になっていたことをたずねてみた。

「……由羽。子ども扱いしてるのは、僕が悪いんだけど――ひとつ聞いてもいい？　どうして僕のことを『類くん』って呼ぶの？」

「いやですか？」

「いやっていうより……ほら、ちっちゃいころは『にーちゃ』っていってて……そのあとも『にーちゃん』とか『お兄ちゃん』とかって呼んでて。それがいきなり『類くん』になったから、なんでかなって」

「…………」

由羽はしばらく黙ったまま答えなかった。答えにくいような理由があるのかと、類はひそかに心が折れそうになった。敬語になったのは他の皆に対してもそうだから構わないが、呼び方を変えたのは自分に対してだけさらに特別に距離があるような気がしてしまう。

由羽がうつむきがちになりながら、ぼそりと答えた。

「――お兄ちゃんって呼ぶと、甘えてしまいそうになるからです」

「…………」

「僕はとても弱いから……そのせいで、類くんや紘人くんや叔父さんたちに迷惑をかけてるのは知ってます。だから……」

先ほどもう子どもではないと拒否されたが、類は隣に座っている由羽の頭をなでてやりたい欲求をこらえるのに必死だった。

「そ、そうか……。でもそんなこと気にしなくてもいいのに。叔父さんたちには――世話になってるから、遠慮するのはわからなくもないけど、僕は兄弟なんだから」

「そうですか？」

由羽は少し考え込むように口許に手をあてる。

「じゃあ、そのうちに……すぐには無理だけど、お兄ちゃんて呼ぶように努力してみます。もう『類くん』って呼ぶのになれてしまって、久しぶりだからちょっと恥ずかしいですけど」

「無理はしなくてもいいから。どう呼んでくれようとかまわないよ」

もしここで自分が変に喜んだりして反応すれば、由羽がまた気にしてしまうかもしれないので、類はなるべく平静を装って答えた。

けれども両親がいなくなって以来、由羽がいままでになく硬い殻を破ってくれたような気がして、内心ではうれしくてたまらなかった。

由羽はいったん部屋から出て行こうとしたものの、扉の前で立ち止まる。

「あ。忘れるところでした。類くんに伝言があったんです。家に送ってきてくれたアーロンってひとから」

「伝言？」

「類くんを部屋まで運んでくれたあと、帰り際に廊下で……類くんが起きたらすぐに伝えてくれっていわれたんです。『左腕について助言。守護者を早く呼んだほうがいい』って。暗号ゲームだから、伝えれば意味はわかるって」

左腕について――類ははっとして自らの左腕を押さえた。切りつけられたはずだったのに、傷ひとつない腕……。いまも痛くはない。

「どういう意味ですか？　暗号ゲームがはやってるんですか？　おもしろそうですね」

「あ……うん。友達との秘密のやりとりだから、ごめん。内緒」

「了解です。僕も今度交ぜてください」

由羽が部屋を出て行ったあと、類はパジャマの袖をまくってあらためて自らの左腕をじっくりと確認してみた。

傷はない。だが、先ほど見たときにはなかった、うっすらと黒い痣《あざ》のようなものが切りつけられたはずの箇所に浮きだしている。

アーロンは何者なのか。そしてあのとき現れた人面鳥の怪物は？　天空倫理会の施設に近づいたから、出現したのだろうか。アーロンは〈神代記〉についてなにか知っているのか。

類はペーパーナイフを手にとって、クインにきてくれるように念じてみた。最初に呼びだしたときのようにからだを貫くような痛みを覚悟していたが、それはなかった。

ペーパーナイフから光がたちのぼり、剣の形となる。宙に浮いた光の剣が瞬いたと思ったら、ほどなくしてクインがすっと音もなく部屋の中央に現れた。

こちらの世界で、夕方の西日の光のなかで見るクインは初めてだった。白金の髪は陽の光を浴びてきらめいて目に眩しく、夜の灯《あか》りの下よりも現実離れして見えた。

「ペーパーナイフに初めて念じてみたけど、すぐにきてくれるんだね。このあいだ握ったときにすごい激痛があったんだけど」

「あれは最初だけだ。もう俺は目覚めて、きみとの絆《きずな》ができたから。ひとりでやってくるときにも静かなものだろう？」

そういってから、クインはふと目を細めて類を凝視した。類はもうパジャマの袖を戻していたが、衣服の下の異変が透けて見えるとでもいうように、怪鳥に襲われた左腕ばかりに目を凝らしている。

「……どうしたんだ？　腕」

「見ただけでわかるの？」

「邪気がたまってる」

パジャマの布の上からでもわかるのかと、類は面食らった。

「今日、学校の帰りに例の化け物が襲ってきたんだ」

「なぜ俺を呼ばない？」

「ごめん……。ペーパーナイフを学校にもっていかなくて」

クインは理解に苦しむというように眉根をよせた。

「このあいだ襲われた奴と同じ種類の人面鳥だった。それで途中で……クインと同じような術を使うやつが現れて」

「俺と同じ術？」

「謳ってた……口から、人間の声じゃないみたいな綺麗な音が流れて。……一応助けてくれはしたんだけど、何者なのかがわからない。アーロンっていう転校生なんだ。〈神代記〉のことも知ってるみたいだった。鳥に切りつけられたんだけど、その傷はなくなってて、代わりにうっすらとした痣が……」

クインは少し考え込むような顔をしたが、訴えた内容よりもいまは類の腕が気になるようで、だんだんと表情が険しくなる。

「――見せて」

クインは類の腕をつかむと、パジャマの袖をまくりあげた。驚いたことに、先ほど見たときよりも黒い痣が濃くなっていた。ちょうど切りつけられた傷口のかたちに黒くなり、徐々に周囲に薄黒い色が広がっていっている感じだ。

「……これは――俺では治せない。神殿に連れて行かないと」

アーロンも同じことをいっていたのを思い出して、類はにわかに緊張した。

「治せない？」

「傷はふさいであるけど、闇の毒が入ってしまっているんだ。こうなると、もう〈癒やしの術〉だけではどうにもならない。穢れを払わないと。通常、あの翼の化け物は見張り役とか偵察隊みたいなものでそこらじゅうにいるんだが、たいして強くないし、闇の毒ももっていない。人為的に鉤爪《かぎづめ》になにか仕込んであったか、変異種だ」

「その闇の毒だかが入ってると、僕のからだはどうなるんだ?」

「——死ぬ」

クインは無慈悲にもあっさりといいきった。もう少しオブラートにつつんだいいかたをしてくれないだろうかと思ったが、表情が一見変わらないだけで、青い瞳の奥が焦燥にかられているのが見てとれた。

「一刻の猶予もならない」

クインはそう呟くと、類に〈神代記〉をもってくるように告げた。

類は〈神代記〉を学校の鞄からとりだすと、剣型のペーパーナイフと一緒に手にもつ。

クインは剣を鞘から引き抜いて、類の周囲に円を描く。一瞬にして光る魔法陣が床に現れた。

「待ってくれ。……なにするんだ?」

「神殿に行く」

「神殿ってどこ?」

「——〈神代記〉が元々あった世界」

てっきり夢のなかだと思っていた——子どもの頃に訪れた世界に行くと聞いて、類はさすがにあわてた。

「ちょっと待ってくれ。急にそんなことをいわれても……。転入生のアーロンをこのまま放っておいていいのか。彼もきっとこの世界の人間じゃない。なにか聞いたほうが……それに、天空倫理会っていう宗教団体が――」

「急がないと、きみが危ない」

その眼差しから緊迫した気配を感じとって、類はさすがに反論をやめた。クインはよけいなことはいわない。彼がいうならそのとおりなのだろう。

「どうやって行くの？」

「きみは〈旅人〉だから、本来ならひとりで移動できるはずだが、今日は俺が連れて行く。円の中心から動かないでくれ」

クインは類の肩を抱き寄せると、いつもどおりに不思議な旋律を謳った。こんなにそばで聞くのは初めてだったが、うっとりとするほど綺麗な楽器の音色に聞こえた。

だが、それも一瞬のことだった。突如、いままで目に映っていた部屋がふっと消えて、暗闇に包まれる。

宙に浮いている感覚だったが、相変わらず光の線で描かれたような魔法陣だけは類たちの足下にあった。そして無重力状態のあと、いきなり急降下する感覚が襲う。

「わ」と叫ぶひまもなかった。まばゆいばかりの、極彩色の強烈な光につつまれる。まるでポップアートに描かれるねじれたキャンディみたいに、派手な色が洪水となって視界いっぱいに広がる。

あふれる光につつまれながら、類は自分のからだまでもがぐにゃりと溶けて、ねじれ模様の一部になるように感じた。からだだけではなく意識までもが肉体から飛びでて、大きなうねりのなかに投げだされるような感覚――記憶があるのはそこまでだった。

類《るい》が覚えているかぎり、クインはつねに神殿にいた。外に出るのは、類を守るために護衛としてついてくるときだけだ。クインが「ひととあまり話す機会がない」といってロ数が少なかったり、子どもの扱い方がわからないといったり、どこか浮き世離れしているのは外の世界をよく知らないためらしかった。

その世界には巨大な神殿があった。北の裏手には広大な闇《やみ》の森が広がっており、果てはないのだといわれていた。森にはいくつもの壊れた異世界とつながっている〈異界の穴〉があり、あやしげな化け物たちが住む、神秘と怪異の支配する場所だった。子どもだったので理解できないところもあったが、神殿があるおかげでその森がこれ以上広がらぬよう、闇の侵食を食い止めているらしかった。

類がその不思議な世界に行くと、クインは必ず待ち構えたようにそばに現れた。夢なら好きなようにクインの出現を設定できるのだからおかしくはないのだが、実際は類が異世界に渡っていたというのだからずいぶん都合のよい話だった。

当時は夢だと思っていた類も、ご都合主義すぎるだろうと思ってクインに聞いたことがある。

「どうしてクインは僕がくると、必ず現れるの？　場所とかなんで知ってるの？」

「きみがくると、わかる」

「どこにいても、わかるの？　なぜ？」

「なぜって……そういうものだからだ。俺はそういう存在だから」

それ以上は答えようがないらしく閉口するクインに、類は「なぜなぜ」と質問を浴びせ続けた。最初のうちはクインがすぐに黙ってしまうので腹をたてて怒っているのかと思ったが、そのうちに「しゃべりなれてない」はずの彼も努力して慣れない会話をしてくれるようになった。

互いにうちとけてからは、よく神殿の裏庭の東屋《あずまや》で話をした。

「神殿ではなにをしてるの？」

「剣の稽古」

「あとは？」

「ほとんど眠っている。起きているときのほうが短い」

そんな騎士があるものなのか。予想外な怠惰な生活サイクルに、類は目を丸くした。

「それじゃ駄目だと思う。不健康だよ、クイン」

「でも俺は〈神遣い〉の騎士だから……」

「もっと外にでなきゃ」

クインは「そうなのか？」と納得しかねる顔をしたものの、類が腕を引っ張って「外にでよう」というとおとなしくついてきた。

神殿の南側には街が広がっていた。クインは普段街の市場にさえ滅多にこないという話だった。

闇の森にもっとも近いという、最果ての街だったが、人々は陽気に働き、街の宿屋や飯屋は巡礼者たちや闇の森をひとめ見たいという好事家たちがひっきりなしに訪れるせいで活気に満ちていた。この世界で一番権威のあるという大神殿のお膝元だという矜恃《きょうじ》が住民を支えていた。

クインが通りを歩くと、道行く皆が注目した。尊敬と賞賛——そして畏《おそ》れの入り交じった視線がつねに追いかけてきた。

類はその隣にいて、「無理もない」と子ども心にも思った。なぜなら、白銀のマントと長衣につつまれて剣を携えたクインは、まるで神話の登場人物みたいに美しかったからだ。

あの記憶が現実に類が異世界に渡っていたときのものだというのなら、時間の流れがこちら側とは少し違っているようだった。類にとっては一晩の出来事であり、翌日は必ず自分のベッドで目覚めていたはずなのに、夢の世界では幾日もが過ぎていた。

細かいことは目覚めたときに忘れてしまっていたが、思い起こせば毎回類はパジャマ姿であちらの世界に現れていた。クインがいつも服を用意してくれていて、ある一定の期間が過ぎると、どこからともなく最初に着ていたパジャマをだしてきて着替えるようにといわれた。夢だというのにロマンがないなと思ったりしたものだった。

あちらは時間の流れが遅かったから、現実では一晩でも、類はクインと一緒に異世界を何日も旅して回った。

王都は森からもっとも離れた南方にあり、類が「城を見たい」というと、クインが連れていってくれたこともあった。闇の森から離れていても、道中には時々化け物が現れたが、クインがそばにいてくれれば怖いものはなかった。

王都に向かう道中、酒場付きの宿屋に泊まったことがあった。酒場兼食堂にはいかにも腕っぷしの強そうな柄の悪そうな剣士たちや、彼らを客とする派手な化粧とドレスを身にまとった春をひさぐ女性たちがいた。食事中でも剣士たちは娼婦を膝の上にのせて悪ふざけをしていた。

クインは「ここは品が悪いが、近くにほかの宿屋がないので仕方ない」と眉をひそめていて、食事をしている間中、類には「あっちは見るな」と剣士たちのテーブルのほうを向かないようにと注意した。

しかし、見るなといわれても、子ども的には好奇心が勝ってしまうものだった。剣士の荒くれ男たちは、娼婦たちのドレスのスカートをまくりあげて、堂々と手を入れていた。

当時十二歳で中学にあがったばかりだったが、さすがに類もその行為がどういうものかはわかっていた。女性の白い足や、ドレスの大きなえりぐりからはみださんばかりになっている豊かな乳房は、年頃の少年にはかなり目の毒だった。

自然と真っ赤になって、もじもじしながらスープをすする類を見て、クインはいつになく興味深そうな目をした。

「なに？　見ないで」と類が文句をいうと、クインは「見てない」と答えるのだが、無表情ながらも類の反応を面白がっているのが一目瞭然だった。

そのうちに娼婦たちは「格好いい神殿の騎士さま」と類たちのテーブルにもやってきた。クインの肩にもたれかかるようにして、赤毛の美人のひとりが囁《ささや》くようにいう。

「たまには息抜きしませんか。神殿には内緒にしておきますから。わたしたちのお得意には神官様だって多いんですのよ」

「必要ない」

「また、そんな……。神殿暮らしでは、禁欲続きで溜《た》まるものも多いでしょう？　貴方が愉《たの》しんでいるあいだ、そっちの坊やは他の女が安全に子守しますから」

ほっそりしているけれども、豊満な胸をもつ真っ赤な唇が妖艶な女だった。その美女がクインのからだに乳房をこすつけるようにしてしなだれかかるのを見て、類は硬直した。

「あら、こっちの坊やだって、もう子守される年齢じゃないわよ。わたしの弟なんて、この子ぐらいの年にはとっくに女を知ってたよ」

もうひとりの肉付きのいい年かさの女が「ねえ、坊や」と類をぎゅっと抱き寄せる。大きく弾力のある乳房が頬に押しあてられて、類は「うわ……」と白粉のにおいに窒息しそうになった。

「どいてくれ」

クインは赤毛の美女をそっと押しのけると立ち上がり、「行くぞ」と類の手をつかんだ。食堂をあとにするとき、「なによー、やっぱり稚児連れかよ。だから神殿の男なんて嫌いよっ」という美女の罵声《ばせい》が聞こえた。

その夜は部屋で眠る頃になっても、類は女性の胸に顔を埋《うず》めたという事実だけで、頬《ほお》が火照《ほて》って気持ちがふわふわしていた。初めて女性のからだにふれた体験だったので衝撃だったのだ。

寝台に座りながらいつになくゆるんだ顔を見せていた類を、クインは興味深そうにじっと眺めていた。類ははっとして自らの頬をひきしめるように叩《たた》く。

「見ないでよ」

「見てない」

クインは少し悩むように考え込んでから、真面目《まじめ》な顔でおもむろに切りだした。

「類にはまだ少し早い。興味があるのはわかるが、ああいう女性を相手にするなら、もっと大人になってからでないと」

「わ……わかってるよ。そんなこと」

「なら、いい」

クインはほっとしたように頷《うなず》いて、類の頭を「よしよし」というようにいつものぎこちない手つきでなでてきた。

クインの反応は少し的を外れているけれども、その頃には類はそのズレ具合も含めて好きになっていた。自分を守ってくれる騎士であり、大切な心の友として。

「……その、クインこそいいの？　もし僕がいるから我慢してるのなら——いいんだよ。さっきの赤毛のお姉さんと一晩過ごしても」

当時は大人ぶってみたい年頃だったので、類はそんなことを口にしてみた。大人の事情に理解のあるふりをしたかったのだ。

だが、クインはにべもなく「必要ない」と答えた。その返答があまりにもそっけなかったので、却《かえ》って引っかかった。

「クインは女のひとが嫌いなの？」

それまでも一緒にいて、クインが女性たちから熱い視線を浴びせかけられるのは初めてではなかった。だが、つねにクインの反応は冷めていたのでずっと不思議だったのだ。

「嫌いでも好きでもない。そもそも女犯《にょぼん》は罪だ」

「罪って？」

「俺は神殿の騎士だから。身分的には神官と同じだ。女性とは交わらない」

そう答えてから、クインは「こういう話をきみにしてもいいのか……？」と迷うような顔をした。だが、類にとっては非常に興味のある内容だったので、「大丈夫。もう中学生だから」といいはった。クインは類の世界の事情にはそれほど詳しくないらしく、「そうか、中学生なのか」とわかったようなわからないような返事をした。

「じゃあクインは、もしかして結婚も一生できないの？」

「この世界の神官は皆そうだ」

類が思わず「かわいそう……」と呟《つぶや》くと、クインは珍しく笑ったように見えた。

「幸いなことに、そういう感覚もわからない。眠っている期間が長いとそうなるんだ」

「眠っている期間……？」

クインは「ああ」と答えただけで詳しく説明しようとしなかった。類もそのときは他に興味をそそられることがあったので注意を払わなかった。

「ねえ、クイン。じゃあ……女のひととつきあえないなら、神殿にいるのは男のひとばっかりだから、男同士で恋愛したりするの？」

「男色か？　そういう者もいるが……」

クインはそこでまた「こういう話をきみにしていいのか」とためらいはじめたので、類は再度主張した。

「中学生はもう難しい話もできるんだよ」

「そうなのか。……そうだな、男色の者もいるにはいる。さっきの女がきみのことを稚児だと勘違いしていたのはそのせいだ」

稚児がどういうものかは、類も知識としては理解できていた。

「クインにも稚児がいるの？」

「いや。俺は長い眠りのせいで、いまはそういう欲求もほとんどないから。――どうして類はそんなにこの件に興味があるんだ？」

「だって、僕も新しい学校に入ったら、男のひとに『好きだ』っていわれたから」

類はちょうど中高一貫の男子校に入学したばかりで、しょっちゅう上級生から「かわいい」とちょっかいをだされていたのだ。当時同じ学校の高等部にいた紘人《ひろと》に相談したら、「男ばっかりだと、そうなるんだよね。類は美少年だから」とあきらめろというアドバイスをもらった。

「そうなのか。中学校とやらも大変なんだな」

クインは相変わらず的はずれなことを真面目な顔でいって、類の頭を慰めるようになでてくれた。

クインに相談しても実のあるアドバイスなどもらえないことはわかっていたが、類はこうして他愛ないことを彼に話すのが好きだった。

現実ではどちらかというとかしこまった少年で、しっかりしているといわれているほうなのに、クインの前では無邪気に振る舞える。子どもらしく過ごせる時間が貴重だった。

「……僕を好きだっていう先輩も、クインみたいに格好いい男のひとだったらよかったのに」

類が思わずそう漏らすと、クインは固まったような反応を見せた。

何気なくいってしまったことだが、誤解されているように思えて、類は「違う」とあわててかぶりを振った。

「そういう意味じゃなくて」

「——きみは俺が相手にするには、幼すぎる。そういう稚児を好むものもいるが、俺は——」

「だ、だから……違うって」

必死に否定していたにもかかわらず、クインから「きみじゃ相手にならない」とあっさりといわれてしまうと、類は妙におもしろくない気持ちになった。

「……ちょっと待って。じゃあ、クインは僕がもうちょっと大きかったらいいの？　それとも、その……もともと顔とかが、こ、好みじゃない？」

「——」

クインはじっと類を凝視してから、悩むように眉間《みけん》に皺《しわ》をよせた。そうなりたいかは別にして、自分がまったく彼の興味の選択肢に入っていない反応を示されることに、いたく傷つけられた気分になった。

「もういい」と類がふくれて唇をとがらすと、クインが口許《くちもと》に手をあててうつむくのが見えた。かすかに唇の端があがっていて、笑っているのだとわかった。

「ひどい。面白がってる。クインが僕に意地悪した」

「意地悪などしていない」

類がクインの肩を抗議のために叩くと、ふいに腕をつかまれて顔を寄せられる。「え」と息を呑《の》んだ次の瞬間、クインは類の額にそっと唇をつけた。

茫然《ぼうぜん》としたまま、自分の顔がじわじわと赤く染まっていくのがわかって、類はうつむいた。

「――ほら、これだけで頬を染めてる。まだ無理だ」

クインは類の頭をぽんと軽く叩くと、身を離した。負けず嫌いの気持ちが働いて、類は唇を嚙《か》みしめながらこういった。

「……じゃあ、僕が大きくなったら、クインの相手をしてあげる。だってクインがひとりのままだったら、かわいそうだから」

どうだ、と相手をあっといわせたいだけの気持ちででてきた言葉だった。クインはてっきり無表情でかわすか、先ほどのように珍しく笑う反応を示すかのどちらかだと思っていた。

だが、クインは張りつめた表情で類を見つめてきた。かすかに揺れる眼差《まなざ》しは、どこか淋《さび》しそうで、思い詰めたように硬く結ばれた口許は悲痛といってもいいほどだった。どうしてそんなふうな顔を見せるのか。

「――大きくなったきみのそばに、俺がいられたら」

クインはそう呟くように答えた。類はなぜそんなことをいわれるのかもわからなかった。

「なにいってるの？　僕はクインとずっと一緒だよ」

当時はクインのことを、自分が夢のなかで創りあげた理想の騎士だと思っていた。だから、その登場人物がそんなことを口にすると、夢の終わりが見えてきそうで怖かった。

偶然にもその予感は当たっていて、類はそれからしばらくたってから、夢を見なくなった。実際には類が異世界にひとりで夢遊病のように渡っていることがわかって、祖母が止めたというのが真相だったが。

クインは類があちら側の世界にこないときは、眠っていることが多いといっていた。神殿にはたくさんの神官たちがいたし、巡礼者も押し寄せていたが、クインは滅多にしゃべることもない、と。

神殿で暮らしているのに話すこともない生活というのはどういう意味なのかよくわからなかったが、類がたずねてもクインはまともに答えたことがなかった。

「知らなくてもいい。きみがくるときは、俺は目覚めているのだから」

子どもも心にも、自分がいなくなったら、クインは誰ともしゃべらないのだろうかと心配になった。それで淋しくないのか、と。

「淋しくはない。それも感じない。きみがいないあいだは」

類がそばにいないあいだは――？

類が向こうの世界に行かなくなったあと、クインはどうやって過ごしていたのだろうか。

祖母から〈神代記《じんだいき》〉をもらって久々にクインに会ったとき、これは実体ではないといっていた。類も子どもの姿に戻っていたから、生き霊のような魂が抜けだして、互いに邂逅《かいこう》していたようなものだったのだろう。

それでは類がペーパーナイフにふれて、〈神代記〉の継承者になって、実体となって現れるまで、クインはどこにいたのか。

彼が昔いっていたとおりなら、誰とも話さずにずっとひとりで――？


神殿に行く――。

突然、クインにそう告げられて、子どもの頃に幾度となく訪れていたはずの世界を類は再び訪問した。

しかし、感動の来訪の瞬間を知ることはなかった。異世界に渡る途中で気を失ってしまったらしく、からだじゅうが重たい鉛になったような深い眠りの底に落とされたからだ。

目覚めて、類がまず目にしたのは大きな寝台の天蓋《てんがい》だった。外からは花の匂いが溶け込んだ空気が流れてくる。

大神殿に巡礼にくる者たちが本堂に花を捧げる。だから、神殿は不穏な闇の森を背後にしているにもかかわらず、花の甘い匂いにつつまれていたことを類は思い出した。

子どもの頃、目覚めたあとはクインと一緒に過ごしたことは覚えていても、詳細は忘れていることが多かったのに、数年ぶりに再びこの地の空気を吸った途端、さまざまなことが甦《よみがえ》ってきた。

ねじれ飴みたいな極彩色の光につつまれて気を失ったあと、先ほどまで夢に見ていたクインとの子ども時代のやりとりも、向こうの世界では忘れてしまっていた。いまは、クインと王都への旅の途中、宿屋に泊まったときの出来事も昨日のことのように鮮明に覚えている。

類がつまらない虚勢をはったあと、不意打ちのように額にキスされた感触も――先日、クインが去って行くときに突如おやすみのキスをされて驚いたが、やはりあれが初めてではなかったのだ。

クインと行動をともにしているときの類は、本来の世界の落ち着いた性分を忘れきって、少しはっちゃけてしまっているので、行動や言動のひとつひとつを思い返すとひたすら恥ずかしい。

なぜ過去の自分は、神殿の神官たちの男色の有無や、クインの下半身事情にあれほど食いついて質問していたのか。夢だからなにをしてもいいと思っていたのか。

いいや、ほんとうはきっと現実の世界でも、疑問に思ったことは無邪気に口にするような素直さが欲しかったのかもしれない。たとえば、自分に少しも似てないと思っていたけれども、両親がいなくなってしまう以前の由羽《ゆう》の天真爛漫さがほんとうは羨《うらや》ましかった。だから、あんなふうにクインには甘えた態度をとっていたのかもしれない。

成長してみると、当時は自覚していなかったことが見えてくるから不思議だった。

類はゆっくりとからだを起こして、部屋のなかを見渡す。室内は窓からの眩《まぶ》しい光につつまれて、静まりかえっていた。

おそらく神官たちの宿舎となっている建物であろう。そっけなさすぎるほどなにもないのは、清貧をつねとしているからかもしれない。だが、部屋の壁や床はすべらかな純白の石が使われていて、飾り気がなくとも神に仕える者らしく気品のある空間だった。

類はすでに元の世界のパジャマではなく、こちらの服に着替えさせられていた。上等な手触りだが、シンプルな白い布地の服。左腕の袖をまくってみると、人面鳥に切りつけられたせいでできた黒い痣《あざ》がすっかり消えていた。

クインが猶予のない様子だったので、類もどうなることかと思っていたが、どうやら神殿にきたおかげで助かったらしい。穢《けが》れを払うといっていたから、なんらかの処置を施したのだろうが、類はまったく知らない。気を失って、どのくらい眠っていたのか。こちらの世界にきてからどれほどの時間がたっているのか。まるで予想がつかない。

ベッドから立ち上がって窓辺に行ってみると、外は濃い緑の樹木と明るい日差しのコントラストが見事で、初夏のような陽気らしかった。

この部屋は上階にあり、白装束の神官たちが宿舎前の広場をゆったりとした動きで行き来しているのが見える。クインと同じように剣を携えた神殿付きの騎士の姿も何人か見えた。

「――類。目覚めたのか」

ぼんやりと外を見てると、やがて扉が開いて、クインが部屋に入ってきた。彼はつかつかと歩み寄ってくるなり、類の腕をとらえて引き寄せるようにして顔を覗《のぞ》き込む。

至近距離から見つめられて、類は夢のなかで額にキスされたことを思い出して、かすかに頬が熱くなった。子どもの頃のやりとりを思い出してしまうと、クインとの絆《きずな》は自分が考えていたよりももっと深いものに感じられて変に意識してしまう。

「具合はどうだ?」

「うん。悪くない。腕も見たけど、黒いのが消えてるから、もう大丈夫なんだろう?」

「神殿の薬師長が直々《じきじき》に穢れを払ってくれた。心配ない」

「……僕はどのくらい寝てたんだ?」

「こちらの時間では三日ほど。そのあいだに穢れを払う儀式をした。気を失ったのは、毒が回りかけて体力がなくなっていたせいだろう。儀式の最中にきみは何度か目を開けたけど、覚えてはいないんだな」

「覚えてない……」

「そうか。なら、思い出さないほうがいい」

気になるいいかたをされて、類は口許をひきつらせた。

「儀式って、なにをやったの？」

「知らないほうが……」

「いや、教えてくれ」

類が詰め寄ると、クインは「知りたいのか」と仕方なさそうに答えた。

「薬師系の神官たちが、薬師長を中心にきみを取り囲んで術のために二日ほどずっと唱和していた。薬湯にくりかえし入れながら」

「それで穢れが払えるの？」

「闇の毒がきみのからだから出てきたから。蛆《うじ》として形をとりはじめていたから、危なかった。そのままほうっておくと、からだのなかで蛆同士が合成して闇の生き物が息づくんだ」

ぞっとするようなことを聞かされて、類は震えながら思わず自らの左腕を見た。

「僕のからだのなかに闇の蛆が……」

「もう追いだした。蛆も神聖な火で焼き払ったから」

類が真っ青になっているのを見て、クインは「だから、聞かないほうがいいっていっただろう」といいたげな顔をした。「いや」と類はかぶりを振る。

「気味の悪いことでも、きちんと知りたい。〈神代記〉のことといい、僕は無知すぎるし、それじゃ困る。せっかく久しぶりにこの地にもこれたんだから、たくさん勉強したい。前は子どもだったから、複雑な事情がわからないこともあった」

「――――」

てっきりクインは同意してくれるかと思ったのに、なぜかなかなか返事がなかった。しばしの沈黙のあと、クインは類から目をそらしてようやく答えた。

「そうだな。ではちょうどいいから、ここで〈神代記〉を隠す術などを覚えるといい。それから向こうの世界で一族の気配を隠す結界を張る方法も――」

そこまでいわれて、類はそんな術を勉強しているほど悠長な時間がはたしてあるのだろうかと悩んだ。

向こうの世界に懸念する事案をいくつか残したままなのだ。転入生のアーロン、そして天空倫理会《くうりんりかい》の施設の地下にいるという化け物……。

類がそれらのことをあらためて訴えると、クインは少し考え込む様子を見せた。

「気になってることはわかった。俺のほうでも少し調べよう。ただ、こちらと向こうでは時間の流れ方が違う。こちらで十日間過ごしたとしても、向こうではたった一晩ほどだ。だから焦らなくてもいい。それに、きみが目覚めるまでのあいだ、事情のわかる者に伝言を頼んだから、きみが部屋からいなくなったことは、家族のものは了解している。そっちは心配いらない」

十日で一晩――では、たとえば二十日ほど滞在しても向こうでは丸二日間にも満たないわけか。

「事情を話したのは、叔父さん？　紘人？」

「いや、俺が頼んだのは、きみの祖母に仕えていた角倉《かどくら》という者だ。あれは実はこちらの世界の人間なんだ。俺と同じ神官で、ずっと異世界にとどまっている」

「角倉が……」

たしかにいま考えれば、彼も〈神代記〉の事情に通じていそうだったが、こちらの世界の人間だと聞いて驚いた。

「ひょっとして、彼は……ものすごく長生き？　角倉にそっくりなひとが親子二代で働いてるっていうのは、ほんとはひとりだったりするんだろうか？」

「ああ。そういうことにしてるのかもしれないな。彼もあちらに行ったまますいぶん長いから。きみの祖母がいなくなってから、きみたちの一族を守る結界を張ってるのは、実は彼なんだ。彼は本来、こちらの神殿との連絡役で――」

年をとらない不思議な使用人の正体を知って、類は瞠目した。

由羽が「角倉は吸血鬼かもしれない」と疑ったのは滑稽《こっけい》だったが、着眼点は悪くなかったわけだ。

「闇の毒は抜いたが、あと一日か二日は静養が必要だ。とりあえず食事を用意させよう。空腹だろう。なにも食べてなかったんだから」

「うん……でも、気が張ってるせいか、食欲がないんだ。いまはいいよ。喉《のど》は渇いたから、水だけもらえるかな。食事より外に出たい」

「――駄目だ」

クインはきっぱりと答えると、類の腕を引っ張って寝台へと連れて行った。強引に寝床に押し倒されて、類は「なにを……」とあわてた。クインが顔をぐっと近づけてきたのでまたキスでもされるのかと焦ったが、違った。

「今日一日は寝てること。食事も、無理してでもとる。外にはださない」

動きを封じるように布団を上からかけられて、類は一瞬でも変に勘違いしてしまったことが恥ずかしくなった。

「いま、食事をもってくるから。頼むから、今日だけは休んでくれ」

訴えかけるような眼差しを向けられて、類はおとなしく頷く。クインはその真剣な顔つきのまま、「よしよし」と類の頭を何年経《た》っても慣れないような手つきでなでてきた。

「きみがこちらで子どもの頃に好物だったものを用意させるから。果物のつつみパイが好きだっただろう」

いままで類はこちらの食の記憶などすっかり忘れていたが、そういわれると、甘くてジューシーな果実の味が舌に甦ってきた。

もともと類は食の細いほうで、こちらの食べものも舌に合わずに苦労したが、当時は子どもだったからお菓子は喜んで食べたのだ。そのお菓子もクインがあれこれと悩ましげに試行錯誤して「これなら食べられるか……?」とやっと探してきてくれたものだったと思い出す。

類が「これは美味《おい》しい」と答えたとき、クインはほっとしたように口許をゆるめた。そのときのやりとりを甦らせたら、類は子どものわがままで手を煩わせたことが申し訳なくて「うん」と頷かずにいられなかった。

「……すごく楽しみだ」

クインが満足そうに部屋を出ていったあと、類は布団のなかで居心地の悪さを感じながら顔をしかめる。

子どもの頃に一緒に過ごした記憶が鮮明になればなるほど、自分の弱点をすべて握られているようで、クインはやりにくい相手だった。

クインのいうとおりに一日休んだあと、神殿の薬師長にからだを診てもらい、もう後遺症はないだろうとのお墨付きを得てから、類は自由に神殿の敷地内を歩き回れるようになった。

大神殿は白亜の石の建造物で、大きく太い円柱がならぶさまと、至るところに精緻に細工された装飾の彫刻が見事だった。本堂に捧げられる花は種類が決まっていて、色も白と黄色のみに限られていた。祈りを捧げたあと、一応献花台とされる場所に信徒たちは花をおいていくのだが、すぐに大量の花に台は埋もれてしまい、あたりは眩暈《めまい》のしそうな甘い香りに満たされる。それが焚かれている香と入り混じって、神殿独特の芳香となっていた。

神官をはじめ、まかないをつくる下働きも含めて神殿で働いているのは全員が男性で、仕事は違えども、彼らの容姿は騎士を含めてみな顔で選んだのかと思うくらい端整な者が多かった。そして、なぜか年をとった者がいない。

皆に敬われている位の高い神官でさえも、せいぜい二十代の青年にしか見えないのだった。ひょっとしてこの世界のひとは老いないのか——とすら疑ったが、巡礼してくる信徒たちのなかには普通に壮年も老年の男女も含まれていた。角倉の例もあるし、神殿には神官たちだけの若返りの秘術でもあるのだろうかとくだらないことを邪推してしまった。

クイン以外の神官たちと対面したとき、最初は何語を話しているのか理解できなかった。美しい発音の言語だったが、類の知っている言葉のどれとも違う。しかし、ものの五分もしないうちに、耳にすっと馴染《なじ》んで意味が理解できるようになった。口を開くと、類もいつのまにかこちらの言語を口にしているという現象が起こった。

クインにたずねたら、「それは〈旅人〉の基本能力だから。どの異世界に行ってもそうなる」といわれた。考えてみれば、クインもこの外見で類の前に現れたときはすらすらと日本語を操っていたのだ。夢の登場人物だと考えていたときには、おかしいとは考えなかったけれども——訛《なま》りもよどみもない綺麗《きれい》な日本語をしゃべるのだ。

こちらの世界にいるときは、この地の言語で会話したほうがいいといわれて、類はそのとおりにした。神官たちのあいだでも出身地によって言語が違っているが、しばらく聞いていると、すぐにどの言葉もすんなりと理解できた。

類はもともと勉強嫌いではなくて、英語の成績もよかったが、元の世界でもこの能力はひょっとしたら役に立つのではないかと考えてしまった。

「〈旅人〉はどこの世界にいってもそこの文化を理解できるように言語能力が発達してる。いままではきみの祖母が能力の暴走を畏れて封じていたみたいけど、その枷《かせ》が外れたから、向こうの世界の言葉も何語でも理解できる」

「クインも……?」

「大神殿の神官になるものは、異世界との対話も必要になるから、似たような能力を術で得てる。きみたちの血筋は、術がなくてもそれができる」

アーロンもそういえばやたらと日本語がうまかった……と思い出す。やはり彼は普通の人間ではないのだろう。

彼が何者かは気になったが、とりあえず類は〈神代記〉を扱うための基本的な術を覚えなければならなかった。てっきりクインが教えてくれるのかと思っていたが、自分よりも適任がいるといわれて、教師となる神官を紹介された。

ラザレスという神官で、人形のように中性的で整った顔をしており、背が高いのと、かろうじて胸が真っ平らなので男性と判別できたぐらいだった。若く見えたけれども、神殿の教師長ということで、クインが紹介するくちぶりを見ても、かなり目上の存在らしかった。

「俺の先生でもあるから」

類が「よろしくお願いします」と頭をさげると、ラザレスは「はい」と柔和な笑顔で答えた。

ラザレスに限ったことではないのだが、神官はみな一様ににこやかで穏やかな人物が多かった。「微笑《ほほえ》みちゃん」といわれた天空倫理会の信者たちをなんとなく連想してしまう。

クインは一緒にいてくれるのかと思ったが、ラザレスに「あとは頼みます」といって部屋を出ていってしまった。

「――逃げましたね。あの子はわたしが苦手なのですよ」

ラザレスはおっとりと笑った。クインが『あの子』呼ばわりされた事実に、類は目を丸くする。

「あなたはひとりでも大丈夫ですよね。わたしのことは先生と呼んでください」

ラザレスは男性にしては、とても綺麗な高い声をしている。陽に透ける長い金髪をゆるく編んで前にたらしているさまは、女性的といってもいいくらいだ。にこやかに細められた薄水色の瞳は清らかな湖のように澄んでいる。あまりにも整いすぎていて、ほんとうに人形のようだったが、雰囲気そのものはやわらかいながらもどこか威厳が漂っていた。とてもやさしそうだけど、もしも怒らせたらすごく怖いタイプだ——と類は本能的に察して、姿勢を正して「はい、先生」と答える。

「よろしい。では、場所を移しましょう。あなたはまず謳《うた》えるようにならなければなりません」

神官の宿舎を出て、ラザレスは類を大神殿の裏手にあるドーム型の屋根をもつ建物へと連れていった。

大きな扉を開けて中に入ると、真っ暗でなにも見えなかった。類が立ち止まっていると、ラザレスがゆっくりと壁にそって歩きだし、唇から人間のものとは思えない音をだす。すると、壁に備え付けられている燭台《しょくだい》のひとつひとつに灯《あか》りがともりはじめて、内部を照らした。

「うわ……」

類は目を瞠《みは》って周囲を見回す。そこは円柱の建物で、ドーム型の天井には大きな魔法陣が描かれていた。足下にも同じく魔法陣があり、神秘的な空間だった。歩くとやけに靴音が響く。

「ここは音響効果が良いので、練習をするには最適でしょう」

てっきり〈神代記〉を隠匿《いんとく》する魔法みたいな術を教えてもらえるのかと思っていたら、ラザレスがまず類に命じたのは声をだすことだった。

〈神代記〉はこちらに預けなさいといわれて、類は手にしていたそれを渡しながらとまどう。

「声ですか。呪文とかですか」

「いえ。普通の声でいいのです。『あ』でも『い』でもいいので、息が切れるまで思いきり大声をだしてください」

歌のレッスンのようなことをいわれて、類はとまどったが、いうとおりに「ああああああ」と大声をだした。

それほど変な声ではないと自負しているが、クインたちのように楽器みたいな音が自分の口からでるようになるとは到底思えなかった。

そんな雑念が声にもあらわれていたのか、途中でラザレスがぴくりと片眉をあげて、「集中！」と怒鳴る。

「は……はいっ？」

「集中しなさい。なにを考えているのです。わたしは声をだせといった。考えごとをしろとはいってないっ！」

いきなり鬼軍曹のような勢いで叱りつけられて、類はその豹変ぶりに茫然とするばかりだった。人形のように美しいひとが、こめかみに筋をたてるほど怒りをあらわにして般若のような形相になっているのにも驚いたが、考えごとをしていたのがなぜわかるのか。

するとと、再びおっとりとした様子に戻って、ラザレスが答える。

「――わかります。なぜなら、声にはすべてがあらわれるから。あなたの迷いがでてる」

まるでエスパーのように断言されて、類はこれ以上理由を聞くのが怖くなった。いわれたとおりに「あああああああ」と大声をだしつづける。

音響効果がよいというだけあって、天井の高い円柱の建物内に声は気持ちよく響いた。この建物の中心に立って声をはりあげていると、音が無限に広がっていくように錯覚する。

しかし、いくら心地よくても、何度もくりかえしていると喉が疲れてきた。この単純な発声をいつまで続けるのか。「まだですか」とたずねても、ラザレスはぴしゃりと「わたしがいいというまでです」と答える。類の声が嗄《か》れてかすれてきても、まったくおかまいなしだった。類もどちらかというと負けず嫌いなので、なんの意味があるのかという疑問を振り払って、無心に声をあげつづける。

「……っ」

声をだしすぎて、喉の奥が痛くなったので、類が咳《せ》き込むと、ラザレスがそこで初めて「もういいです」といって歩み寄ってきた。類に「背中まっすぐ！」と姿勢を正させてから、後頭部の首すじの上のあたりをつかんでぐいっと押す。

「ここは天柱。名前通り、天の柱とつながっている。天の力とこの箇所をつなぐ。人間の声帯からだせる声は、いまあなたがだしたところまでで限界です。ここからは違う領域から発声するのです。先ほどみたいに無の境地になってもう一度声をだしてごらんなさい」

いっている意味がわからなかったが、類は「あ」と声をだしてみた。最初はかすれていたが、途中から腹の底から湧きあがってくるなにかを感じた。熱いエネルギーがあふれて、口からこぼれる感覚。

「――――!」

それは声ではなく、音だった。

不思議だった。自分ではメロディのある歌をうたっているようなつもりもないのに、聞いたこともない美しい旋律が流れる。声をだしているだけで、なにか大きな力とつながっている気がした。音は天井に響いて広がり、眩暈がするような高揚感につつまれる。天井と床に描かれた魔法陣の線をなぞるようにして光の魔法陣が浮きだし、共鳴していた。音自体に自分が溶け込んでしまいそうな……。

「はい、けっこう」とラザレスが手を叩く音で、類は我に返って息を切らした。

「――見事です。さすが継承者。これで天とつながった。早いですね。一日でできるものもいるが、遅いのは数年かかるものもいます。あなたは優秀な生徒です」

ラザレスは満足そうに微笑む。その笑顔はおっとりとしていて、先ほどの鬼軍曹のような面影は消えていた。この先生、二重人格なんじゃないだろうかと類はひそかに訝《いぶか》る。

「いまの歌……いや、音はどうしてでるんですか。クインも不思議なことをするとき、必ず謳っているけど」

「言語は人間の文化です。我々が神と敬っているものは、もっと旧《ふる》い時代のもの――それに呼びかけようとしたら、彼らにも認識できる音が必要になります。これに――〈神代記〉の神々を目覚めさせるには必要なのです」

ラザレスは発声の練習中に預かっていた〈神代記〉を類に手渡した。

「じゃあ、クインも――先生も、魔法みたいな術を使うひとはみんなそれぞれ〈神代記〉をもってるんですか？」

「まさか。わたしたちの魔法みたいにみえる術は、自然に呼びかけて得ているものです。自然界のエネルギーにも言葉はありませんから。音を使って、それらを変質させているだけです。簡単にいえば、水を出現させようと思ったら、空気中にある水の成分である分子を音によって移動させて結合させている。単純なものも複雑なものも、理屈は同じです。技として習得しているだけ。決して魔法使いなわけではない。ただその〈神代記〉は――自然の法則を無視した、魔法使いのような真似ができる」

類はあらためて自分の手元にある革表紙の古書をまじまじと見つめた。クインやラザレスだって十分魔法使いのように見えるのに、これにはそれ以上の力があるというのか。

「それは特別な書です。名の知られぬ混沌の古《いにしえ》の神々の力が封印されたもの。その本は何冊かあります。いま現存しているのは、はたしてどれくらいあるのか……力がありすぎるので、神殿が把握している分は悪用されないように異世界へとわざわざ渡らせたのです。この神殿の裏手が闇の森に侵食されているのは知っているでしょう？　あの森にはあなたも知ってるように、奇怪な姿の化け物たちが住んでいる。化け物自体には知能もろくにありませんが、だからといって歓迎されるものでもない。〈異界の穴〉があるせいで、あそこは異質な空間となっています。あの森が広がったのは〈神代記〉が原因なのです」

「どういうことですか？」

「名の知られぬ神々はとても存在がやわらかい神なのです。表現が難しいですが、それは善にも悪にもなりうる。闇の森は、〈神代記〉の使い方を誤ったためにできたもの」

世界が闇の森に侵食されつつあるのは、かつて〈神代記〉から手に負えない神々を呼びだしたせいで〈異界の穴〉があいてしまったせいなのだという。いくつもの壊れた異世界とつながっているというそこから異形の化け物たちが生みだされているためだと――。

〈神代記〉には、善にも悪にもなりうる力が眠っている。それはクインも似たようなことをいっていたが、類にはいまいちよく理解できなかった。

「でも……クインはそれを使いこなしてますよね。彼には神獣がついてるっていってました。

あれもその神様の一部ってことなんでしょう？〈神代記〉を守ってるって」

「あれは混沌の神々とは少し違いますよ。元を辿《たど》れば同じなのですが、いわば混沌の神がひとと共存して自然に根付いて善神となった姿です。名の知られぬ神々が形を得た結果、聖なる獣の精霊になったといったほうがいいのか。混沌の神々は力を引き出すものによって、かたちが変わるものですから。この世界に同化した神は、結果的には、さきほどいった自然のエネルギーに呼びかけているのと同じ存在になるのです。わたしも教師になる前は〈神遣い〉の騎士だったので、神獣が憑《つ》いています」

そういうなり、ラザレスが唇を動かすと、呼びかける旋律が聞こえたか聞こえないかのうちに、彼の全身から陽炎《かげろう》のような影がゆらめきたった。それは火柱のように天井高くまでふくれあがり、巨大な黒いドラゴンの姿となった。頭部と胸部ぐらいまでしか見えないが、クインのそれが白銀の知的な目をした美しい獣だったのに比べて、ずいぶんと凶悪な面構えをしていた。黒いドラゴンは真っ赤に燃える赤い目をして、いまにも類に食いかかりそうな勢いで口をあけて、炎のような光を吐く。

神獣は、いわゆる３Ｄの立体画像のように見えるかたちなのだが、それでも思わず類は後ずさりたくなった。

「ず……ずいぶん凶暴そうなの、飼っていらっしゃるんですね」

「こいつは善神というより、ちょっと悪寄りなんで扱いが難しいんですが……でもかわいいでしょう？」

頭上に幻影のように浮いている黒いドラゴンを見上げながら満足そうに微笑むラザレスに対して、類はどう返事をしたらいいのかわからなかった。


ラザレスにとって類はほんとうに優秀な生徒だったらしく、謳うことを覚えたあとは術の獲得もスムーズだった。

つねに〈神代記〉を肌身離さずにもっているための隠匿の術とは、いわば自分で異次元ポケットのようなものをつくり、そこに本をしまう方法だった。これなら本を持ち歩かなくても、異なる次元の空間をつないで、いつでも本が取りだせるという仕組みだ。

そして化け物たちに見つからないように結界を張る方法も、異分子の気配を察知したら、血脈につながる者たちの空間を巧みに切り離すという原理で成り立っているらしかった。

これらは魔法でもなんでもなく、自然界にあるエネルギーを利用すれば可能だということで、類はラザレスが教えてくれるとおりの旋律を覚えて正確に謳えるようになればよかった。

クインは練習の初日の夜に類の部屋にやってきて、「怖くなかったか」とラザレスについての感想をたずねてきた。あんな仏と鬼軍曹みたいな二重人格の教師のところにひとりで置き去りにしたくせにと責めると、クインは「仕方ない」と逃げたことをごまかさなかった。

「クインは先生が苦手なの？」

「苦手ではないが、得意でもない。彼に憑いてる神獣のドラゴンが凶暴なので、俺に憑いてる獣がいやがってる。仲間なのに、すぐに暴走してこちらの獅子に炎を吐いてくる」

そう説明されてしまうと、いかにも悪人面の黒いドラゴンを目撃したあとでは、一緒にいてくれともいえなかった。

数日間のうちに、類はラザレスから暗いところに光や火を灯《とも》す術、水を合成させる術、風を起こす術など、基本的な術を教えてもらった。たとえば、強力な火を起こして同時に風も発生させれば、それだけでも炎の攻撃となり、小物の怪物は始末できるという話だった。もしうまく使えば、人面鳥などは類ひとりで丸焼きにできるわけだ。

熱心に炎の術を練習する類を見て、ラザレスは少し意外そうな顔をした。

「あなたは戦うことに抵抗がないのですね。〈旅人〉はいくらでも異世界を渡って逃げることができるから、平和主義者が多いのですが」

「それは――両親が化け物に――殺されたので……」

答えてから、類は拳《こぶし》をぎゅっと握りしめる。

もしも今度親しいひとが襲われたら、自分で対処できる武器がほしいというのが類の本音だった。由羽、紘人、叔父さん……親族のひとたち。守りたいひとはたくさんいる。

「こういう理由は、いけませんか？」

「いいえ。ただあなたの祖母は、攻撃的な術や〈神代記〉には個人的には興味をもちませんでしたよ。〈神代記〉の力を使わなくても、優れた術者だったから、なんとかなりましたが」

ラザレスは類を祖母に劣らないほど優秀だといってくれたが、類がそれまでに覚えたのは自然の力を使った術であって、〈神代記〉自体を使う術ではなかった。

「……そろそろ〈神代記〉の使い方は教えてもらえないのですか？」

「知りたいのですか？　それは、継承者であるあなたにしか読めない本です。もう基本的には謳えるようになっているから、読もうと思えば読めるはずですよ。ただ、一度読んでしまうと、あとには引けないのです」

ラザレスの妙に含むようないいかたに、類は表情を険しくした。

「どういうことですか？」

「それには名の知られぬ混沌の神の歴史と呼びだす呪文——つまりは音の旋律が綴《つづ》られている。あなたのなかに、混沌の神々の歴史がそのまま入ります。神々の成り立ちを知り、そして神はあなたの意思によって外に出るさいの形を成す。あなたが呼び出すことによって、なにが出てくるのかはわかりません。その本からはいくらでも用途に合った神々がでてくる。下手をするとあなたはそれに憑かれたまま、一生を過ごすことになります」

「………」

重大な話を聞かされて、類はごくりと息を呑んだ。

「つまり？」

「いま世界にいる神獣は、かつて〈神代記〉から呼び出されたものです。自然に調和し、善神になったものもいれば、邪神になったものもいます。わたしのドラゴンぐらいなら、ちょっとやんちゃなくらいでかわいいものですが、もしかしたら手に負えない厄介なものがでてくるかもしれない。でも、あなたは制御しなければいけないのです。化け物みたいな神がでてきたら、さらにその化け物を倒すための神を呼び出さなければならない。たとえそのために命を落としたとしても」

自然の力を利用して炎を起こしたりする術は実用的だったし、魅力的だった。だから類は術を学ぶうちに、もっと魔法みたいだという〈神代記〉の術も学ぼうという考えに至っていたが、徹底的な両者の違いを思い知らされて茫然とする。

「……だから、〈神代記〉を読み解こうという者は少ないのです。どんな神がいるのかもわかっていません。ただ神を呼びださないままでも、それが空間の修復のために時間を戻せるのはわかっています。これは継承者を通じて、〈神代記〉を守る神遣いの騎士にできる術です。つまりは〈神代記〉を守る神獣との合わせ技です。だから異形に襲われたときに、神遣いの騎士が間に合えば、その周辺の崩壊はなかったことにできる。これは、貴重な力です。失われた命は無理ですが、物質的には修正できる。迂闊《うかつ》に本を消滅させるわけにもいかない理由はそれです。はたして我々に消滅させられるのかどうかもわかりませんが」

祖母が「無理に読む必要はない」といった意味がいまさらのようにわかってきた。

類のとまどいを察したように、ラザレスは微笑みながら頷いた。

「かまわないのですよ、べつに〈神代記〉を使えるようにならなくても。守っていてさえくれれば」


神殿に滞在しているあいだ、クインは基本的には夜に現れて、せいぜい一時間ほど術の訓練の成果報告を聞いてくれるぐらいだった。

ラザレスとの術の訓練につきあえないのは仕方ないにしても、食事をともにしたり、空いている昼間の時間に街に一緒に出かけたいと考えていたのに、神殿のどこをさがしてもクインの姿は見つからなかった。昔、神殿で普段なにをしているのかとたずねたとき、「剣の稽古。あとは寝てる」と答えていたから、いそうな場所をさがしたのだがどこにもいない。

神殿付きの騎士なのだから、こちらの世界にいるときはもしかしたらお勤め的な役目があるのかもしれなかったが、類としては少しばかり期待はずれだった。

その夜、クインが類の部屋を好物の果実のパイをもってたずねてきてくれた。寝台に座っていた類の隣に、クインも並んで腰をおろす。「ありがとう」とパイの礼をいってから、類は気になっていたことを早速たずねてみた。

「クインはいつもどこにいるんだ？　今日、街に出かけてみたかったからさがしたのに、見つからなかった」

クインは「眠っていた」と答える。

「どこで？　クインの部屋ってどこにあるの？」

「俺の宿舎の部屋は、本来はここだ」

どうやらクインは自分の部屋を類に与えていたらしかった。類がこの世界にきてからすでにこちらの時間で一週間以上は過ぎている。

「じゃあずっとどこで眠ってたの？」

「眠る場所はほかにもある。街に出かけるって、きみは昼間は術の訓練のはずだろう」

「そうだけど……もう一応必要な術は身につけられたんだ。先生に教えることはないっていわれたから」

クインは目を瞠った。

「ずいぶんと早い」

「先生にも褒められた。明日から、できることならクインにつきそってもらって、森のなかに入って術の実践をしたいんだけど」

「実践？」

「小物の化け物ぐらいは炎の術で退治できるっていわれたから。先生も森に深く入らなければいいって」

クインはかすかに眉をひそめてみせた。

「必要ない。きみは〈神代記〉を隠匿する術と、結界を張れればそれでいいだろう」

「それも身につけたんだ。〈神代記〉を守るだけなら、もう大丈夫だって先生からいわれた」

「――――」

クインは一瞬硬い表情になって、何事か考え込む。その沈黙のなかに、いつか見せたような、どこか悲痛な気配がよぎる。

だが、それも一瞬のことだった。クインはすぐに冷静な顔つきに戻った。

「そうか。終わったのか。――では、きみが行きたいなら、明日にでも街には行こう」

クインが見せた一瞬の間が、類には妙に気になった。心なしか彼の表情には深い翳《かげ》りができていて、疲れているように見えた。

「クイン……？　どうしたんだ？　具合悪いのか？」

クインは「いや」とこちらをじっと見つめたかと思うと、なぜか手を伸ばして類の頭をなでてきた。いま「よしよし」されても、類は反応に困る。

「クイン？　大丈夫って聞いてるのは僕のほうなんだけど。僕は元気だ。なんで頭をなでるんだ」

「――なぜだろうな」

真面目な顔で答えながら髪の毛をわしわしつかむような勢いで頭をなでられつづけて、類はあっけにとられて抵抗する気もなくなった。

クインが少しずれているのは知っているけれども、その夜はとくにおかしいように思えた。

そうやってぼんやりした顔で、クインはしばらく類の頭をなでつづけていたが、ふいに手を離す。

「パイを食べてくれ」

どうしたんだろうと訝りながらも、類はクインがもってきてくれた果実のパイをおとなしく囓《かじ》った。向こうの世界のブルーベリーみたいな果物を煮たものが入っている。

類がせっせとパイを食べていると、クインはもういつもの絵に描いたような端整な表情に戻っていた。それでもその横顔が妙に沈んでいるように見えて気にかかった。

類はパイを食べ終えてから、さらに座っている距離を詰めて、クインに寄り添うようにした。子どもの頃にこうすると、クインは安堵《あんど》したような、うれしそうな目をしたのだ。

その夜も、クインは類がそばにいることに、表情をほころばせた。よかった、と安心したのも束の間、その表情が再びはりつめる。

「――きみは俺のすべてだ」

まっすぐな眼差しを向けられて、類は「え」と息を呑む。

どういう意味でいわれているのかがまったくわからなかったが、ストレートな台詞《せりふ》に耳が熱くなった。けれども、クインが昔から口数が少ないわりには、「類はかわいいだろう」と妙に変なところだけはっきりと主張していたことを思い出す。この台詞もおそらく類が赤くなる意味ではないのだろうと思われた。

「それは……僕が〈神代記〉の継承者、だから？　守る義務があるから、クインはそんなふうにいってくれるのか。剣の主だから？」

「――そうだ」

あっさりと肯定されて、あたりまえのことをいってくれているだけなのに、なぜか少し落胆した。〈神代記〉を守る神獣がついている〈神遣い〉の騎士だから、クインは類に対して責任を感じているだけ。

だが、その言葉には続きがあった。クインは類から目をそらすと、うつむきながら呟くようにいう。

「……そうなんだが、実はそれだけでもない。俺はずっと眠っていた。最近では目覚めている時間のほうが少なかった。俺は必要とはされていなかったから。でも、きみが現れた。俺の依《よ》り代《しろ》であるペーパーナイフをおもちゃと勘違いして、うれしそうに手にとってくれた。

『僕はこれが欲しい』と――」

それは淡々とした調子で語られたので、クインがなにをいわんとしているのかよくわからなかった。なによりもまず、類は最初に剣型のペーパーナイフを握ったときのことを、クインがなぜ知っているのかに驚いてしまった。

「え……？　その話、僕が話した？　おばあさまとふたりきりのやりとりなのに」

「きみのことなら、なんでも知ってる。目覚めているときは見るようにしていたから。きみがペーパーナイフを手にとった瞬間に、意識のつながりができた。だから、俺はきみがこの世界に夢遊病のようにやってきても、すぐにどこにいるかも察知できた。先日、きみが〈神代記〉とペーパーナイフを自分のものにする前から、すでに絆ができていた」

昔、どうして類がこちらの世界にやってくるたび、すぐにクインが現れていたのか。その回答をいまもらっているらしかった。

そんなに意識がつながっているのなら、類が普段考えていることも伝わってしまったりするのだろうかとひそかに心臓に悪かった。〈神代記〉の継承者と、それを守る神獣の〈神遣い〉の騎士の関係というのは、類が考えているよりも深いものがあるらしい。

先ほどからクインは類を剣の主として大事にしていると伝えてくれているようだから、類も信頼していると応えなければならなかった。

「僕もクインのことはすごく大切だ。昔は存在そのものが夢だと思ってたけど、当時から心の支えにしてた。なにがあってもクインがいてくれるから大丈夫だって――そう考えることで、現実の世界でも強くなれる気がしたから」

「…………」

クインは視線をあげると、再び類のほうを見つめてきた。至近距離から凝視されると、わけもなく心臓の鼓動が高鳴る。なぜか唐突に子どもの頃のやりとりを思い出した。

旅の宿屋で稚児がどうのこうのという話になって、思わず類が「僕は好みじゃない？」とたずねたときの場面――なぜ、あんなことをいったのだろう。

もしかしたら、この妙な動悸さえ伝わってしまっているのではないかと思うと、よけいに胸が早鐘《はやがね》を打った。

「クイン？」

「――」

クインはふと手を伸ばしてきて、類の口許にふれた。指でなぞるようにして、唇についたパイの食べこぼしを拭《ふ》いているようだった。

「汚れている」

先ほど「食べてくれ」という言葉に気圧《けお》されるようにして夢中で食べたので、口が汚れていることまで気が回らなかった。普段の類ならば、決してこんな醜態はさらさないのに――と耳もとが熱くなった。クインの前では童心に返ってしまうから、自分の反応もおかしくなる。

クインは指でぬぐったパイの汚れを、自らの口許にもっていくとぺろりと舐《な》めた。

どうせクインのことだから、そんなしぐさにもなんの意味もなく、ただ汚れを舐めただけの行動に決まっていた。泣いた高校生の男の涙を舐めることにも違和感をもっていなかったのだから。それがわかっているにも関《かか》わらず、覗いた舌が色っぽいような気がして、類は頬が火照った。

いままで男子校で過ごしていて、男の生徒に好意を寄せられても、いつだって冷静に受け止めてきた。男同士の関係に興味などない。なのに、なぜクインを前にしたとき、心の底がざわつくのか。

頬を赤く染めた類を見て、クインは目を細めた。青い目が興味深そうな色を浮かべるのに気づいて、類は思わず睨みつけてしまった。

「……見ないでくれ」

「見てない」

以前と同じようなやりとりになったと気づいた瞬間、類はおかしくなって小さく噴きだしてしまった。クインも唇の端をかすかにあげて笑ったように見えた。

緊張がとけたと思った次の刹那、類はまた硬直するはめになった。なぜなら、クインが類の肩を抱き寄せて、唇をよせてきたからだ。

先ほど指でぬぐったように、今度は丁寧に唇で唇をなぞってぺろりと舐める。

唇をいったん離されても、類は茫然として声をあげることができなかった。クインがどういうつもりなのか予想がつかなかったからだ。

こんなことをしても、ごく平然と「まだ汚れが残っていたので唇で舐めた」とでもいいそうな気がする。というよりも、どう受け止めていいのかわからないので、そういってほしかった。

だが、クインはなにもいわなかった。再び唇を寄せてくると、今度は類の唇をきつく吸った。

この期に及んでやっとキスされているのだと気づいて、からだがこわばる。

何年経っても頭をなでてくる手つきはぎこちないくせに、合わされた唇から入り込んできた舌が巧みに類の口腔を刺激した。

くらりと眩暈を覚えて力が抜けた瞬間、そのまま寝台へと押し倒された。クインが覆いかぶさってきて、類の口を再びキスでふさぐ。

つねに彫像のごとく表情が変わらないクインなのに、少し興奮したような乱れた息を吹き込まれて、背中がぞくりとした。

いやなわけではなかったが、いきなり男としてのクインの行動にとまどってしまって混乱する。こんなクインは知らない。いま、自分にのしかかっているのはいったい誰なのか。

「――クイン……！」

類が叫ぶと、クインはすぐに動きを止めてはっとしたように上体を起こした。

なぜクインがこんなことをしてくるのか。思い当たる節は、昔の稚児云々《うんぬん》のやりとりぐらいしかなかった。あのとき、大きくなったら自分が相手をするといったから――？

「……クイン。もしかしてだけど、その……僕があんなことをいったのは――まだ子どもだったからで……大きくなったらクインの相手をするとか、あれは……戯《ざ》れ言《ごと》みたいなもので」

「――わかってる」

クインはもう冷静な表情に戻っていた。その横顔は、たった少し前まで類のからだにのしかかって熱い息を吐いていた男とは別人だった。だが、まるきり平然としているのではなく、眉間には困惑するような皺がよせられていた。

「どうかしてた。すまない」

謝られてしまうと、類もそれ以上なにもいえなかった。淡々とした言葉のかすれた語尾から、彼自身もとまどっているのが伝わってきた。

「――おやすみ」

クインは寝台から立ち上がると、類を一度も振り返らないまま部屋を出て行った。

強烈な花の甘い匂いが漂っている。

翌日の朝食後、クインをさがして神殿の敷地内を歩いていた類は、本堂の前で足を止めた。まだ参拝が許される時間ではないから、本堂に信者の姿はない。献花台の周囲にあふれる花を、神官たちがかかえて本堂の奥へと消えていくのが見える。片付けなければ、今日も参拝客が置いていく花で本堂が埋め尽くされてしまうからだろう。

捧げられる黄と白の花は、向こうの世界でいうガーベラみたいなキク科に属する清楚で美しい品種だった。花が咲いている期間が長いため縁起がよいとされ、なおかつ扱いやすいため、民家などでも多く植えられているのだという。大神殿を象徴する花ということで、街へと至る街道の周辺にはこの花畑が広がっていて春から夏は壮観な眺めになるのだった。一面の白と黄。

しかし、花もちがよいとはいえ、あれだけ大量の切り花を捧げられたら大変だろう。類も入ったことはないが、本堂の奥に運ぶということはそこにさらに飾られていて花があふれているのだろうか。

「――類。どうしましたか」

神官たちが花を運んでいくさまを眺めていると、顔見知りの薬師見習いの神官にたずねられた。闇の毒を抜いてもらったあと、定期的に体調を診てもらっているので、薬師系の神官にはちょくちょく声をかけられるのだ。

神官というと畏《かしこ》まって聞こえるが、そのケニーという薬師見習いの彼は少なくとも外見上は類より少し上ぐらいの若者だった。例の儀式のとき、意識のない類の世話を彼がしてくれたらしい。

「ケニー……。クインがどこにいるか、知ってますか？」

「クイン様ですか。〈神遣い〉の騎士の？」

「どこにも見つからない。朝食の時間に食堂を覗いてもいないし。彼の部屋は僕に与えてくれてるし、どこで寝てるのか……」

「クイン様はあなたと一緒に部屋で寝てないのですか？」

「ほかに休む場所があるというので」

ケニーは少し考え込むような顔をした。

「——きっとそのうちに現れると思います。では、ほんとうに休息のために寝ていらっしゃるんですね。〈神遣い〉の騎士が眠っている場所は、僕には立ち入れないので……」

神殿の内部は本堂の奥もそうだが、位の高い神官しか入れない場所が多々ある。類もクインやラザレスから敷地内は自由に歩き回っても良いけれども立ち入り禁止の区域にだけは近づいてはいけないといわれていた。好奇心が疼《うず》いたけれども、神官に迷惑だからといわれれば納得するしかない。どうやらクインはそういった場所で寝ているらしかった。

「ところで、類はラザレス様と術の訓練で忙しいのではないのですか？」

「術の訓練は……とりあえず終わったんです。今日はクインに森で術の訓練につきあってもらうか、一緒に街に行こうと思っていたのに」

「午後にはクイン様も目覚めるかもしれませんし、もし姿が見えなかったら、僕たちと一緒に街に行きませんか」

「僕たち？」

「僕と同じ若い薬師見習いの仲間と、ほかにも類と話してみたいという神官がいるんです」

若い者たちで遊びにいこうと誘われているらしかった。神官の年齢は見た目だけではわからないが、類に親しそうに声をかけてくれることといい、薬師見習いというくらいだから、このケニーはほんとうに類と同じく若いのかもしれなかった。

「ありがとう。ぜひ行きたいけど……クインが見つかるかもしれないから」

「もし、行けるようだったら、お茶の時間に食堂にきてください。今日はその時間以降は僕たちも自由なんです」

「確約できないけど」

「いいんです。気にしないで。ただきてくれたら、ほかの皆もよろこびます。みんな仲良くしたいと思ってるので」

ケニーはにっこりと微笑んで「まだ仕事があるので」と去って行った。

類はいままでラザレスとの術の訓練に忙しくて、それほど周囲の神官たちと交流をはかっていたわけではなかった。なのに、自分と親しくしたいと思ってくれている若い神官がいると聞いて不思議だったが、悪い気はしなかった。

ケニーの去って行く後ろ姿を見送っていると、背後から「駄目ですよ、類」と笑いを含んだ声が聞こえてきた。振り返ると、ラザレスが苦笑しながら立っていた。

「ケニーたちと街に行ってはいけません。彼らに下手に希望を与えないでください」

意味がわからずに咎《とが》められて、類はむっとする。

「今日はもう練習しなくていいっていったのは先生のほうじゃないですか。クインに森での訓練を頼みたくても、姿が見えないんです。昨日も森での術の実践なんてしなくていいっていってたし」

昨夜の出来事を考えれば、たとえクインがこの場にいても類と一緒に行動してくれるかどうかはわからなかった。もしかしたら、わざと避けられているのかもしれない。

「違います。街に出かけることを責めているのではありません。なぜケニーがあなたに声をかけてくるのか、その理由がわからないのですか。ほかの者たちがあなたと親しくしたいといってる意味も」

「若い者同士ってことで、気を遣ってくれてるのではないですか？　僕はそう受け止めてますが」

ケニーは以前にも「毎日、ラザレス様とふたりきりじゃ大変でしょう。とても偉い方だから気を遣うし。ドラゴンも怖いですしね」とこっそり悪戯《いたずら》っぽく声をかけてくれたことがあるのだ。類は迂闊に頷いたらラザレスに話が伝わってしまうのではないかと畏れて、顔をひきつらせただけだったが。

ラザレスは類をじっと見つめてから、ふうっとためいきをついた。

「たしかに……若い者同士だからこそ、起きる間違いです。神殿は男ばかりの世界だということを忘れないでください。ケニーはあなたに懸想《けそう》しているのですよ。ほかの若い神官たちもそうです。目新しい若い子はすぐに標的になる。神殿は同じ顔ぶれですからね。あなたは新鮮なんです」

え――と類は驚きのあまり一瞬返事ができなかった。ほんとうに思ってもみなかったことだからだ。

「――気がつきませんでした。だって、ここにきても、僕はクインか先生と一緒にいるばかりで、ケニーとそんなに親しく話はまだ……」

「あの年頃に話なんて必要ありません。別の部分で反応してるんですから。穢れを払う儀式のときに、あなたを薬湯にくりかえし入れる世話をしてたのがケニーです。ほかの薬師の神官はともかく、彼はまだ若いですからね。あなたみたいな綺麗な少年が真っ裸で悶《もだ》えてるのを見たら変な気になるのも仕方ありません」

儀式で薬湯に入れられたのは知っていたが、そんな目で見られているとは知らなかった。

たとえ裸にさせられていたとしても、神官は男ばかりだから気にしなかったし、なによりもその儀式のことは記憶にないのだ。クインは闇の蛆がからだのなかでできかけていたようなことはいっていたが……。それにしても聞き捨てならないことがある。

「すいません。あの……悶えるって、僕がですか？」

「闇の毒がからだのなかで形をとろうとしてたんですよ」

「それはクインからも聞きましたが、悶えるとは？」

ラザレスはそこでようやく気づいたらしく、「ああ、あなたはずっと意識がなかったのですね」と納得したように頷いた。

「では無理に思い出さなくてもいいです」

ラザレスが不自然なほどにっこりと微笑みながらくるりと背を向けたので、類は「待ってください。よけいに気になるじゃないですか」と追いかけた。

「知りたいのですか」

「こ……ここまで聞いて、やめられるわけがないじゃないですか」

「それもそうですね。よろしい」

ラザレスは本堂を出たところで立ち止まり、類に向き直った。わざと振り回されているようで面白くなかったが、凶悪なドラゴン付きのラザレス相手に文句をいえるわけもない。

「――あれの……異形の闇の毒は人間にとって良くない作用をもたらすのです。浄化させせようとすると、体内で抵抗する。その際に、宿主のからだのなかから刺激するので、それが苦しかったり、快楽になったりするのです」

「……快楽？」

「ええ。異形のなかには、人体にとって死に至らないものの媚薬のような効き目の体液をもつものが少なくないのです。闇の森を好奇心で見ようという旅行者が街に多くいるのはご存じでしょう？　不謹慎な輩《やから》が、その成分目当てで『化け物狩り』をしたりするのです。そこから生成される麻薬の中毒患者などもしょっちゅう見ているので、薬師たちはあなたが毒のせいで生理的に反応してるのを見ても動じません。恥ずかしがることはないのですよ。ただ若いケニーにとっては少し刺激が強かったんでしょうね」

体内で闇の蛆ができかけていたと聞いたのも恐ろしかったが、衝撃度ではこちらの事実も勝るとも劣らなかった。

ラザレスは「悶える」が具体的にどういう状態だとは口にしないが、「生理的な反応」の一言でおおよその予想はつく。

「……クインはその場にいたんでしょうか。その、僕が生理的な反応を見せた儀式のときに」

おそらく見ていたからこそ、「思い出さなくてもいい」といったのだ。それでも類は確認せずにはいられなかった。

もし、そんなあられもない姿をクインに見られていたのだとしたら……。

「クインはずっとそばにいましたよ。あなたを守るのが役目ですから。薬師たちは交代しても、彼がずっと休まないので、わたしが代わりにしばらく見ているからと声をかけにいったんです。それでも聞きませんでしたけどね」

類がかすかに赤くなっているのを見て、ラザレスはふふっと小さく声をたてて笑った。

「クインは——あの子はこういったことには無頓着なんですが、ケニーみたいにあなたに関心をよせる者がでてくるだろうと心配してたみたいですよ。あなたを自分の部屋に寝かせたくらいですからね」

すぐには意味がつかめなくて、類はきょとんとした。

「……どういう意味ですか？」

「この広い神殿の宿舎に、ほかにあなたを泊める客室がないと思いますか？　とんでもない。〈神代記〉の継承者なんですから、いくらだって部屋を用意しますよ。空き室がないわけでもないし。——ただクインが譲らなかったんです。自分の部屋に寝かせるといってきかなくてね」

類がとまどっていると、ラザレスは「まだわからないのですか」とさらにおかしそうに笑った。

「あなたが滞在しているあいだ、もしも邪《よこしま》な気持ちを抱《いだ》く者があらわれても、自分の部屋に泊めておけば無言の牽制になるからですよ。あなたとクインが特別な関係だと思わせることができれば、ケニーみたいに可愛らしく懸想する者はべつとしても、無理矢理あなたを押し倒そうなんて不届き者はでてこない。〈神遣い〉の騎士とやりあうような度胸のある人間はまずいませんからね。わたしもあの子がそんなことにまで気を回すのに驚きましたが、あなたがよほど大切なんでしょう」

「……クインはそんなことは……僕をいまでも小さい子みたいに扱いますし……」

いいかけてから、昨夜キスされたときのことを思い出した。そう——ずっと子ども扱いされているはずだった。でも、昨日は……。

強引にのしかかってきたときの重くて熱い感触がいまも残っていて、それがなんだったのかわからないから、類の口も重くなる。

「大切にされてる気がしませんか？」

類は「いえ……」とかぶりを振った。

大切にされているのは知っている。ただ昨夜のキスが——クインがなにを考えているのかがわからない。そして自分も……。

驚いたけれども、キスされて決していやではなかった。

どうしてだろう。ずっと男子校の上級生や下級生にいいよられても、男同士の関係に興味はなかったはずなのに。

クインの態度と同じくらい、いまは自分の気持ちがわからないのだった。

「クインと喧嘩《けんか》でもしたのですか」

「いいえ」と目許が自然に熱くなるのを感じながら再度首を振ると、ラザレスは「おやおや」とためいきをつく。

「なにがあったのか知りませんが――あなたに嫌われたら、クインもむくわれない。わかりづらいかもしれませんが……あの子はあなたを大事にしてますよ」

「僕は〈神代記〉の継承者だから……」

「いいえ。それだけが理由ではない。あなたの前にも継承者はいます。近いところでいえば、あなたの祖母もそうでしたが、クインはあなたと彼女をはっきりと区別してますよ。正直な話、クインが誰かをそんなふうに想うようになるとは考えていませんでした。あの子は特別な子なので」

「……どういう意味ですか？」

「通常、〈神遣い〉の騎士になるために神獣を憑かせるのは青年になってから……若くても十五歳過ぎからなのですが、あの子は七歳から神獣が憑いています。だから、普通の少年らしい子ども時代はいっさい送っていない。物心ついたときから使命のためだけに生きてきて、それ以外はなにも知らないような子です。神に選ばれた――神に仕える者としてはこのうえない名誉ですが、人間としてはどうなのか」

クインの子どもの頃の話など、類は初めて聞いた。彼は自分のことはまったくといっていいほど話さない。

「どうしてクインだけが子どものうちに神獣が憑いたんですか？」

「素質です。あの子は親がいなくて神殿に引きとられた。神官になるのは、そういう境遇の子も少なくない。通常、神獣たちは呼ばれない限り、姿を現しません。でも、クインは神殿にやってきた当初から、ほかの〈神遣い〉の騎士たちに憑いてる神獣たちが自然と反応を示した。だから特例なんです。クインに憑いてる神獣がなんだか知ってますか？」

「〈神代記〉を守る神獣ですよね。白銀の有翼の獅子の……」

「そう。あれは王者の獣です。額に青い宝石のようなものが埋め込まれているでしょう？あんな特徴をもつ獣はほかにいません。〈神代記〉を守る神獣ですが、古来からもっと重要な意味があるのではないかといわれている。時間を戻しての修復には、あの神獣が不可欠ですからね。強大な存在ゆえに、あれを憑かせた騎士はかなりの負担と犠牲を強いられる」

「負担と――犠牲？」

ラザレスはゆっくりと頷いた。類が「それは……」とさらにたずねようとすると、返答できないというように唇に人差し指をたててみせてにっこりと微笑んだ。

「――少ししゃべりすぎました。きっとクインが知ったら、わたしが勝手にあなたにいろいろ伝えたと怒るでしょう。あとは本人にお聞きなさい」

「……でも……クインがどこにもいなくて」

「彼が眠っている場所は知っています。わたしが起こしてきますから。森でのあなたの訓練につきそうようにわたしからいいましょう。小一時間ほどかかるかもしれませんが……裏庭のところで待っていなさい」

「……はい」

ラザレスは再び本堂へと入っていってしまった。もしかしたら、あの奥にクインが眠るような場所があるのだろうか――？

ラザレスがいっていた「負担と犠牲」が気になった。そしてなによりもクインの過去が……。

(――大きくなったきみのそばに、俺がいられたら)

子どもの頃、クインが類に切なそうに告げた意味は？

〈神代記〉を渡してくれた祖母が亡くなって、クインが現れて、天空倫理会にアーロンに――めまぐるしく次々といろいろなことが起こるから、類はクインについて基本的に疑問に思っていることをまだゆっくりと質問もできていなかったのだった。

クインのことを知りたい――。

いままで夢のなかで創りあげた騎士だと思っていて、彼がそばにいてくれるのはあたりまえだと考えていた。でも、クインは実在していて、類の知らない時間を生きてきている。自分の理想の騎士としてではなく、生身のクインともっと話をしたい。

部屋に戻ったものの、クインのことを考えていると落ち着かなくなって、類はすぐに外に出た。少し早かったが、裏庭へと向かう。今日は森で術の訓練などせずに、クインとふたりでじっくりと話をして過ごそうと思った。昔、そうしていたように裏庭の東屋で語りあおう、と——。

神殿の北の敷地には参拝客は入ってこない。裏庭のさらに向こうには闇の森が広がっているからだ。最近では森の入口付近には異形の怪物は滅多にでてこないが、それでも皆無ではないので、騎士たちが交代で巡回している。

類が歩いていると、複数の騎士たちがふたりの中年の男の腕を引っ張って歩いているのが見えた。参拝客らしからぬ、どちらかというと風体《ふうてい》のよくない男たちだ。

騎士たちは「ほら、とっとと歩け」と乱暴に男たちを引き立てていった。なにやら物騒な様子で、後ろに神官の姿が見えたので、類は思わず呼び止めた。

「なにかあったんですか？」

「異形の体液目当てに闇の森に勝手に入ろうとした男たちです。まったく物好きな……金儲けのためには手段を選ばない。命を落とすかもしれないというのに」

どうやら先ほどラザレスがいっていたように、異形の体液から生成される媚薬や麻薬を売るために森に侵入しようとしていた男たちらしかった。

「まだ森のなかに仲間がいるかもしれません。あなたはここにいないほうがいいですよ」

神官に注意されたので、類はさすがに戻ろうかと考えた。

だが、そのとき、どこからか子どもの泣き声が耳に届いた。空耳かと思ったが、たしかに森の繁みの奥から聞こえてきた。「お父さんお父さん」と泣きじゃくっているのがはっきりと伝わってくる。

類がおそるおそる森に足を踏み入れたところ、すぐに丸まった子どもの小さな背中が見えた。

「どうしたの？」

「……お、お父さんが……騎士のひとに切られたの。向こうで――助けて」

十歳くらいに見える少年が頬を涙で濡らしながら振り返った。オカッパ頭をした、可愛らしい男の子だった。

「切られた？　怪我《けが》を？」

先ほどの男たちが子連れできていたのだろうか。もうひとり仲間がいて怪我を負ったのか。

「うん……血がいっぱいでてるから――あんなところに置き去りにしたら、化け物に食われちゃう」

先ほどの騎士たちが荒っぽく男たちを連れていったさまを見ているので、泣いている子どもが不憫《ふびん》に思えた。

「こっち」

手を引っ張られて「すぐそこだから」と訴えられる。類は仕方なく子どもの後ろについていった。

「どこ？」

「その木の向こう」

森の入口からすぐのところだった。とはいえ、鬱蒼《うっそう》としていて薄暗い。樹木の後ろ側を覗き込んでみたが、倒れている男の姿などどこにもなかった。

「どこに——？」

子どもの返事がない。

後ろを振り返ると、いままで泣いていた少年がいきなりニタアと気味悪く笑うのが見えた。愛らしいピンクの頬がひび割れて茶色くなっていく。ついさっきまで人間の子どもに見えていたのに、それはいつのまにか肌全体が樹木の幹のように変化していた。

出来の悪い木製の等身大の人形のようだった。木肌の腕が枝のようににょきにょきと長く伸びてきて、類をとらえた。

「な、なに……」

気味の悪い樹木の化け物——樹妖と呼ばれる種類だった。

ひっそりと森のなかに普通の木と同じように並んでいるが、人間が通ると枝を触手のように伸ばして押さえ込む。森に入ったら、まずはこいつに気をつけるようにと、ラザレスからも術の練習中に教えられていた。でも、こんなふうに人間に化けて誘い込む知恵があるなんて聞いてはいない。異形の化け物にそんな知能はないはずなのに――。

類は深呼吸をしてから術の練習の成果を試そうとした。樹木なのだから、炎であっさりと燃えるはずだ。

唇を動かそうとしたそのとき、樹妖の枝の触手が伸びてきて、類の口許をがっしりと覆う。枯れ木のように見えるのに、それはしなやかで、肉のような感触をもっており、ぴったりと吸い付く。

類は悲鳴すらあげられないまま、次々と伸びてくる新たな枝の触手にからめとられて動けなくなった。

子どもの姿だった樹妖が、枝だけではなく胴体の部分を伸ばして、大人の男のからだつきになった。好きなように姿を変えられるらしく、頭部も変化する。ぐにょぐにょと輪郭が彫られていくが、子どものときのように騙《だま》す必要がないからか、人間らしい顔ではなく、丸いかたちに適当に目と口があるだけだった。

それはなんとも奇怪な生き物だった。首から下だけは木の彫刻のように逞《たくま》しい男の肉体が正確につくられているが、頭部だけは子どもの悪戯のように丸い物体に悪戯書きのような顔があるだけなのだ。

樹妖は類のからだを触手でからめたまま引き倒すと、馬乗りになってきた。間近で類の顔を覗き込みながら、木そのものの質感の単純な丸いだけの目がぎろりと動く。口からは細い枝のような舌が伸びてきて、腐った木の臭《にお》いが強烈だった。

その不気味な細長い舌が、類の首すじをそろりと這《は》う。やはり見た目は枝なのに、ねっとりした感触をもっていた。それが這ったところから白い樹液のようなものがにじみでる。

樹妖が服を引き裂きはじめたので、類はようやく奴が自分にのしかかっている目的を知った。まさかこんな化け物が――と戦慄《せんりつ》する。

化け物は類を陵辱《りょうじょく》しようとしているのだ。上半身を剝《む》かれ、胸をあらわにさせると、そこに細い枝の触手が伸びてきてまとわりつく。あまりにもおぞましい感触に、類は全身が総毛立った。なんとか抵抗しようと試みるが、さらにからだに縄のようにからみついている枝、もしくは蔦《つた》のような触手がしまってきつくなるばかりだった。

「……っ」

くわえて最悪なことに、樹妖の触手からでている白い液体は、先ほど騎士たちが捕まえた男たちが求めていたような媚薬成分が含まれているらしかった。執拗《しつよう》に乳首のあたりを触手が這うと、背中がぞわぞわとして、からだの中心に熱がともる。

樹妖は類のズボンや下穿《したば》きも脱がして下半身をあらわにさせると、枝の触手をいくつも足の間にすべりこませてきた。口許を覆っている触手がゆるまないかと機会を狙っていたが、まったく隙《すき》がなかった。謳えないかぎり、類に抵抗の手段はない。

媚薬成分のせいで、類の下半身は反応していたが、単なる生理的な現象なのだからと気にしないようにした。パニックになったら終わりだ。

先日、向こうの世界でひとりで怪鳥《かいちょう》と対峙《たいじ》したときと同じように、武器もない状態でも冷静さを失わないのは、ひとえに両親たちを化け物に殺されたという怒りが感情の底にあるからだった。

こんな奴らに負けはしない。先日は闇の蛆がからだに巣くいかけていて、衆人環視のなかで生理的な反応を示しているところも見られていたというのだ。恥ずかしいことも気味の悪いこともすでに体験済みなのだから、動じるものか――と。

もうすぐ裏庭にクインがくる。類の姿が見つからなければ、きっと異変に気づいてくれる。だから、それまで耐えるのだ。

樹木の化け物に襲われていても、類は性的な刺激を加えられて火照るからだとは対照的に、頭のなかが冷めるように必死に自らにいいきかせていた。

だが、それにも限界があった。

そのうちに足のあいだに、細い枝や蔦の触手ではなく、もっと太く硬いなにかが当たった。いったいなにが――と思いながら視線を向けると、樹妖の下腹にそそりたつ太い幹のようなものがあり、それを押し当てているのだとわかった。気味の悪い異形は、おぞましいかたちの性器を類の体内に入れようとしているのだ。

そんなことをされたら、確実に下肢が引き裂かれて死ぬ。

初めて恐怖が背すじを這い上ってきた。声をだせない状況のなかで、類は目をつむって頭のなかで助けを呼んだ。

クイン――！　と。

それが聞こえたのかどうか、ふっと類のからだをしめつけていた触手がゆるんだ。次に目を開けたとき、類の視界に映ったのは、樹妖の不格好な頭が吹っ飛ぶ姿だった。闇色の鮮血がほとばしる。

「………！」

類は声なき声をあげながら、首なしになった樹妖を見上げた。

背後には剣を振り下ろすクインの姿があった。薄暗い森のなかでも、その白いマントと長衣につつまれた全身はほのかな光を放っているように見えた。青い瞳が冷徹に異形を見据え、剣の切っ先がまっすぐな軌道を描いて、さらに樹妖の胴体を裂く。

頭がなくなると、触手はみるみるうちに縮んで枯れたようになった。類を拘束していた枝や蔦も手で引きはがすとポロポロとあっけなく砕ける。クインは樹妖を足で蹴飛ばして脇へと転がすと、無表情のまま真っ二つに叩き切った。

一連の動作の最中、クインは息ひとつ乱していなかったが、いつになく厳しい表情で、ひそめられた眉の下の目は暗く、怒りに凍えているようだった。樹妖がぴくぴくと震えて、ほとんど動かなくなっても、容赦なく剣を突き刺す。

類はすぐには反応できず、声もだせずにぼんやりとその様子を見ていた。ショックが抜けきらないのと、いまわしい樹液のおかげでからだが火照っていてうまく思考能力が働かないせいもあった。だが、クインが屍《しかばね》となった異形の上に剣をかざして謳おうとしているのを見て、はっとした。

「ま……待って。クイン。そいつを消さないでくれ」

「なぜ?」

冷たい表情のまま振り返ったクインに気圧されるようにして、類は二の句が継げなくなった。子どもの頃、最初は怖いと思っていた近寄りがたいクインが甦ったように感じられたからだ。

視線をうつむかせると、服を引き裂かれた樹液まみれの胸もとや、剝きだしになって惨めに媚薬で反応している性器がいやでも目に入って、自分がどれだけひどい格好をしているのかに気づいた。現状が把握できたせいで、いままで麻痺《まひ》させていたさまざまな感情が込み上げてきて、肩が震えだすのを止められなかった。

そこでクインはようやく怒りに我を失っていたのに気づいたのか、類のそばに静かに膝をつくと、マントですっぽりとからだを覆ってくれた。

「——大丈夫か」

押し殺したような声は、守り手なのに類を危険な目に遭わせてしまった憤りに震えるのを堪《こら》えているようだった。先ほどからクインが殺気立っているのは、自分自身への怒りゆえなのだ。

類は目の奥が熱くなったが、ここで泣いたら涙が止まらなくなりそうなので拳を握りしめながら「大丈夫」と頷く。自分が傷ついたみたいに取り乱したら、クインがもっと苦しそうな顔をする。だから気力をふりしぼって、先ほどまで自分の上にのしかかっていた異形の屍に視線をうつした。

「――そいつ……変な異形なんだ。樹妖のはずなんだけど、最初は人間みたいに化けてて、演技をしたんだ。子どもになって僕を誘いだすみたいに……化け物にはそんな知能はないんじゃないのか。……なにかおかしい。消さないで、調べたほうが……」

「わかった。異形の調査研究をしている神官に頼もう」

クインは類の肩を抱き寄せると、もう一度「大丈夫か」と聞きながら乱れた髪をかきあげるようにして頭をなでてくれた。

馴染みのある、ぎこちないぬくもり……。

どんな言葉よりそれがうれしくて、クインの体温を感じとった途端、類は脱力しながらその身をゆだねた。

クインは類をマントにくるんだまま抱きかかえると、その足で薬師の神官たちのところに連れていこうとした。

異形に襲われて、地面に押し倒されて枝や蔦の触手をからめられていたせいで、そこらじゅうが擦り傷や痣だらけだったし、なによりも樹液で全身がべたついていた。このあいだの闇の毒のようになにかあったら大変だといわれたが、類は断固拒否した。

「い……いい。こんな傷ぐらい塗り薬をあとでもらえば治るし、それよりもからだを洗いたい」

「駄目だ。ちゃんと診てもらわないと」

クインは厳しい顔をしていたが、類は譲らなかった。

「クイン……わかってくれよ。いやだ。恥ずかしいんだ。こんな格好を大勢の神官たちのまえにさらされるのが。からだを綺麗にしたら、あとで異常がないかどうかはちゃんと診てもらうから」

「………」

クインはやっと類が拒否する真の理由を察したらしく、「……わかった」と小さく頷いた。

神殿には大きな浴場もあったが、クインの部屋は宿舎のなかでは上等な造りなので、小さな浴室もついていた。近くの川から水路も確保されていて、神殿には濾過《ろか》された水道も設備されているのだ。古い建物なのでさすがに各自の部屋までは通っていないが、各階にポンプで引き上げられた水場がある。

類が誰にも見られたくないことを察してくれたのか、普段は雑用をこなす若い神官に風呂の用意は頼むのだが、クイン自らが水を運んできてくれた。水はクインが手を入れて謳い、すぐにあたたかい湯にしてくれる。一般家庭なら湯をわかさなければいけないところだが、神殿はこういうとき便利だ。

類は陶器の湯船のなかに入って、クインが渡してくれる手桶《ておけ》のなかの湯を使って髪やからだの汚れを洗い流した。神殿の工房特製の花の匂いのする石鹸《せっけん》を使っていると、気分が少しやわらぐ。だが、泥や樹液を落とすために海綿でからだをこすっていると、火照った肌のせいで変なところが疼いてしまう。

そんな気はまったくないのに、媚薬の効果というのは恐ろしいもので、樹妖に襲われたときから類の下腹のものは硬くなったままだった。精神的には色っぽい気分ではないし、そのうちにおさまるかと思っていたのに、一向に萎《な》えてくれない。

しかも、肝心な部分をよく洗おうとすると、それがよけいな刺激になってしまい、ますますいきりたつ。射精したら楽になるのだろうが、化け物の体液のせいで興奮させられてそんな行為をするのはいやだった。

しかし我慢していても、洗っているうちに「ん」と変な声がでてしまって、類はカッと赤くなりながら唇を嚙みしめる。

「――類？」

クインに心配そうに覗き込まれて、類はいまさらながらあわてて下腹を隠そうとした。助けてくれたときから、類のそこが反応していることはもう見られているというのに。

「や、やつの樹液のせいで」

「――わかってる。媚薬の効果だろう。気にすることはない。樹妖のそれは強力で効き目が長いので、街の裏通りでは高値で売られている」

クインは手桶で新たな湯を類の背中にかけてくれた。彼が冷静なので、類はかなり救われた気分だった。全部化け物が悪い――そう思えることができたから。

しかし、精神的には楽になれても、肉体的には楽にならなかった。気のせいか、時間が経つにつれて火照りがひどくなり、肌が敏感になってきているようだった。首すじに湯をかけられただけで、ぞくぞくとしたものが走る。

「……あ――んっ」

思わず声をあげてしまってから、類ははっとして口許を押さえた。気まずくてクインをちらりと横目で見たが、彼の表情はとくに動いていなかった。むしろ気遣うようにゆっくりと湯をそそいでくれる。

よかった——とほっとしたものの、次の瞬間、類は息が止まりそうになった。クインが手を伸ばしてきて、類の下腹のものをつかんだからだ。

「ク……クイン？」

「——こうしないときみがつらい」

大きな手が類の勃起しているものをこすって刺激する。力強い手で巧みに揉《も》まれて、類は我慢していただけに悦楽も大きく、甘い痺《しび》れに全身を覆われながら荒い息を吐き、しばらく口もきけなかった。

「あ、あ」と声をあげながらすぐに腰を震わせて彼の指先を粘液で濡らした。

クインは何事もなかったかのように再び類の汚れたそこに湯をかけて流した。目が合うと、いつもながら端整な顔つきはなにも変わっていなかった。

「……なんで、こんな……」

「薬師のところに行きたくないというから。その症状はしばらく続く」

クインのいうとおり、残念ながら類のものはまだ勃《た》っていた。媚薬の効果は一回射精したくらいでは消えないらしい。

「薬師に頼めば、なんらかの処置をしてもらえる。きみがいやがることかもしれないが。……行くか？」

「——やだ」

射精してもおさまらないというのなら、ますますこんな状態を薬師たちに見られるのは耐えられなかった。意識のあるまま、毒抜きのときみたいに大勢の神官に囲まれるのはごめんだ。

てっきりクインは類を薬師のところに行くようにと説得するのだと思っていた。だが、彼は眉間に皺をよせながら小さくためいきをつく。

「俺も行かせたくない」

「――」

その一言を聞いた途端、胸の奥に表現しがたい甘いものがあふれて、類は媚薬のせいだけではなくからだが熱くなったような気がした。

クインはしばらく伏し目がちになって黙り込んでいたかと思うと、類のからだに再び湯をかける。そうしてからだについていた石鹸の泡を流すと、類を浴槽から抱き上げてタオルにくるんで立ちあがった。

「……クイン？」

クインは浴室を出ると、部屋の寝台のうえに類を下ろした。

そうして自分も隣に腰かけると、まだ濡れたままの類の髪をかきあげながら、額にそっと唇を寄せてくる。

やわらかい接触であっても、いまの類には普段の何倍にも感じられてしまい、クインの息が肌をなでるだけで震えた。

「……あっ」

類がかぼそい声をあげると、クインはかすかに荒い息を吐いて、それをふさぐように唇を合わせてきた。

口腔からの刺激にからだじゅうが悦《よろこ》ぶように震えてしまい、類は抵抗したり、なにかをまともに考えることすらできなかった。先ほどよりも、忌まわしい媚薬の効果が濃くなっているようだった。

クインはそれを承知しているのか、類を寝台に横たえると、反応したままの下腹に手を伸ばしてきた。

類の足を開かせて、そのあいだに顔を埋める。

信じられないことにクインが勃起しているものをなんのためらいもなく口に含んだので、類は驚いて足をばたつかせた。

「や……や——クイン」

生温かい感触につつまれて、類の敏感な部分はさらに反応する。音をたてて舐められ、吸われて、恥ずかしくてたまらなかった。しかし、強烈な快感に腰が動いて、甘えたような声が漏れてしまう。

類が強く反応した部分を、クインはことさら丁寧に刺激してくれた。油断していると、口のなかにだしてしまいそうで、類はクインの頭をひきはがそうと必死になった。

「や……お願い。クイン、もう離して離して」

「我慢しなくていい」

クインの舌につつみこまれる快感に抵抗できなくて、類はほどなく精をもらす。

クインは口許をぬぐいながら顔をあげて、荒い息をついている類を凝視してきた。類はどんな顔をしてクインを見ればいいのかわからなくて視線をそらす。

クインはそうやって類の火照った顔をしばらく見つめたあと、再び下腹のほうに視線をやって手を伸ばした。

「――だしても、まだ硬いままだ」

まだ萎えないそれをつかまれながら淡々と告げられ、類は羞恥で頬が焼けそうに熱くなった。思わず睨《にら》みつけると、クインは類の目の端ににじんだ涙に気づいたらしく困ったように眉根を寄せる。

「きみの媚薬が抜けるまで、苦しくないようにするだけだ。いやか?」

「…………」

どうしてこんなことをしているのか。クインは類が薬師のところにいくのを拒むから、代わりに対処してくれているだけ。意味なんてない。

もしもほかになにかあるのだとしても、いまはそれを深く考えたら、類は頭が混乱してどうにかなってしまいそうだった。明確な理由があるのだから、それでいい。

「——いやか」

再度の問いかけに類が小さくかぶりを振ると、クインはほっとしたように息を吐いた。

そうこうしているあいだにも、類のからだは再び熱く疼いてきてしまって、どうしようもなくなっていた。時間が経つほど効いてきている気がするのは錯覚ではないらしく、いままでは我慢できていたのに、股間のものをすぐにでも自分で慰めてしまいたくなるほどだった。

助けを求めるようにクインの腕を引くと、彼は類の指先をつかんで「待っててくれ」といったん寝台から離れた。

クインは浴室からいくつか茶色の小瓶《こびん》をとってくると、寝台の脇のテーブルに置く。

なんだろうとそちらに目を凝らしているうちに、クインは自らの衣服を脱いで椅子にかける。

だいぶ着痩《きや》せして見えるらしく、クインの裸体は剣を握るのにふさわしい、鍛えあげられた筋肉に覆われていた。〈癒やしの術〉が使えるからか、その肉体は戦闘による目立った疵《きず》もなく、一流の芸術家が彫り上げた彫像のようだった。

「——この香油が少し媚薬をやわらげてくれるかもしれない。神経の昂《たか》ぶりを抑える作用があるから」

クインはそういって小瓶の香油を手の上で混ぜると、類の胸もとにそっと塗った。甘いナッツに似た匂いがした。

そのオイルを肌全体に薄く塗りつけるようにしながら、クインは類のからだに手を這わせた。

香油の匂いを吸い込むと、興奮しきっている神経が少し鎮められるような気がした。だが、類の股間のものはそう簡単に萎えてはくれなかった。

クインは類の首すじに唇を這わせながら、再び下腹のものを手で刺激する。

頭が下りていって、類の胸もとに埋められた。乳首を指の腹で揉まれながらぺろりと舐められて、類は顔をゆがめた。先ほど樹妖にのしかかられたときのいやな記憶がよぎったからだ。

「やだ、そこは……」

「なぜ？」

「――化け物の触手みたいなのが、しつこくさわってたから」

おぞましさに身が震えそうになる。クインは「そうか」と呟いたものの、いじるのをやめてくれるわけではなかった。

むしろ類が「いやだ」と拒んでも、執拗に胸を舐めてくる。舌先が敏感な小さな粒を強くなぞり、柔らかく吸って、甘い飴でも食べているみたいにくりかえす。

逃れようとからだを動かそうとしても、クインは類の腕をがっしりと押さえつけて、胸への愛撫《あいぶ》を続けた。まるでそうすることによって清めてでもいるかのようだった。

初めはいやだったはずなのに、いとしげに舐められ、指で揉まれているうちに、恐怖は薄れて、じんわりと甘いものがからだの芯からあふれてくる。

「ん……」

いじられて凝った乳首を、クインはやさしく吸ってくれた。類がリラックスして恐怖の記憶を上書きして快感に身をまかせられるようになるまで——。

クインがこうして類にふれてくるのは、媚薬で苦しまないように助けてくれるという意味のほかに、異形に襲われたいやな記憶を癒やそうとしてくれている意図も伝わってきた。

類だって、あんな化け物に押さえつけられて、怖くて仕方なかった。でも、あの場では恐怖にとらわれてはいけないと必死に我慢していたのだ。

クインに助けられたときも、感情がゆるみそうになったけれども、自分が傷ついているところを見せてはいけないと抑えた。

だけど、ほんとは……。

類が涙ぐむと、クインはそっと手を伸ばしてきて、生真面目なしぐさで頭を「よしよし」というようになでてくれる。

そういうところは普段通りのクインで——だけど、媚薬で火照ったからだの疼きを鎮めてくれるのは、類のよく知らないクインだった。

クインは乳首を揉みながら、下腹のものを再びこすりたててきた。媚薬で反応したままのそこは、すでに蜜をたらしている。

類が喘《あえ》いでいると、ふいに手を離された。焦《じ》らされた気がして、類は腰をもどかしげに揺らしたけれども、クインの手が足のあいだにすっと入ってきたので、全身がこわばった。

後ろの窄《すぼ》まりを長い指でそろりとなでられる。下肢も触手に樹液まみれにされていたから、そこも先ほどからじわじわとむずがゆく疼いていた。クインの指で刺激されて、ひくつくのがわかる。

「――ここは、化け物になにかされたか」

直接的にたずねられて、類はどう応えていいものかとまどった。

「……なにかって。変なもの押しつけられたけど」

樹妖が不気味な性器を挿入しようとしていた記憶を思い出して、類は唇を噛みしめた。あのおぞましいものを見た瞬間は、さすがに恐怖に凍りついた。

クインは「そうか」と応え、ふいに類の足を大きく開かせて腰を浮かせると、そのまま窄まりに唇をつけてきた。

「……嘘、だ。や――なんで」

類は仰天して再びクインの頭を引きはがそうとしたが、むずがゆいような場所を舐められるのは心地よくて、ほどなく脱力した。

「やだ……クイン。あ――や……」

クインはていねいに類の窄まりに舌を這わせて、香油をたっぷりと手にとると、それを塗りつけた。マッサージするように揉んで、やわらかくなったそこに指を入れてくる。

内部の感じるところを巧みに刺激されて、類のからだが跳ねた。前をふれられてもいないのに、勃起しているものからどろりと精があふれる。

初めての感覚にわけがわからなくなって、類は再び目を潤ませた。目尻からこぼれおちた涙を、クインが唇で吸いとってくれる。普段ならば子ども扱いされるのは不本意だったけれども、いまは馴染みのあるふれかたをされるのはうれしかった。

こうしてクインとからだを重ねるのは、媚薬の疼きが満たされて心地いいけれども――なにもかもが初めてで同時に少しだけ怖くもあったから。

類はなかなか火照りがおさまらないからだをもてあまし気味だったが、ふとクインの股間のものも腹につかんばかりにそりかえっているのに気づいて頬を熱くした。先ほどから新たに与えられる快楽に翻弄されていて、相手をしっかり見る余裕すらなかったのだ。

クインはずっと類を気持ち良くさせるばかりで、顔つきも声もいたって冷静だったし、彼がそんなふうに興奮しているのが不思議に思えた。

けれども、よくよく観察してみると、クインの眼差しは普段よりも濡れた熱を含んでいて、どこかせつなげといってもいい甘さがあった。その端整すぎる表情は乱れることなど滅多にないのだけれども。

興奮しているというよりも、世の中で一番難しい考えごとをしているような顔をして、クインは類の足の付け根に自らの昂ぶった肉を押しつけてきた。オイルでぬるんだ窄まりを先端でつつかれて、そこがひくりと反応する。

類はさすがに肩を震わせてしまった。樹妖のときのようにおぞましさはなかったが、そんな場所にクインの逞しいものが入るとはとうてい思えなかった。

「いやなら、しない」

そういいつつも、クインは珍しく興奮を抑えているようで、息がかすかに乱れていた。類を見つめてくる瞳がはっきりと欲情の熱で揺らいでいて、求められていることがストレートに伝わってきた。

その眼差しに射貫かれて、胸が怖いほどに高鳴るのは、媚薬で神経が興奮しているからなのか。それとも……。

「クインは……僕のことは好みじゃないんだと思ってた。だって、昔、僕を稚児としてはどうだろうみたいな微妙な反応したから」

あんな子どもの頃のことを——と自分でもあきれながらも憎まれ口をきかずにはいられなかった。

クインは類がなにをいっているのかわからないように瞬きをくりかえしたが、昔のやりと

りを思い出したのか、わずかに口許をゆるめた。

「きみは稚児ではない。俺のすべてだ。そういっただろう」

もしも、昨夜いきなりキスしてきたときに、その台詞をもう一度いってくれていたら、類は行為の意味をすんなりと受け入れられたのに——と思った。クインは言葉が足りなさすぎる。でも、そんなところが子どもの頃は大好きだったのだ。そして、いまも……。

自分のなかで答えがでてしまうと、類にはもうクインの腕を拒む理由はなにもなかった。すがりつくように首に腕を回すと、クインは類の額にくちづけて、そのまま熱いからだを沈めてきた。


夢のなかで、類は白銀の獣に出会った。有翼の獅子——その額に青い宝石が光る王者の獣だ。

クインに憑いている神獣だった。王者の獣にふさわしく、神秘的な青い瞳には底知れぬ強さが秘められ、なおかつ叡智《えいち》すら感じられた。

白銀の獅子は見上げるほど巨大で、その口は大人ひとりを平気でぺろりと平らげてしまいそうだったが、類が近づいてもラザレスの黒いドラゴンのように威嚇してくることはなかった。

むしろ誘い込むように穏やかな目をして、類を見つめてくる。あたりは闇で塗りつぶされたように真っ暗だった。白銀の獅子がぼんやりと明るい光を放っているからこそ、かろうじて類は立っていられるのだ。

白銀の獅子はなにかいいたそうだった。だが、彼には言葉がないのだ。

そのうちに白銀の獅子は宙を見上げ、ペガサスのような翼を広げて、咆吼《ほうこう》をあげた。獣の鳴き声が途切れて消える頃には、美しい音色が代わりに響く。獣は楽器を奏でるように謳っていた。

類の手元にはいつのまにか〈神代記〉があった。〈神代記〉は発光していて、ぱらぱらと頁《ページ》がめくられていく。

最初の頁に戻ると、ひとつの絵が浮きでてきた。それは円のなかに二頭の獣がいる構図で、有翼の獅子がもう一頭の有翼の獅子を追いかけているようにも見える。獅子は白銀と黄金に色が分かれていた。絵が生きているようにぐるぐると回り、銀と金がまざりあう。

いつしかそれは、神殿に捧げられる白と黄色の花に変化した。二色の花びらが宙いっぱいに舞って散って消える。

これにいったいどういう意味が――？

類がとまどいながら目の前の偉大な獣を見やると、彼はやはり訴えかけるような眼差しを向けてきた。

獣の謳う旋律が、類のなかに流れ込んでくる。彼がひどくかなしそうなのが伝わってきた。意味がわからずに、類は獣にさらに教えを請おうとした。

白銀の獅子はふいに横を向いた。すると、そこにクインが横たわっているのが見えた。宙に浮いているが、クインは目を閉じて眠っていた。顔がおそろしいほど青白い。

類があわてて駆け寄ろうとすると、彼の姿は闇に溶け込むように消えた。そして振り返ったときには、白銀の獅子の姿もなくなってしまっていた。空間は真の闇につつまれる。

——クイン？

類がむなしく闇に問いかけたところで、夢は唐突に途切れた。


「——クイン？」

類が実際に声にだして呼びながら目を開けると、眩しい光が見えた。白い壁の部屋はやわらかな陽光につつまれていた。

「どうした」

クインはもう起きていたらしく、着替えて窓のそばに立っていた。類は身を起こしながら、前後の記憶がつながらなくて一瞬茫然とする。

いまはいつなのか。すでに陽が高くなっているようだった。でも、昨日、自分は……。

布団をめくると、類はなにも身につけておらず、全裸のままだった。皮膚のやわらかい部分にあちこち鬱血したあとが見える。ココナッツみたいなオイルの匂いがうっすらと鼻についた。

「からだは一応拭いた。よく眠ってたから」

クインのその一言で、肌を重ねたことは夢ではなかったのだと知る。

昨日、類が森で樹妖に襲われたのは昼間だったから、ほとんど丸一日経っているらしかった。しかし、いつ眠りについたのか覚えていない。

クインと自分は――。

「そろそろ起きるかと思って、さっきお茶をもらってきたんだ。まだあたたかい。飲むといい。ハーブのお茶だから」

クインがティーポットからそそいで渡してくれたカップからは、爽やかないい香りがした。

類はお茶を飲みながら、必死に昨日の記憶を辿っていた。「いやなら、しない」といわれて、類はいやとは拒まなかった。クインが類を抱こうとしたところまでは覚えている。

あんなものが入るわけない、と思ったとおり、オイルで慣らしても、挿入はなかなか思うようにいかなかった。媚薬のおかげでそこは疼いていたけれども、「力を抜いて」といわれても類はいうことをきけず、物理的に半分も入らないうちに、クインは動くのをやめた。しばらくなだめるように頭をなでられたり、目許にキスをくりかえされていた。

クインが「気にしなくてもいい」といったのは記憶にある。しかし、それからどうなったのかがわからなかった。

それにしても、さっきの夢――どうして白銀の獅子が現れたのだろう。あれはクインの神獣なのに。

からだをつなげたから、類が夢に見た……？

そこまで考えて、類は耳が熱くなった。いま、からだの火照りは鎮まっていて、媚薬はすっかり抜けているようだった。

クインの横顔をちらりと観察したけれども、普段はおよそ感情らしいものをのぼらせないので、昨日の経緯がどうなったのか窺《うかが》い知ることはできなかった。

「クイン……あの、昨日は――僕はいつ眠ったんだ？　その……覚えてなくて」

言葉の途中で赤くなってうつむく類を、クインはしばらくじっと見つめてから答えた。

「きみは気を失ったんだ」

「いつ？」

「――途中で」

短い返答だったが、どういう状況だったのかはおおよそ理解できて、類はますます決まりが悪くなった。

「……それは——クインに悪いことを……」

「なぜ？」

「だって、途中で……クインは——その、最後までは……」

その先はいいにくくて、類は言葉を濁した。クインは最初わからないような顔をしていたが、「ああ」と頷いた。

「かまわない。自分で処理したから」

淡々と告げられて、類はどう応えたらいいのかわからなかった。意地悪でいわれているのかと思ったが、耳まで赤くなって目線を落とす類を、クインは不思議そうに見た。

「気にすることはない。きみもそのまま眠っていたほうが媚薬の作用もなくなると思ったから、催眠の香を焚いて深く眠らせた」

やっぱりクインは浮き世離れしている——と類はこのときほど強く思ったことはなかった。ラザレスが笑いながら「あの子はこういったことには無頓着なんですが」といった意味がよくわかる。

あれこれ考えるのが馬鹿らしくなって、類はカップの残りのお茶を一気に飲んだ。

クインにとって昨日の出来事は、薬師のところに行かないですむように処理してくれただけの意味しかないように思えてきた。

「類――食堂に食事に行こう。丸一日食べてないから、お腹がすいただろう」

クインが食堂に誘ってくれるのは初めてだったので、類は浴室で顔やからだを洗い、手早く着替えた。外に出ると、陽は高く、昼近くのようだった。

宿舎の隣の棟にある食堂へと向かう。まだ時間的にひともまばらだったが、クインとすれちがうと、ほかの神官たちが驚いた顔をするのが見えた。

同じく〈神遣い〉の騎士であろう仲間が「おい、起きてて大丈夫なのか」と声をかけてくる。クインは「ああ」と曖昧《あいまい》に頷いていた。

このときになって初めて、類はいつもクインをさがしても見つからないと思っていたが、彼がこうして神殿内の食堂にいること自体、ひどく珍しいと周囲に思われているのだと気づいた。

「クイン……いつもここで食事しないの？」

「そうだな、最近は」

「今日は特別？」

「きみが俺と食事をしたいといってたから」

そう訴えたこともあったが、いままでは類のところに現れるのも夜の一時間ほどだけだった。その他の時間はどこで過ごしているのか。先ほど騎士仲間が、「起きてて大丈夫なのか」といったのも気にかかる。

夢のなかで、クインが青い顔で横たわっていたことが思い起こされる。ひょっとして、自分が知らないだけで病気だったりするのだろうか、と。

けれども、昨日見たクインの逞しい裸体は、とうてい病人のものとは思えなかった。

「クイン……もしかしたら、からだの調子が悪いのか？」

食事をとってきてからテーブルに座って類がたずねると、クインは首をかしげた。

「それは俺がきみに聞きたいことだ。もう平気なのか。だるかったりしないか」

「僕は大丈夫だけど。媚薬は抜けたみたいだから」

「そうか。なら、よかった。途中までだが、俺も負担をかけたから」

クインにさらりといわれて、類は返事に詰まった。どこかクインが楽しそうにも見えたからだ。世事に疎《うと》いなんて偽りで、すべてわかっていて、意地悪でわざとこんなことをいわれているのではないかと思ってしまう。

だいたい世間知らずならば、どうして昨日みたいに巧みにいやらしく類のからだを愛撫することができるのか。あんなに恥ずかしいところを平気で舐めたり……と一連の記憶を甦らせると、類は結局なにもいえなくなって黙り込むしかなかった。

「からだが大丈夫なら、今日は街に行こう。行きたいといってただろう？」

「あ……うん」

「昔、きみに『外に出なきゃ駄目だよ』といわれて、よく連れだされた」

クインは珍しく唇の端をあげて笑った。

ラザレスの術の訓練が終わったからだろうか。街に行きたいとは告げていたが、こうしてクインのほうから積極的になってくれるとは思わなかったので調子が狂う。うれしいのに、落ち着かないような気もした。

街に出かけるのもいいが、森で術の実地訓練もしてみたいと考えていたのだ。だが、さすがにいくらなんでも昨日の今日では森に入る気はしない。

それにしても昨日の樹妖はおかしかった。わざわざ人間の子どもに化けて類を誘い込んだのだ。あれはなんだったのだろう。

「クイン。昨日の化け物だけど……」

類が疑問点をたずねると、クインは昨日いっていたとおり、すでに樹妖の屍を異形の研究をしている神官たちに見てもらったらしかった。

「あれは変異種だ。向こうの世界できみを襲った怪鳥も本来毒をもっていないのに毒があった。最近、そういった種が増えているらしい。異形が……こういっていいのかどうかわからないが、進化してる」

「よくないこと？」

ひょっとしたら、先ほど白銀の獣の夢を見たのは、関係があるのか。〈神代記〉を守る獣。あれはなにかいいたげだった。

神殿の白と黄色の花が舞って——。

〈神代記〉の頁のなかにもう一頭の獅子が見えた。あれはどういう意味なのだろう。わからないことが多すぎる。

「僕になにかできることはある？　〈神代記〉が役立つとか……」

クインは類をじっと見つめてきた。表情そのものは変わらないが、なにか眩しいものでも見ているみたいに目が細められる。やがて彼は「なにも」と答えて静かにかぶりを振った。

「きみは必要な術は身につけた。ラザレスがほんとうに優秀だと褒めていた。だから……そろそろ向こうの世界に戻ったほうがいい。今日一緒に街を見たら、帰る準備をしよう」

クインがなぜ自分から街へ行こうなどといってきたのか。どうやら最後だから思い出にしようとでもいうことらしかった。

理由がわかって、類はすぐには返事ができなかった。もちろん類も気がかりなことがあるから、早く向こうに戻らなければいけないと思っていた。でも……。

「きみが心配していた宗教団体については、神殿の調査機関がいま調べている。あの団体はあやしいので前から調査はしていたみたいだ。アーロンという男については——たぶんこちらの世界の人間で、元は神官だったんだろう。だから術が使えるのかもしれない。以前説明したとおり、こちらから向こうへ多くの人間は移動できない。世界の均衡を崩すことになるから。だから、調べるのにも少し時間がかかるが……そのうちにはっきりする」

類がラザレスと訓練をしているあいだに、クインは必要なことは手配してくれていたようだった。

「じゃあ僕は向こうに戻って――普通に暮らしてればいいのか。とくになにもせずに?」

「〈神代記〉を守る役目がある。あとは向こうにいるきみの親族に危害が及ばないようにする。きみの祖母がやっていたのと同じことをすればいい。重要なことだ」

話を聞いていて、類は妙な違和感を覚えずにはいられなかった。

なぜか? クインがまるで他人事《ひとごと》のように話しているからだ。クインは継承者を守るのが役目のはずなのに。

(きみは俺のすべてだ)

しかも、類を大事にしてくれるのは、継承者という理由だけではないといってくれたにもかかわらず、よそよそしく感じてしまうのはどうしてだろう。

だが、よく考えてみれば、もともとクインと類では住んでいる世界が異なるのだ。

ふたりがいくら惹かれあったとしても、向こうの世界で制服を着た高校生である類と、こちらの世界で神殿付きの騎士であるクインとでは――あまりにも立場や見ているものが違いすぎる。結局ふたりを確実に結びつけているのは〈神代記〉のみ。

昨日はクインとの距離がぐっと狭まったように感じられたのに、類は急に心許なくなった。

「剣型のペーパーナイフに念じれば、クインはすぐにきてくれるのか?」

「もちろんだ。俺はそのために存在するんだから」

クインはふいにテーブルの上にある類の手を握りしめた。

「きみが危ないときはすぐに呼んでくれ。昨日のような目にはもう遭わせたくない」

食堂でひとの目もあるというのに、クインは類の手を握ったまま離そうとはしなかった。

口数の少ないクインが、妙なときだけストレートな言葉を吐くのは昔からだが、今日はやけに照れくさかった。そして、いままでよりもうれしさに胸が弾む。

やっぱり昨日の出来事で、ふたりのあいだにあるものは少し変化したのだと――類がくすぐったいようなことを考えていたときだった。

握られていた手に、さらに力がこめられる。

「類――いまから大事な話をする。昔も話したことだが、きみは子どもの頃のことは全部覚えているわけではないというから、もう一度……きみが向こうに帰る前に」

クインがそう切りだした途端、類はいやな予感がした。どうしてなのかはわからない。

クインは珍しく微笑んでいた。そして、今朝は起きたときから、やけに口数が多い。

類と食事をしてくれて、街にも連れていってくれるという。うれしいことばかりなのに、類は心のどこかでそれを普段と違う予兆としてとらえているのだった。

クインが類をことさら気遣ってくれている。なぜ――？

それは、類を傷つけたらいけないと思っているからだ。これから話されることに、彼が危《き》倶《ぐ》する刃《やいば》がひそんでいる。

「俺はきみが呼んだら、どんなときでもすぐに駆けつけよう。きみを全力で守る。いまはそれができる。俺は目覚めているから。ただ俺に憑いてる獣は、とても強大で旧《ふる》い。〈神遣い〉の騎士は、神獣が憑いているおかげで長く生きるが、それにも限界がある」

「限界……？」

「きみは俺が生きてる年数を知ったら驚く。もう十分生きた。とても長い長い時間……眠ってることのほうが多かったが、小さいきみが俺を『欲しい』といってくれたときから、想像もしてなかったほど充実した時間を過ごせた。もう間に合わないかと思ったが、大きくなったきみに会うこともできた。俺が目覚めているあいだはきみのためになんでもするが、俺がいなくなっても、次の〈神遣い〉の騎士が同じようにきみを全力で守ってくれるから、なにも心配はいらない」

類は途中から茫然としてしまって、ほとんど内容が耳に入ってこなかった。

「クイン？　……なにいってるんだ？　次の〈神遣い〉の騎士って——だって、僕とクインはずっと一緒だって——〈神代記〉の継承者と〈神代記〉を守る神獣が憑いてるクインには、特別な絆が……」

クインは小さく息をついた。

「やっぱりきみは覚えていないんだな。昔、説明したときも、同じような目をして、『なんで？』

と突っかかってきた」

聞きたくない。聞きたくない。なにかをいわれる前から、頭のなかでそんな声が響いていた。

「わからない。いったいどういうことなんだ……？」

力なく問いかける類を、クインはまっすぐに見つめてきた。

「率直にいうと、俺の寿命はもうすぐ尽きる」

ほんとうに覚えていないのか。それとも事実を認めたくないから、わざとなかったことにして忘れてしまったのか。無意識の領域の出来事とはいえ、おそらく後者だった。

昔はクインの存在自体を夢だと思っていたのだから、納得のいかない設定はないものにできると考えていたのかもしれない。自分の夢なのだから、クインがそんなことになるのはおかしい、と。

祖母から〈神代記〉を譲り受けて、久しぶりにクインと出会ったとき、類は異世界へと意識だけを飛ばしている状態で、たとえるなら生き霊のようなかたちだった。だから、十歳前後の子どもの姿だったのだ。そして、あのときはクインもまだ実体ではなく、同じように意識だけがそのかたちを成り立たせていた。なぜなら、まだ目覚めていなかったから。

そう——彼はずっと「眠っていた」。

思い起こせば、「これが実体じゃないの？」と類が彼のからだをさわったときに、いま一度説明されていた。

「俺のほんとうのからだは——いま……神殿の——」

そのときのクインの言葉は類の記憶から消えてしまったので、覚えていないのだが。

それと同様に、子どもの頃にもすでに事情は聞かされていたのだ。クインが自分と会っているとき以外はほとんど「眠っている」と——。

ただ類は当時クインを含むすべてが夢だと思っていたから、「そんなのはおかしい」と受け入れなかった。

クインが現れてから、いくら慌ただしかったとはいえ、彼に関する基本的な疑問点をなかなか追及しようとしなかったのも、もしかしたら無意識のうちにストップをかけていたのかもしれなかった。質問をしたら、知りたくない事実に辿り着く、と——。

なにが知りたくなかったのか。

子どもの頃、類が「剣の稽古と、あとはほとんど眠っている」というクインの神殿での生活を不思議に思って、どういうことなのだと詳細をたずねても、彼は最初まともに答えなかった。

「知らなくてもいい。きみがくるときは、俺は目覚めているのだから」

クインはその返答で押し通すつもりらしかった。

けれども、好奇心旺盛な子どもにとっては納得できる回答ではなかった。類が「なぜなぜ」と食い下がると、「きみに話すことではない」といっていたクインもしだいに対応が変化した。

「もう中学生だから」といろんなことを聞きだしたように、「僕は難しいことも受け止められるよ」と類が必死に訴えた結果だった。

「そうか……知りたいのか」

最後までどうしたものかと迷っていたようだったが、クインは結局類の「お願い」を拒めなかった。だから、すべて話してくれた。自分のこと——〈神遣い〉の騎士について。

この世界にいる神獣は、もともと〈神代記〉より生まれて、世界に根付いたもの。

大神殿の神官の多くは、神獣とまではいかなくても、多くが自然界の精霊をその身に宿している。そのために外見はいつまでも若く、長寿だった。

だが、神獣の憑いた〈神遣い〉の騎士は通常の神官たちを遥《はる》かに上回る時間を生きる。それはもう純粋には人間とはいえず、神の一部となるからだった。

クインが孤児として神殿にやってきたのは、七歳のときだった。見目が麗しいということで、神官の世話をするために売られてきたのだ。すると、ほかの〈神遣い〉の騎士に憑いている神獣が、呼ばれもしないのに現れて彼に興味を示した。時々、そういう選ばれた人間が現れる。神の恩寵であり、非常に喜ばしいことなのだと教えられた。

「あなたは〈神遣い〉の騎士になるのです」

そういわれて、クインは単純にうれしいと思った。白銀の衣装に剣を携えた神殿付きの騎士は、子どもも心に憧れだった。それになによりも、それまでクインはひとに必要とされることなどなかったから。

故郷では親がいないということで村外れの小屋に兄姉五人で住まわされ、毎日村人に必要な水を離れた井戸からくんでくることで、代わりに食料をもらって生きながらえていた。クインは末っ子だった。村の経済状況が苦しくなると、まず姉ふたりが売られていった。「男でも顔がいいから神殿に売ればいい」――そういわれて、三番目にはクインが売られた。

そんな境遇だったせいか、よく神殿暮らしのせいで浮き世離れしているとひとにはいわれるが、それ以前からクインはおよそ感情というものを表にだすことがなく、無表情な子どもだった。

神殿にやってきたときも、人買いの男たちが下卑た笑いを浮かべていたので、きっとここでも自分はろくな目には遭わないのだろうと思っていた。

だが、神官たちはクインにひどいことをするわけでもなく、神獣を憑かせられる素質を「素晴らしい」と口々に褒めてくれた。「これで〈神代記〉の神獣を受け継がせられる」「いい子が現れてくれた」と――。

村に残っている兄たちに家を建てて十分な金銭を保証する、売られていった姉たちも必ず見つけて買い戻して自由の身にしてくれると神殿は約束した。

ただし、〈神遣い〉の騎士は神官と同じだから、一生結婚はできない。そして神を憑かせるのだから、その生命は貴方自身のものではなく神のもの――わかりやすくいうと、生きるか死ぬかを決めるのは神殿だが、それを誇りある名誉として受け入れられるかと聞かれた。

〈神遣い〉の騎士は一般的には英雄だったから、どんな過酷な条件であっても、貴族の子弟のなかにも成りたいものはいくらでもいたし、また素質が必要だから望んで誰でも成れるわけでもなかった。

七歳のクインにしてみれば、「受け入れられるのか」という問いかけは愚問にすら思えた。たとえ悪魔に魂を売れといわれても、当時の彼は兄姉が助かるという一言だけで頷いただろう。村にいた頃は末っ子だったから、ろくな労力にならなかったが、姉や兄たちが庇《かば》ってくれたし、自分のぶんを減らしても食べものを分けてくれた。今度はクインが報いる番だった。

神官たちはクインに〈神遣い〉の騎士になるのがどんなに素晴らしいことかを説いたし、またすでに騎士となっている者たちも多くがクインを「頑張るように」と励ましてくれた。

ただひとり、当時はまだ教師長ではなく、現役の〈神遣い〉の騎士をしていたラザレスだけが複雑そうな目でクインを見ていた。

ラザレスの外見は女性的なところがあって、ほんの少し姉に面差しが似ていた。だから多くの騎士のなかで、クインは真っ先に彼の名前を覚えた。ラザレスも〈神遣い〉としては特別な者として扱われていたせいか、クインを気にかけて声をかけてくれた。

「稚児となったほうが幸せだったかもしれない。きみに幸運があるように祈ろう」

そのときはまだラザレスのいう意味が理解できていなかった。彼には神獣のなかでも扱いが難しいドラゴン——特に凶暴とされる黒いドラゴンが憑いていた。ドラゴンは高い戦闘能力を有するので重宝されるが、粗暴なために制御できる者は限られている。闇の森の〈異界の穴〉から凶悪な未知の異形が出てきたときには、黒いドラゴンの憑いているラザレスが真っ先に切り込み隊長として現場に行かされるという話だった。

「わたしのドラゴンは暴れると我を忘れるぐらいで、まだかわいい。だが、きみに憑く予定の白銀の獅子は恐ろしい」

当時、クインが神官たちに歓迎されたのは、ちょうど〈神代記〉を守る神獣が憑いている騎士が引退の時期を迎えようとしていたので、代わりの者が必要だったからだ。その神獣は有翼の獅子で、とても美しい白銀の獣だと説明された。

〈神代記〉を守る神獣の憑いていた騎士は、ジュードといった。見た目は若く美しい金髪碧《へき》眼《がん》の青年、鍛え上げられた肉体も見事で、とても引退しなければならないようには見えなかった。彼もほかの多くの騎士たちと同じく自らの使命に誇りをもっていて頼もしい人物だった。

クインはジュードに憑いている神獣が、どうやって自分に憑くのか——その方法はまだ知らなかった。誰も説明しようともしなかった。

なんの知識もないまま、その日は突然やってきた。

明け方、神官が慌ただしくクインを起こして、神殿の本堂の奥へと連れて行った。ただならぬ雰囲気で、「間に合わなかった」と神官たちは話していた。

本堂の奥には、地下に通じる大きな扉があった。厳重な厚い扉を開くと、濃厚な花の香りが鼻をついた。神殿に捧げられている花は地下へと運び込まれていた。床や階段、いたるところに黄色と白の花が散らばっていた。この場所は異世界に通じているので、持ち込まれた花は不思議と枯れないのだといわれた。

長い階段を下りていくと、いくつもの小部屋があるのが見えた。神官が手にしている燭台の小さな灯りだけが頼りで、暗く湿っぽい空間だった。

「この地下は、混沌につながっている。だから光は本来、御法度なのです」

さらに階段は下へと続いていた。途中から空気が重くなるような、妙な気配がした。

最下層は天井が高く、「混沌につながっている」というのがあながち嘘とは思えないような、巨大な穴があいていた。ここだけ自然の洞穴がそのまま残っているようだった。噂に聞く森の〈異界の穴〉のようだ。底はまったく見えない。どこまで続いているのかもわからないような、不気味で底の知れない大きな闇の空洞だった。

その穴の周りには交代で七人の神官が円になってつねに控えていた。穴の周囲にも花は絨毯《じゅうたん》のように敷き詰められていて、それがぱらぱらと落ちるたびに、穴の表面に透明なバリアーみたいなものが存在することがわかった。花はそれを通りぬけて落ちていくが、穴から上にあがってこようとするものを封じているようだった。こんな闇に続くような深い穴になにが潜んでいるというのか。周囲を取り囲む七人の神官たちは、それを防ぐために封印のバリアーを張っているのだ。

奇妙だった。落下防止のバリアーではないのだ。つまりは落ちたらひとたまりもない。地獄の深淵がすぐそこに覗いているようで、普段は動じることのない子どものクインですらも、わずかに足がすくんだ。

そのときは穴の警護に控えている神官たちのほかにも、多くの高位の神官や〈神遣い〉の騎士たちが集まっていた。灯りをもっているものもあるが、基本的に暗くて周囲はよく見えなかった。

「ジュードを連れてきました」

声がしたのでそちらを振り返ったが、クインは愕然《がくぜん》とした。

そこにいるのはジュードであって、ジュードではなかった。

現れたのは、騎士の白いマントと長衣に身をつつんでいるものの、もはや人間の姿をしていなかった。背後に控えている神官たちの術によって縛られているのか、それはよろよろと不自然な歩き方でこちらにやってきた。

なによりも顔が――金髪碧眼の美しいジュードの面影はすでになく、頭部は獣のそれに成り代わっていた。からだは人間だが、首から上は白銀のたてがみをもつ獅子になっていた。口許は獲物をしとめたあとのように血でべったりと汚れている。クインの憧れの白銀の衣装もところどころ血に染まっていた。

闇の森から現れる異形のなかには、獣のようなものはたくさんいる。だが、完全におぞましい獣ではなく、この場合は瞳には知性がうかがえるのがよけいに哀れとも美しいともいえた。獣頭の騎士は、禍々《まがまが》しくも神々しかった。

「獣化したのか。何人犠牲になった？」

「世話係の稚児がひとり死にました。すぐに術者がかけつけて拘束したので」

神官たちのやりとりを聞きながら、クインはその場に凍りついたように動けなかった。いったいなにが起こっているのか。これはなんという生き物なのか。

「ジュードよ。貴殿は〈神代記〉の神と一体化した。混沌へと還《かえ》る時だ」

高位の神官がそう呼びかけると、ジュードはよろめきながらも穴の縁へと一歩前に進み、別れを告げるように獣の瞳で周囲の神官や騎士たちを見回した。

「名誉ある死を」

騎士仲間たちが伝えたのはその言葉だった。ジュードも同じく「名誉ある死を」と応えた。

そして——次の瞬間。

「おおおおおおおおおお」

ジュードは自ら穴のなかに身を投じた。人間としての最後の叫び——だが、それも途中から獣のような唸《うな》り声に変わっていた。

立っていられなくて、思わずその場に腰を抜かしたクインを、ラザレスが「立ちなさい」

と腕を引っ張って起こした。

「これを――もうきみのものだ」

手渡されたのは、ジュードがいつも携えていた剣だった。

ジュードの悲鳴は反響して長く続き、やがて消えていった。すると、その場にいる神官や騎士たちが一斉に謳いはじめた。暗闇の地下に、天上の音楽のような美しい音が鳴り響く。音は交差し、からまりあうようにして広がる。

しばらくすると、穴の底に小さな光が見えた。それは徐々に大きくなり、浮き上がってきているようだった。

やがて暗い穴の底からものすごい勢いで風が舞い上がる。白銀の光とともに、それは上昇してきて、宙にはばたき、人間たちを見下ろすように姿を現した。

白銀の有翼の獅子――王者の獣がペガサスのような翼を広げると、闇のなかに月の光が舞い散るようだった。獅子は全身をほのかに発光させながら、神官たちに共鳴するように咆吼をあげて謳う。続いて穴からほかの神獣らしきものたちが上がってこようと再び風が吹き上げてきたが、神官たちが封印して防いだようだった。

神官たちの唇の動きが止まり、音もやんだ。あたりは静寂につつまれ、白銀の獅子はゆっくりと旋回しながら宙を舞う。額に埋め込まれた青い宝石と同じ色をした目が、クインへと注がれた。

地上で見ているとき、騎士たちに憑いている神獣は、通常、透けていて立体画像の幻影のようだった。

ただし、いま目の前にいる白銀の獅子は違った。翼をはためかすたびに、羽が落ちてきているし、きちんと血肉がある生き物のようにしか見えない。戦闘時やこうして騎士から離れるとき、神獣は実体をもつのだ。

白銀の獅子はまっすぐクインに向かってきた。まるで神話のなかの絵がそのまま動いているようだった。それほど優美で気高そうな生き物なのに、大きく開けた口から覗いた牙は鮮血にまみれていた。

ジュードの血だ――と思ったところで、クインの意識は途切れた。なぜなら、白銀の獣がクインめがけて飛んできて、そのからだを口にくわえて喰らいついたからだ。鋭い牙はクインへの凶器となった。自らの骨の砕ける音が聞こえたような気がした。

てっきり喰われて死んだのだと思ったが、数日ののち、クインは目覚めた。恐怖と痛みは残っているのに、なぜか無傷だった。〈癒やしの術〉によって傷がすべてふさがれているのかと思ったが、それとも少し違った。

神獣が憑くことによって、〈神遣い〉の身体は神の一部となり、不死身に近い能力を得る。肉のやわらかい部分と内臓の一部を喰われるだけなので、肉体は再生する。ほとんどの神獣は最初の一回目に「喰われる」だけですむが、〈神代記〉の神獣だけは他にくらべて膨大な力を必要とするためか、何度でも騎士の血肉を要求する。ラザレスが「ドラゴンよりも白銀の獅子はおそろしい」といったのはそのためだった。

また、神獣が相手を気に入らなければ、ただ喰われて死ぬだけの可能性もあった。クインは白銀の獅子に認められたらしく、〈神遣い〉の騎士となれたが、それは同時にこれから長い年月、神獣にくりかえし喰われることを意味していた。

血肉だけではなく、神獣を憑かせていると、己の霊力をも奪われるから消耗は激しかった。まだ幼いからだにはそれが負担で、薬師たちには生きているのが不思議だといわれたくらいだった。

クインは最初の頃神獣が恐ろしかったが、途中からは慣れた。なぜなら、白銀の獅子はクインを喰らうたびに「すまない」と謝っていたからだ。神獣は言葉を知らないというが、クインには意思が伝わってきた。知的な目をした獣は、決してそれを望んでいるわけではなく、本来のエネルギーの供給方法が当時は叶わなかったのだ。

それには〈神代記〉が必要だった。だが、〈神代記〉は長いこと封印されているも同然で、読み解いて神を召喚するものもいなかった。

もはや使うことがなくても、その強大な力をほかに利用されないために〈神代記〉は永遠に守らなければならないものだった。もちろん〈神代記〉を守護する神獣も。

白銀の獅子はとても旧い獣だったので、消滅させてしまわないために、クインは定期的に神殿の本堂の地下の小部屋で深い眠りにつくことを必要とされた。

混沌に続いているという地下の空気は白銀の獅子を癒やして守り、また〈神遣い〉の器としてクイン自身の寿命をさらに長らえさせる効果があった。

一度眠ると、次にいつ目覚めるのかわからなかった。青年として成長し、剣と術が使えるようになるまでは神殿で普通に暮らしていた期間もあったが、ひととおりのことを覚えたあとは、基本的に眠りつくことが多かった。

正直なところ、まともに人間としての人生を送っているとはいいがたかった。神殿で〈神代記〉の神獣を憑かせた騎士が大切にされるのは、人身御供《ひとみごくう》のようなものだからなのだ。ジユードの最期を思い出すと、子どものように足が震えることもあった。だが、故郷の兄姉たちからは「おまえが弟なのを名誉に思う」という手紙がきて、それがクインの心の支えだった。

目覚めるときは〈神代記〉を守るために異形と戦い、そして定期的に神獣に喰われては長い眠りにつく。時間の許す限り、地上に出てほかの神官や騎士たちと同じように暮らしてみたが、剣の稽古と兄姉の手紙をくりかえし読む以外、ほかになにをしたらいいのかわからなかった。

〈神遣い〉の騎士は現世との交わりを絶つという意味で、親兄弟と会うことも禁止されていた。皆こっそりと街に出かけたときに面会していたが、クインはそういう手配をすることとすら考えつかなかった。

なにかと気にかけてくれていたラザレスが、ひそかにクインの兄姉たちを街に呼んでくれたことがあって、数十年ぶりに再会が果たされた。

兄や姉たちは皆年をとっていて、自分だけが青年のまま時間が止まっていた。あれほど手紙を読んで待ちわびていたにもかかわらず、ひとと長く交流する機会もなかったので、クインは思ったことの半分も伝えられずにろくな言葉を交わせなかった。

それでも兄や姉たちは「また会いにくるから。元気でね」といってくれた。そのいっときの逢瀬だけで心は満たされた。

だが、残念ながら二度目の機会はなかった。神獣の消耗が激しいと、クインはだんだん長い眠りにつくようになり、次に目覚めたときには騎士だったラザレスがいつのまにか教師長になっており、兄や姉たちはすでに寿命を迎えて亡くなっていた。

それ以来、クインはほんとうにひとりになってしまった。いつ別れがやってくるかわからないので、取り残されることを考えると、初めから親しい相手はつくれなかった。

継承者たちを守るのは使命だったが、彼らにとってはもはや〈神代記〉は忌まわしい重荷に過ぎなかった。〈旅人〉と呼ばれる彼らは術の訓練をしなくてもさまざまな能力のある、こちらの世界ではいわば超常能力者で、かつて〈神代記〉の使い方を誤ってしまったのは彼らだといわれていた。その罪を背負って、〈神代記〉をもって異界に渡ったのだと。

いざというときには、彼らも〈神遣い〉の騎士と同じように、自らを犠牲にすると誓った存在のはずだった。

だが、異世界に渡り、世代を超えるにつれて、継承者たちの意識は変化し、〈神遣い〉の騎士と剣の主である彼らとの絆も違ったものになった。彼らは〈神代記〉を守る白銀の獅子も〈神遣い〉の騎士も異形と同じように畏れた。

継承者の結界を張る能力が強いと、騎士自体が必要とされることもなかったので、クインは多くの時間を眠って過ごし、目覚めていることのほうが少ないくらいだった。そうやって半ば死んだように長い年月を生きた。

いつジュードのようになっても、かまわないという境地になっていた。それはもう遠い日ではないと実感していた。ある意味、早く終わりになることを願っていたといってもいい。

小さな男の子が、向こうの世界の依り代である剣のペーパーナイフをうれしそうに握るまでは。

眠っているクインの意識に、その声は突然響き渡るように届いた。

「おばあさま。これ、僕にいただけませんか。大事にしますから」

男の子は祖母に駄目だといわれても、ペーパーナイフを握って離さなかった。

「これが欲しいんです。駄目ですか」

男の子が心のなかで、「これは僕のものだ」――と感じてくれていることが伝わってきた。

ペーパーナイフを剣に見立てて振り回したときの、彼の高揚した気分さえ感じられた。

自分が必要とされている――。

男の子はまだ〈神代記〉の継承者ではなかったが、能力が強かったために依り代にふれただけでクインと通じることができたのだ。

だから、その後、男の子が異世界に無意識に渡ってきたときもすぐに居場所を見つけることができた。

彼は時折異世界にやってきて、そのたびにクインは目覚めて、小さな彼を守った。それまで生きていた長い年月よりも、彼と一緒に過ごしたひとときのほうが、クインにとってはより人間らしい濃密な時間だった。

初めて出会ったとき、彼がクインを見上げていった言葉が忘れられない。

「わあ……格好いい。夢みたい。本物の騎士だ」

その一言だけで、クインは彼のためなら命を捧げてもかまわないと思った。

彼と過ごすうちに他愛ない会話のやりとりや、何気ないことで笑うことを知った。神殿の外に出て、街で買い物をして、ときには旅もした。〈神代記〉など関係なくても、心の底から守りたい、いとしいという気持ちを覚えた。

誇張でもなんでもなく、その男の子――類はクインのすべてだった。なぜなら彼はほんとうに長いあいだ、ほかになにひとつもっていなかったのだから。

食堂のテーブルでクインが自らの過去や〈神遣い〉の騎士について語ってくれているあいだ、類は固まったように動けなかった。

昼の時間はとっくに過ぎて、神官たちの姿もまばらになっていた。

子どもの頃、一連の事情を話されたときの記憶が徐々に甦ってきた。そう――「もしかしたら、もうすぐ俺はいなくなってしまうかもしれないが……」と前置きして説明されたのだ。「大きくなったきみに会いたいが、その頃にはもう俺はいないかもしれない」と。

当時の類は「なんで？　そんなのいやだ」と受け入れられなかった。自分の夢なのに、理想の騎士がそんなことになるなんておかしい――と納得がいかなかったのだ。

類の要求通りに「難しい話」をしてくれたクインは、その反応を見て後悔したようだった。だから、次に会ったときには何事もなかったように、その話にはいっさいふれなかった。類もなにかの間違いだったのだと理解して、そのまま忘れてしまったのだ。

「――きみは俺のすべてだ」

クインはあらためてそう告げると、類の手をぎゅっと握りなおした。

陰惨な部分もある話を聞きながら、類が不思議と昔のように「いやだ」と取り乱さなかったのは、年齢的に成長したせいと、先ほどからずっとクインが手を握っていてくれたからだった。

「もしかしたら間に合わないと思ってた。きみにとってこんないいかたは不快かもしれないが、きみの祖母が亡くなって、きみが継承者になって――大きくなったきみに再び会うことができた。俺としては、もう思い残すことはない。きみが無事に〈神代記〉を守れるようになったら、俺はまた長い眠りにつく予定だった。きみは俺が考えてたよりも早く術を覚えたし……いまはほかに不穏な動きがあるからまだ長い眠りにはつかないようにしているが、それが落ち着いたら……次に目覚めるときまでには神殿が新しい騎士候補者を選定しているだろう」

再会してからも、クインが時折複雑な表情を見せた理由。なぜ類の術の覚えが早いと知って、あんなふうに悲痛な様子になるのか。「――大きくなったきみのそばに、俺がいられたら」といっていた真の意味を理解して、類は心の底から込み上げてくるものに顔がゆがみそうになった。

思い残すことはない――死を覚悟している人間を前にして、子どもの頃のように「いやだ」といって困らせることはできなかったが、やはり納得できるものではなかった。

「……クイン、待ってくれ。それは――どうにかならないのか……？　クインは……起きたままでいるわけにいかないのか。そしたら、その、前の〈神遣い〉の騎士のジュードみたいに獣化してしてしまうのか……」

「わからない。ただ白銀の獅子が弱ってきているのは感じる。獅子を守るためには、そろそろ新しい騎士が必要だ。獣化してからでは遅いんだ。ジュードのときは時期を誤った。本来なら、彼は獣化せずに俺に神獣を移す予定だった」

「〈神遣い〉の騎士は……みんなそうやって獣化──するのか？」

「いや。知られているのは、〈神代記〉を守る神獣だけだ。ほかの獣は、騎士が喰われるのも最初だけだし、神獣の力で長生きはするが、騎士の生命がつきると、自然に神獣のほうから離れる。白銀の獅子の場合は、長く生きすぎると獣化する。そうなったら、徐々に人間としての理性は失われて凶暴化するからそのままにはしておけない。……普通は、そうなる前に神官たちが術で神獣を離れさせて騎士を交代させる。獣化したら、神獣と一体化してるから、命を絶たない限り神獣は離れない」

「じゃあ、獣化する前に新しい騎士に白銀の獅子が移れば、クインは〈神遣い〉の騎士ではなくなるけど、生きていられるのか？」

「──まさか。俺がいまここに生きてるのは神獣のおかげだ。人間としての寿命なら、とっくに使い果たしている。神官たちの術で神獣を離れさせても、俺はその瞬間に死ぬ」

「……そんな……」

かすかな希望も絶たれて、類は絶句する。

どちらにしても、神獣が離れるときには死ぬ。〈神遣い〉の騎士となったときから、逃れられぬ運命なのだ。

いままで冷静に状況を把握しようと努力していたけれども、類は再び唇が泣きそうに震えるのを堪えるのに必死だった。

クインが死ぬ——そんなのはいやだ。

「類……なにも明日すぐどうこうなるといっているわけじゃない。もうすぐ寿命が尽きるといったが、誤解しないでくれ。きみと最初に会ったとき、すでに時が近いと思っていたのに、もうあれから何年も経つ。俺はしばらくは目覚めてるし、もしかしたら次の長い眠りを越えても大丈夫かもしれない。いつ獣化するのかは、誰にもわからないんだ」

「嘘だ。もうかなり危ないと思ってるから、クインは僕がこっちにきてからも、ほとんど地下で眠って過ごしていて昼間は姿が見えなかったんだろう？　それにしばらく大丈夫だとしても、クインはすぐ眠ってしまう。このままずっと——神獣を弱らせないために眠るだけのような生活を……」

「それは仕方ない。俺の使命だ。ただきみが危機のときに呼んでくれれば目覚める」

きっぱりといいきられてしまうと、類はそれ以上はなにもいえなかった。でも、助けを求める行為は、彼の寿命を縮めるのだ。神獣が消耗するし、目覚めていれば獣化してしまうかもしれない……。

先ほどから話していても、クインは死ぬのをまったく畏れてはいない。ただ自分がいなくなることで、類がショックを受けないようにと心配しているだけだった。

そんなクインのために、自分ができることといったら、なにがあるのか。彼がいなくなっても大丈夫だと安心させることなのか。

類は心のなかで苦悶した。なにか対処策はないのか。自分は〈神代記〉の継承者なのに無力なのか。先ほど聞いた話のなかで解決の糸口はないのかと必死に頭をめぐらせる。

「……クイン。白銀の獅子だけ、どうしてそんなふうに騎士が獣化するんだ？　それに……先生だってドラゴンが憑いてるのに、クインみたいには眠ってない」

「俺ほど頻繁だったり期間が長くないだけで、彼も定期的に眠ってる。ほかの〈神遣い〉の騎士たちもそうだ。そうすればより寿命が延びるから。寿命がどのくらい延びるかについては、もともと神獣によって個体差があるんだ。騎士との相性も作用する。獣化については理由ははっきりとわかっていない。ただ憑いてる獣の飢餓状態から、そうなるんだろうといわれている。白銀の獅子は騎士をくりかえし喰らうが、本来の餌はそれではないから」

類は「なんだ」と思わずテーブルの椅子から腰を浮かしそうになった。

「〈神代記〉……！　クインは〈神代記〉が異世界に渡ってるから、本来のやりかたで神獣のエネルギーの供給ができないっていった。つまり僕が読んで使えるようになれば、白銀の獅子はクインを何度も喰らったりしないですむし、寿命だってもっとどうにかなるのか」

先日見た夢――あれは〈神代記〉の継承者である類に、白銀の獅子がなにかを伝えたかったからではないのか。

ようやく希望が見えた気がして、顔を輝かせる類に、「――いや」とクインはかぶりを振った。

「そんなことのために、きみが〈神代記〉を読む必要はない。あれはなにが起こるのかわからないし、もしできたとしても、俺のことはどうにもならないかもしれない。僅《わず》かな可能性のために、一生を棒に振るな。きみは自分の親族たちを守って、無事に〈神代記〉を受け継いでいってくれれば、それでいいんだ」

「でも、おばあさまは読むのも読まないのも継承者の自由だといった」

「自由だが、〈神代記〉の危険性もラザレスから聞いただろう?」

「それは――僕に制御できないものがでてくるかもしれないって……」

ラザレス自身も〈神代記〉を読むこと自体はすすめないようなくちぶりだったことを思い出す。

「そう。正直な話、〈神代記〉については詳しいことはなにもわかっていないんだ。だから、あれに潜む力は、名の知られぬ神々と呼ばれている。いま世界にいる神獣でさえ、〈神遣い〉の騎士として制御できないものも多い。そういったものは、神殿の本殿の地下の穴に封じてあるんだが、これ以上増えたらどうなるのかわからない」

「…………」

類としては、クインが少しでも生きながらえてくれるなら——獣化して地下の穴に身を投げるような真似をしないですむのなら、僅かな可能性でもさぐってみたかった。

獣化——逞しい騎士だったジュードが、頭部だけ獅子のようになる。からだは人間のまま？　実際に見たわけではないから、詳細なイメージまではわいてこないが、類はこれと同じ話をどこかで聞いたような気がした。いや、違う。あれは神獣の話ではなくて——。

「頭部が獅子で……からだが人間の……」

呟いているうちに、由羽の友達のエリックが天空倫理会の施設の地下に化け物がいると話していたことを思いだした。その特徴が、逞しい男性のからだつきで、頭がライオンだったのだ。

てっきり異形のひとつだと思っていたが、もしかしたら獣化した騎士という可能性もあるのだろうか？　しかし、なぜ、向こうの世界にそんな者が？

ふいに今朝の夢で——〈神代記〉の頁に浮きでていた絵を思い出す。円のなかに二頭の獣がいる構図……。

「クイン……〈神代記〉を守る神獣の獅子って、もう一頭いるのか？」

まさかと思いながら何気なくいってみたのだが、クインの顔色が瞬時に変わった。

「なぜ、それを知ってる？」

思いがけない反応を見て、類は固唾《かたず》を呑んだ。

クインの話によると、〈神代記〉を守る獅子は、もともと白銀と黄金の二頭で対になっているらしかった。

だが、闇の森が広がるきっかけになった事件——古代に類の先祖のひとりが〈神代記〉から制御しきれないほどの神を呼び出してしまい、世界の均衡が崩れた。森に〈異界の穴〉があいて、神々の多くは邪神化し、闇の森は人間たちに根本的に解決できない悪しき聖域となった。

その騒動のときに、〈神代記〉からは守護獣である二頭のうち、黄金の獅子が行方不明になってしまったと伝えられていた。未知の異形と戦って消滅してしまったのだとも、〈異界の穴〉に騎士とともに落ちてしまったのだともいわれていた。

かなり古い時代のことなので、いまでは詳細を知るものもいない。ただ、〈神代記〉の神獣だけが何度も騎士を喰らうのは、本来二頭で一対だったものが欠けているからではないかと推測されているという話だった。

古代に失われた神獣がなぜ、いまになって現れるのか。

もしも天空倫理会の施設の地下にいるのが、黄金の獅子を憑かせた〈神遣い〉の騎士が獣化した姿だとしたら、なにを意味しているのか。

不可思議な術を使った転入生アーロンのことは伝えていたのだが、天空倫理会の施設の地下にいるという噂の化け物について、類は詳細をクインにも話していなかった。怪しいと思いつつも、由羽の友達のいうことだし、自分の目で見たわけではなかったからだ。

向こうの世界に獅子の頭をした男が捕らえられていると伝えられると、神殿の内部はいっせいに色めきたった。しかし、誰も目にはしていないので、ただの異形の可能性も捨てきれなかった。

「まさか。黄金の獅子がほんとうに消滅せずにいるなんて――」

報告を受けたラザレスも信じられないような顔をしていた。

類がこちらの世界にきてまだ二十日にもならないので、向こうの世界ではあれから二日も経っていない計算になる。とはいえ、悠長に街の見物に出かけるどころではなくなって、類とクインは早速向こうの世界に戻ることになった。

「では、これをもっていきなさい。わたしの依り代です」とラザレスは黒い石の指輪を差しだした。

「黄金の獅子がからんでいるとなると、大事になるかもしれません。いざとなったら、わたしを呼びなさい」

「――ご老体にはきついのではないか」

クインが横で気遣いのつもりなのか、真面目な顔をしておそろしいことをいった。ラザレスのこめかみに筋が浮かぶのを見て、類はどうしたらいいのかと硬直した。結局、「もっていきなさい」とラザレスに不気味なほどにっこりと微笑まれて、半ば強制的に指輪を受けとらされた。

その日のうちに向こうの世界に戻ったものの、こちらの切迫した緊張感に反して、類の部屋は二日前となんら変わりがなく平穏そのものだった。

夕方の時間帯だったので、オレンジ色の西日が部屋には差し込んでいた。鞄のなかに入れっぱなしだった携帯を確認すると、やはり二日しか経っていない。帰り道で人面鳥に襲われて、アーロンが現れたのはつい一昨日のことなのだ。

「類。俺は状況を把握するために、一度角倉に会ってくるから。なにかあったら、すぐに呼んでくれ」

クインが移動のための魔法陣を描いて消えてしまったあと、類は着替えてからひとりで家のなかを見て回った。異変がないかどうか心配だったのだ。アーロンにはこの家を知られてしまっている。

叔父と紘人がいないのは時間的に納得だが、由羽はそろそろ帰ってきていてもいいのに、部屋の扉をノックしても返事がなかった。

キッチンに行くと、ちょうど買い物から帰ってきたらしく、カウンターで家政婦の崎田《さきた》がスーパーの袋から商品をとりだして整理している最中だった。

「あら、類様。どうしたのですか？　もう信州のお屋敷からお戻りになったのですか。ご用があるからと聞いていたのに」

崎田は類を見て驚いた声をあげる。なるほど、類がいない理由をそういうことにしているのか。

「うん……。いま戻ってきたところ。叔父さんは会社だよね。紘人も大学だろうし、由羽は図書館にでも寄ってるのかな。僕がいないあいだ、なにか変わったことがあった？　誰かたずねてきたとか。連絡があったとか」

「旦那様に、信州のお屋敷の角倉さんからお電話がありましたけど」

崎田はのんびりと答える。角倉はクインから連絡を受けて、類がしばらく向こうの世界に滞在することを叔父に連絡してきてくれたのだろう。

「ほかには？」

「んー、そうですね……。由羽くんのお友達の剛《つよし》くんが昨日、家にきました。なんだか喧嘩したみたいで、すぐに帰ってしまったんですけど」

「喧嘩？」

藤島《ふじしま》の弟の剛が——最近、由羽の様子がおかしいといっていた彼がなんの用だったのだろう。

崎田はふふっと笑って口許を手で隠す。

「いえ……ほら、由羽くんはお化けとか、そういう不思議なお話が大好きじゃないですか。いまに始まったことじゃないけれど——そのことで剛くんが『いいかげんにしろよ』って怒ってるのが聞こえてきて」

藤島の弟は由羽とは小学校からの仲だから、少し変わったところもあると納得して友達づきあいをしてくれているはずだった。だが、由羽はその手のことを語りだすと止まらないから、いいかげん彼も嫌気がさしてしまったのかもしれない。

「そうなのか……剛くんに悪いことしたな。由羽も夢中になってしゃべるから」

「わたしも毎度のことなのにって思ったんですけど。帰り際に剛くんが『崎田さん、由羽はおかしいです』ってわたしにまで訴えてきて。『いいにくいけど、病院で診てもらったほうがいい』とか」

剛がそこまでいうなんて——由羽に口をきかなかった一年があって、現在も心理カウンセリングに通っていることは、彼も承知しているはずだった。

剛もかなり不快な思いをしたからそんなことをいったのだろうが、由羽が傷つきはしなかっただろうかと類は心配になってしまった。

「それで……そのまま剛くんは帰っちゃったの？」

「そうなんですよ。『見えない友達に話しかけるなんて異常だ』とか、『そんなものいないのに』って。由羽くんが後ろで『いるんですっ』って叫び返してましたけど。……親しくしてるたったひとりのお友達なんだから、剛くんとは早く仲直りしてほしいですねえ」

由羽が超常現象話をして剛をうんざりさせた――。それはいかにもありそうなことだったが、類は「見えない友達」という台詞が妙に引っかかった。そして、崎田がさらりと「たったひとりのお友達」といったのも。

「……だけど、崎田さん……由羽は最近、新しく仲良くしてる子ができたから。その子とは話題が合うみたいだし、剛くんにも同じ調子で話しちゃったのかもしれないね」

「え？　由羽くんに新しいお友達ができたんですか。まあ、どんな子ですか？」

崎田が純粋に驚いた顔を見せたので、類は困惑した。

「どんな子って、家に遊びにきたこともあるだろう。ほら、外国人の子で……金髪の、天使みたいな顔をした、エリックっていう」

「エリック……？　由羽くんに外国人のお友達が？」

崎田が首をかしげる。忘れているのだろうか。でも、由羽に剛以外の友達が遊びにくるなんて珍しいことのはずだから妙だった。

「崎田さんが僕に『とても仲よさそうですわよ』って報告したじゃないか。そのあと、由羽たちが僕の部屋にきて、ケーキとお茶を運んでくれたはずだ」

「そりゃお客様がくればお茶はだしますけど。由羽くんに剛くん以外のお友達がたずねてきたら、わたしが忘れるわけがないです。とても嬉しいことですもの。ほんとに外国人のお友達なんて見たことありません」

「……………」

どういうことなんだ――と類は混乱した。頭を整理しようとすればするほど、背中がぞくりとする。

そう――崎田は由羽を可愛がってくれているし、こんな話題でとぼける理由はなにもない。新しい友達ができたら、忘れるわけもない。どういうわけか、彼女はほんとうにエリックを見たことがないと思っているのだ。

「あ。そうだ、外国人のお友達といったら、類様のほうでしょう。アーロンさんと仰る方。一昨日、具合が悪いのを送ってきてくださった――それなら、わたしもしっかり覚えてますよ」

崎田は類がなにか勘違いしているのだろうと思ったらしく、「わたし、まだボケてませんからね」と明るく笑った。

それ以上追及しても無駄に思えたので、類は「ごめん、そうだったね」と話を切り上げた。しかし内心はなにが起こっているのかわからなくて焦っていた。

崎田はアーロンを覚えている。でも、エリックを覚えていない……。

だが、エリックが家を訪ねてきたのは事実なのだ。類と会話をし、天空倫理会の施設の地下に化け物がいるという噂を聞かせて帰って行った。彼は確実に存在している。

もしかして、崎田のエリックに関する記憶が消されている……?

エリックもひょっとして――向こうの世界の人間なのか。「見えない友達」――剛がそういっていたのは、エリックのことなのか。

類はあわてて二階に駆け上がって、由羽の部屋の扉を開けた。綺麗に整理整頓されていて、妙なところはなかった。だが、もう帰ってきてもいい時間なのに、由羽の姿が見えないのに不安を覚えた。

自分の部屋に戻って、類は携帯から由羽に電話をかけた。何度コールしてもでない。いったんあきらめて、今度は藤島の弟の剛に電話をかけた。剛は昨日由羽と喧嘩をしたことを気にしていて、「ひどいことをいった」と謝ってきた。

『でも、由羽はちょっとおかしいです。変なとこがあるのは知ってるけど……最近はそれとも様子が違ってて』

剛の話によると、由羽は最近エリックという外国人の転入生の話をよくするようになったのだという。剛と由羽は同じ中等部でも、クラスが違う。外国人の転入生がくるのは、天空倫理会の施設が近くにできてから珍しいことではなかったので、最初は「ふうん」と聞き流していた。

だが、すごく仲良くなったと自慢するので、剛はどんなやつかと思って由羽のクラスにエリックを見に行った。しかし、そんな転入生はいなかったのだという。

その事実を突きつけても、由羽はエリックがいないことを認めなかった。「僕には見えるんです。怪物に対抗するために、ほかのひとには姿を見えないようにしてるんだっていってました。ほんとに最初は転入してきたんですよ。でも、途中から信頼してるひとにしか見えないようにしてるって。エリックはすごいんですよ。大人の姿にも、僕と同じ中学生の姿にも、女の子にだって変身できるんです。類くんには紹介しましたし。そんなに疑うなら、明日剛にも会ってくれるかどうか聞きますから」——由羽はそう訴えていたということだった。

剛からの電話を切ったあと、類は再び由羽の携帯に電話をかけた。「頼む、出てくれ」——心のなかでそう祈ったけれども、コールが鳴り響くだけだった。類は力なくその場に膝をついた。

剛のいうとおりなら、由羽はいま、エリックと会っているのか。

何者かはわからない。だけど、エリックは——普通の人間じゃない。

親が信者なので悩んでいるといった……。あれも作り話か。施設の地下に化け物がいる？

どうしてそんな話を類に伝えていったのか。

なぜエリックは由羽に近づいた？　由羽はいま、どこにいる？

天空倫理会——。

すべてのキーワードが指し示しているのはそこだった。

類は崎田に「由羽がもし戻ってきたら、すぐに携帯に電話をくれ」と告げて外に出た。間違いない。由羽はあの天空倫理会の施設の屋敷にいる。エリックは教団に疑問を抱いているようなことをいったが、それも真っ赤な嘘なのだ。

大人の姿にも、子どもの姿にもなれる？　どういうことなのか。

類は必死に走って例の屋敷の前まできた。鉄の門扉は頑丈そうだったが、警備員の姿はなかった。

神経を研ぎ澄ませてみる。向こうの世界でラザレスに自然の力を利用する術を習ってから、類の感覚は鋭くなっていた。

わかる。由羽はやはりここにいる。

クインを呼ぶためにペーパーナイフをとりだそうとしたとき、背後から声がした。

「――そんなに息を切らして。どこに行くつもり？」

振り返ると、アーロン・ベイズが立っていた。

明るい金髪に琥珀色《こはくいろ》の瞳、華やかに整った顔立ちがこの場に相応《ふさわ》しくない爽やかな微笑みを浮かべていることが癇《かん》に障った。しかも憎らしいことに制服姿だったが、どうせ彼も実際は転入生としては存在していないに決まっていた。先日の術を使った様子から見ても、こちらの世界の人間ではない。記憶を操って、転入生として存在したり、存在しなかったりということにしているのだろう。

「きみもエリックも……いったい何者なんだ」

「エリック？　ああ――きみの弟にまとわりついていた彼か。僕と彼を一緒にしないでほしいな。まったく違う」

心外そうに眉をひそめるアーロンを、類は睨みつけた。

「きみたちは天空倫理会の仲間なんだろう？　なにを企《たくら》んでるんだ」

「まさか。だいたい僕は――きみは僕を何者だと思ってる？　この前、きみの傷を癒やしたのは僕だよ」

「……普通の人間じゃないってのはわかってる」

「そのとおり。教団の指導者の息子っていうのは、アーロンとして学校で過ごすために設定した仮のプロフィールだ。僕は信者でもなんでもないよ。だから、きみと仲良くしたいといった」

アーロンはふいに近づいてきて、類の腕をつかんだ。引き寄せて、間近から顔を覗き込んでくる。敵対している相手に向けるにはふさわしくないような、甘い眼差し。

「――きみを気に入った。異形を学校指定の鞄で殴りつける姿は実に凛々《りり》しかったからね。あんな無茶なことをやった継承者は見たことない。そそられたよ」

「なにいってるんだ。僕はおまえがもう怪しいと知ってるんだ。調子のいいことをいっても騙されるわけないだろ」

「つれないね。僕の好意を企みと思うなんて。……そんなにあの堅物そうな守護者のほうがいいかね。まあ男前なのは認めるけど。あれに憑いてる神獣と同じくらい融通がきかないだろう?」

アーロンは楽しそうな顔つきになる。なぜ、クインのことまで知ってるのか。動揺する類を見て、さらに面白そうに目を細めた。

「……もう彼と寝たか。なんだかんだいっても神殿の男だから、その手の男色の手管は巧みだろう。きみもいい体験を……」

さすがに類が頭にきて「黙れ」と腕をふりほどき、そのまま殴りかかろうとすると、再び手首をつかまれた。へらへらしているようで、アーロンは力が強いし、動きには無駄がない。

「――きみと話すのが楽しいから、少しふざけすぎた。真面目な情報を教えてあげるから、怒りをおさめてくれ。争うのは、僕も本意ではない。天空倫理会のことだが、あれ自体はそれほど害のない団体なんだ」

アーロンが類の腕を放して表情を引き締めたので、さすがにそれ以上つっかかるのは堪えた。いまはくだらない話をしている場合ではないし、情報に興味があったからだ。

「どういうことだ」

「向こうの世界から流れてきた神官たちがいるのはたしかなんだよ。いわゆる〈神代記〉を追う者たちだね。でも、たいして派手に動くやつらじゃなかった。それが——最近、ひとりの怪物が現れて、一部の幹部たちが洗脳されてる」

「怪物？」

「異形ではないよ。もっとタチが悪い。僕はそういった情報を集めてただけなんだ。たとえば、教団の施設の地下になにがいるか——とか」

施設の地下の化け物。天空倫理会をあやしいと思った最初のきっかけだ。なぜ、エリックは、類にあんな話を吹き込んだのか。

「きみは噂を否定した。あそこに異形の化け物はいないといってただろう」

「もちろん。化け物はいない。あそこにいるのは——」

そこでいったん言葉を切って、アーロンはちらりと上目遣いに類を見た。

「もうわかってるんだろう？　獅子の頭をした男。あれがなにか」

「獣化した〈神遣い〉の騎士……？」

アーロンは苦い笑いを見せて「そう」と頷いた。

「哀れな。僕はあれにトドメを刺しにきた」

「どういう意味だ？」

「さあね」と肩をすくめてみせると、アーロンは宙を仰ぐ。

「——お迎えだ。少し話しすぎた。ここはもう別次元になってる。化け物たちがくるよ」

その言葉通り、お馴染みのハーピーのような怪鳥がギャアアアアとけたたましい声で鳴きながら飛んできた。しかも一匹や二匹ではない、数え切れないほどの大群だ。

「きみの恋人の守護者を呼ぶといい。あとはよろしく」

アーロンが宙に舞い上がったので、類は「待て」と叫んだ。

「きみはほんとに何者なんだ。〈神代記〉を追う者か」

「前にもいっただろう。僕は何者でもない。ほんとうはアーロンですらない。名前はない」

「——え？」

虚を突かれて息を呑む類に、アーロンはふわふわと宙に浮いて笑いかける。

「類。きみに忠告しておこう。すべてを知って、絶望しないように」

アーロンはそういいのこすと、すっと消えてしまった。

——いまのは、どういう意味だ？

背中に冷たい汗が流れたが、深く考えている暇はなかった。怪鳥の群れが迫ってきている。

類はペーパーナイフをとりだすと、「クイン！」と強く念じた。それからすぐさま火と風を起こす術を謳う。

大きな炎が巻き起こり、怪鳥たちを風とともに包み込む。

「ギャアアアア」

迫り来る怪鳥の何羽かは炎に焼かれて、墜落した。ほかの怪鳥たちはすぐには飛びかかってはこず、警戒するように類の周囲を旋回する。しかし、類の起こす小さな炎でちまちま焼いていっては、数が数だけにきりがない。気がつくと、怪鳥たちはカラスの大群のように空を埋め尽くしていた。

「——類！」

空間を割るようにしてクインが現れ、類を庇うように前に立つと、急降下してきた怪鳥を剣で叩き切った。

クインは宙を見上げて「多すぎるな」と呟くと、謳いだした。ギャアアアアという怪鳥たちの奇声をかき消すように、あたりに美しい旋律が響く。

クインの全身からゆらりとした白い影がたちのぼり、白銀の有翼の獅子が現れた。獅子はうっとうしそうに怪鳥たちを見回すと、咆吼をあげながらいつもより巨大な姿になった。白銀の獅子が神々しく光る大きな翼をはためかせると、その風に煽《あお》られた怪鳥たちはまるで砂が崩れるがごとくにすっと跡形もなく消えていく。

その風を逃れた怪鳥たちはクインに襲いかかってきたが、それらも見事な剣さばきによってことごとく切り捨てられた。

白銀の獅子の出現でとうてい敵《かな》わないと知ったのか、残りの怪鳥たちは逃げるように飛び去っていく。

白銀の獅子は敵がいなくなったあとも、しばしなにもない宙を見つめていた。いや、正確には目の前にある天空倫理会の屋敷を見ていた。知性の感じられる目が何事か思案している ようだった。クインが呼びかけると、なにかいいたげな目をしながら獅子はすっと消える。

「ここになにかあるみたいだな」

クインには獣の考えていることが伝わってきているようだった。

「類はどうしてここに？」

「由羽が——ここにいるんだ」

類は由羽の友人のエリックのことを手短に説明した。彼もたぶんこちらの世界の人間ではない、と。

クインも天空倫理会について角倉から情報を得てきたらしかった。

「こちらの連絡役たちのあいだで、天空倫理会は監視対象になっていたことは前にもいったとおりだ。向こうの世界からやってきた〈神代記〉を追う者たちで構成されているのは事実だが、そのなかでも穏健派というか、〈神代記〉を神格化して崇《あが》めてる連中で、本来、攻撃的ではなかった。神秘的な術を追究するうちに一線を越えたような元神官崩れたちが幹部のなかにいる。団体をつくることによって、こちらの異世界の住人たちの受け皿になっているということだ。秘密裏に異世界に渡ってきている連中がいるから」

アーロンの情報と一致している。彼も天空倫理会自体はそれほど害のない団体だったといっていた。怪物が現れるまでは——。

怪物とは、いったいなんだ？

類は天空倫理会の施設である屋敷の門の前に立った。まさかこの異常な状況でインターホンを鳴らす気にもならず、門を押すと鍵がかかっていなかったので、そのまま中に入る。敷地内にひと気はなかったが、駐車スペースには多くの車が止まっていた。黒塗りの高級外車からワゴン車までさまざまだ。これだけ車があるのなら、今日はこの施設にそれなりにひとが集まっていると思われたが、奇妙なほどに静かだった。

「クイン……アーロンがさっき現れたんだ。エリックと仲間なのかと思ってたけど、否定された。でも、なにがなんだかわからない。彼は地下にいるのが騎士の獣化した姿だって知ってた」

「……ほかには？」

「トドメを刺すっていってた。哀れだからって」

クインはなにか思い当たることがあるのか、考え込むように口許に手をあてた。

屋敷の玄関の扉を開けると、やはり鍵がかかっていなかった。大きな玄関ホールはがらんとしていて誰もいない。

しかし、個人宅ではなく宗教団体の施設らしく受付のスペースがきちんと設けられていた。台のうえにノートが置かれていて、来訪者の記帳したあともある。すべて今日の日付だ。

物音ひとつしないが、どこに人が集められているのか。

「クイン？」

前に進もうとすると、クインが立ち止まった。なにかに耳をすましているように口許を引き締め、しきりに瞬きをくりかえす。

「クイン……？　どうしたんだ？」

「そのアーロンは——ほんとうに人間か？」

「どういう意味？」

「アーロンが原因とは限らないが……。俺のなかで……さっきから獣が反応してる。白銀の獅子は、〈神代記〉の継承者と、自らの〈神遣い〉の騎士以外の人間には興味を示さないのが普通だ。これは……この昂ぶりは、人間への反応じゃない。屋敷になにかいる」

クインの緊迫した表情に、類は慄然とした。この屋敷になにがいるというのか。しかし、明らかにたくさんの人間が訪れた気配があるのに誰もいない——この現状から考えても異様で、先に進むのが怖くなった。

一階にはまったくひとの姿は見えなかった。集会スペースらしい広間もあったが、椅子が並べられているだけでひとはいない。地下への入口のドアを見つけて、類はごくりと息を呑んだ。

間違いなくここしかなかった。階段を二、三歩下りただけで、クインはなにかを感じとったのか、類の腕をつかんだ。

「駄目だ。ここはもう普通の屋敷のなかじゃない」

「化け物が出てるから、次元が違ってるんだろう？」

「それだけじゃない。空気が——異界につながってる。向こうの世界の闇の森や——手に負えない神獣たちを封じ込めている神殿の地下の穴と同じ匂いがする」

具体的にはどういうことなのかわかりかねたが、類自身も背すじがぞくぞくするような空気は感じていた。

だが、前に進まないわけにはいかなかった。由羽がいる——その確信も強くなっていたからだ。

「でも……由羽を助けなきゃ」

「わかってる。だから、俺がひとりで様子を見てくる。きみはいったん家の外にでろ。もし先ほどみたいに化け物の大群が襲ってきたら、ラザレスを呼べばいい。指輪に念じて」

クインのいうとおりにしたほうがいいのだろうかといったん踵《きびす》を返しかけた。

だが、以前の由羽とのやりとりが脳裏に甦ってきた。化け物を怖がる由羽に、類は「僕が守ってあげるから」と伝えたことがあるのだ。

（——類くんなら、ほんとにできそうな気がします）

子どもの頃は由羽を鬱陶しいとさえ思っていたこともある。だけど、どんなに邪険にしても自分を慕ってくる姿を見て、相手が笑ってくれれば自分もうれしいのだと——由羽は、類にかけがえのないものを教えてくれた相手だった。なにか恐ろしいものを見て、心を閉ざしてしまった弟。自分はいまだにその心の傷さえ癒やせずにいる。

ラザレスに術を習いながら、類が考えていたのは大切なひとを守ることだった。両親が実は知らないあいだに異形の化け物に殺されていたのだと知ったときの無力感。あれはもう二度と味わいたくない。

「ごめん……クイン。僕は自分の目でたしかめたい。由羽が無事かどうか」

「――わかった」

クインは類の心情を理解したのか、それ以上はなにもいわずに、自分が先頭になって歩きだした。「決して前にでるな」と類を後ろに庇うようにして慎重に前に進む。

とても長い階段だった。もともとは個人宅であった屋敷のものとしては、構造上ありえないほど深い地下に部屋が存在していることになる。おそらくなんらかの術の作用によって、本来の部屋とは位置が違ってしまっているのだろう。

地下の部屋の入口が見えた。扉は半分開いていて、中から光が漏れている。ここにきて、初めてひとの気配が感じられた。地下に多くの人間が集まっているようだった。人々の熱とかすかなざわつき、そして誰かが演説でもしているのか、若い男の朗々とした声が流れてくる。

「――われわれの存在を考えてみてください。人間だって、神が見ている幻かもしれない。

その幻に、神が戯れで命を吹き込んでしまったのかもしれない――」

半分開いた扉から、類とクインは地下室の様子を窺った。

地下は元はカラオケルームのような場所らしかった。それでもホテルの小宴会場ぐらいの広さはある。なかには三十人ほどの人間がいる。老若男女さまざまで、どうやら一般の信者と思われた。

部屋の正面には演台が備え付けられていて、そこに指導者とおぼしき外国人たちが並んでいた。中央のひとりが先ほどから信者たちに語りかけているようだった。信者たちは演台の男を熱心に見つめている。

一般の信者相手の集会の真っ最中だとしたら、いまは下手に動くわけにもいかない。外に駐車されているたくさんの車の説明はついたが、いきなり現れた怪鳥の大群や、この地下室以外はひと気がないのは奇妙だった。

中央に立ってしゃべっている男はまだ若かった。天空倫理会の指導者は美形揃いだという噂にたがわず、容姿端麗な若者だった。金髪に明るい色の甘い瞳、ミルク色の肌は透き通るようだった。

少し距離があるので、最初ははっきりとした顔立ちまではわからなかったが、目を凝らしてみて、類はその場に凍りついた。

あの顔は――。

「……あなたたちの手元にある『天空倫理書』――それは次の段階へと進む第一段階にすぎません。この世には選ばれたものだけが読み解ける書物がある。この世に名の知られぬ神々がいる。『天空倫理書』に書かれている邪悪なる獣たち――これは実際の化け物などではなく、現実世界での災害や戦争を意味していると理解している方が多いでしょうが、違った意味もあるのです……」

思わず飛びだそうとした類の肩を、クインがつかんで引き戻す。類は振り返って、押し殺した囁き声でクインに訴えた。

「……あれは、エリックだ」

ありえないことだが、間違いない。演台の中央に立って演説しているのは、エリックだった。

類が知っているのは、由羽と同い年だという中学生の天使のようなエリックで、もっと幼い顔立ちをしていた。いま、演台で話している男は青年で年齢が違う。だが、面差しが似ているというだけではなく――魂の存在感がエリックそのものなのだ。

「見えない友達」のエリックは、大人の姿にも中学生の姿にも変身できると由羽は剛に話したという。どういうことなのか。

「……もしそうなら、高度な術を使ってるんだろう。自分の本来の姿を隠して、魂がかたちづくっている姿を前面にだすんだ。でも、そんな術が使えるのは、高位の神官でもなかなかいない」

やはりこの世界の人間ではない。しかも、難しい術を使いこなしているのだから厄介な相手だった。

そしてアーロン——彼も、きっとこの施設のなかにすでにいるはずだった。彼らは何者なのか。

さらに迂闊には動けなくなって、中の様子を窺っていると、演台のそでから白い布に覆われた檻《おり》が台に乗せられて運ばれてくるのが見えた。布のすそから鉄格子がのぞいている。

信者たちが何事かとざわめくと、演台の中央の青年——エリックは、「大丈夫です」と微笑んだ。

鉄格子の檻を見た瞬間から、類たちには中身がなんなのか、すでに見当がついていた。教団施設の地下にいるという「化け物」——。

「あなたがたは信じられないかもしれない。けれども、あなたの目に映るものが世界だ。賢明なあなたがたにはしっかりと理解してもらえるはずです。われわれはこの世界を守るために、このような獣を操る者と闘わなければならない」

エリックは「さあ」というように檻を指し示した。

檻の布が外されて、鉄格子の中身があらわになる。そこに立っていたのは、類たちの予想通り、獣頭の男だった。

まさにライオンのような頭部をもち、からだは腰布一枚を身につけているだけだったので、人間のからだつきながらも動物のように毛深くなっているのが見てとれた。足先などはすっかり獣のそれに変化し、鋭い爪が見える。口許は食事をしたあとのように血まみれになっており、それを見た信者からは小さな悲鳴があがった。

その生き物は奇怪でありながらも、美しかった。なぜなら瞳に明らかに知性があり、佇《たたず》まいそのものは獣ではなく、人間のように品があって堂々としていたからだ。

類は初めて見る獣頭の男に息を呑んだ。これが獣化した騎士……。〈神代記〉のもう一頭の守護獣、黄金の獅子が憑いているはずの――。

「……だいぶ獣化がすすんでいる。変化したあと、そのまま生きながらえているとああなるんだな。足ももう獣そのものだ」

クインが他人事のように呟いた。彼がショックを受けていないか心配だったが、その横顔に感情の乱れは見えなかった。なにも感じていないのか。いや、すでに自分の行く末をしっかりと見据えて達観しているのだ。

しかし、類はとてもそんな心境にはなれなかった。獣化した騎士を見て、やはり駄目だと思った。クインをあんなふうにはさせられない。

檻の扉が開けられ、獣頭の男は演台へとよろよろと出てきた。再び信者たちの悲鳴があがる。

エリックが獣頭の男に向かって謳うと、彼の動きは止まった。術で行動を支配しているらしかった。

獣化した騎士を見せて、なにをしようというのか。類は固唾を呑んで見守った。

「信じられますか？　こういった生き物が存在しているということを。わたしたちはこれらの獣と闘うすべを持っている。わたしたちの陣営に加わるあなたがたは選ばれた人々なのです……」

エリックが微笑みながら左手をあげてみせると、その指先からわずかにゆらめく白い炎のようなものがたちのぼった。

「おお……」とどよめく信者たちをゆっくりと見回したあと、エリックはいきなりその炎のようなものを彼らに投げつける。

「うわあっ！」

なにが起こったのかわからなかった。突如、地下室に眩しい光が広がる。類は目をつむった。

一瞬ののち目を開けたときには、地下室全体の床に巨大な魔法陣が描かれていた。信者たちは闇雲に逃げようとするが、その円からは出られない。まるで蜘蛛《くも》の糸に引っかかったように、やがて動けなくなる。

エリックの高らかな声が響き渡った。

「行けっ！　獣と化した〈神遣い〉の騎士よ。おまえのための贄《にえ》だ。すべて食い散らかすがいいっ！」

おぞましい号令をかけられて、獣頭の男は獣の唸り声をあげる。それはどこかかなしげにも聞こえた。知性はあるが、凶暴化した本能に逆らえないのだ。

「うわああっ」

動けない信者たちの悲鳴が飛び交うのと、クインと類が扉を開けて地下室に入るのがほぼ同時だった。

クインは剣を抜き、謳いながら床の魔法陣の円に突き刺す。すると、魔法陣の線をなぞるように光が浮きでて、それが消えると同時に魔法陣自体も消滅した。

「うわあああ。なんだなんだ」

自由に動けるようになった信者たちが口々に「助けて」と叫びながら、我先にと地下室の扉へと駆け寄り、階段をのぼって逃げていく。

唸り声をあげていた獣頭の男は、クインに剣の先を喉笛にぴたりとあてられて動きを止めた。

一連の騒ぎのあいだ、エリックと残りの指導者たちは演台のうえから一歩も動かずに微笑みをたたえたままだった。

「なぜ、こんなことをする」

クインは獣頭の男に剣を突きつけたまま、エリックを睨みつける。静かながらも、その瞳には激しい憎悪が浮かんでいた。そのときになって、類はクインが決して達観しているわけではないと知った。

彼は先ほどからずっと怒りをこらえていたのだ。獣化した騎士が見世物のように檻に入れられて連れてこられたときから。

「自分の末路がこれだと思うと、さすがに頭にくるか」

エリックがふふっと笑った。

「白銀の獅子の憑いた〈神遣い〉の騎士よ。あなたを貶《おとし》める気はないのだ。ただその獣は飢えている。腹を満たしてやらなければかわいそうだ。神殿は獣化する前か、獣化してもすぐに死なせてしまうから知らないだろう。こうやって餌さえあれば、彼は生きられるのだよ。さんざん神獣の器として利用しておいて、厄介になれば騎士を交代させるといって捨てる。残酷だと思わないか」

クインに剣をあてられたまま、獣頭の男の口許がわずかに動いていた。向こうの世界の言葉でなにかを伝えている。知性のある瞳がかなしげに揺れている。

――殺せ。俺を殺してくれ。

獣化した騎士はそう訴えていた。それがわかった瞬間、類は足が震えだすのを止められなかった。

この空間に漂っている重苦しさと血なまぐささと、残酷なしきたりと過酷な運命――そういったものが一気に重力のように類のからだにずっしりとかかってきた。だが、この場から逃げだすことはできない。

類はあたりの様子に目を凝らして、情勢を確認する。エリックと、指導者が五人――。たぶんこの五人も神官くずれで術が使える。由羽はいったいどこに？

「答えろ。なぜこんなことをする」

クインはエリックの挑発にはのらずに、再度冷静に質問した。

「なぜ？　決まっている。その騎士を助けるためだよ。大切な神獣が憑いてる。ただ、ひどく弱っているからか、どうしても彼が呼んでも神獣がでてきてくれないのでね。少しでも元気になるように餌を十分に与えてるんだ。獣化した者は人間の血肉しか食わない。僕は黄金の獅子に用があるんだ。その騎士を殺せば、神獣が離れるのはわかってるが、さっきもいったように僕は〈神遣い〉の騎士の人間性を無視する神殿の残酷なやりかたが嫌いなんでね」

「彼をどこで見つけた。遥か古代に行方不明になっていた黄金の獅子を――本物なら、どれだけ時が経ってると思ってる。これぐらいの獣化でとどまるはずがない」

「〈異界の穴〉の彼方で。古代に失われたといっても、盲点がある。時間の流れが違う穴に落ちてたんだ。その彼にとっては我々が考えるほどには時が経ってないよ。神殿付きの騎士として華々しく過ごしていた時代からね。だから、そんな無様な格好に成りはてても、立ち姿なんか堂々としてて騎士らしく立派なものだろう」

「──そうか、なるほど」

それは納得のいく説明だったのか、クインは深く頷き、目の前の獣頭の男をあらためて見つめた。すでにクインの表情に怒りはなかった。獣化した騎士に対する哀れみと矜恃への共感、そして──。

同じく〈神代記〉を守る神獣を宿した騎士同士、ふたりの視線がからみあう。クインの唇がすばやく短く動いて、なにかを伝えた。それは向こうの世界の言葉で、「名誉ある死を」。

「──クイン！」

類が叫んだときには、クインの剣はすばやく獣頭の男の首をはねていた。おびただしい量の血しぶきがあたりに飛び散る。

男の血まみれの首と胴体が床に転がっても、エリックもほかの五人も動じた様子はなかった。類だけが動揺して「クイン……！」と叫び続ける。

クインは剣についた血を振り払い、いたましげに男の屍に目をやる。

「もう神獣は彼には憑いてない。理由はわからないが、獣化したのに離れてる。こいつらは、殺しても意味がないから彼を生かしてただけだ。おそらくは離れた神獣をおびきよせるために。獅子が人間に特別の興味を示すのは、自分を宿した騎士に対してだけだから。……哀れな」

本来、獣化してしまったら、神獣は騎士が死ななければ離れないはずなのに、神獣がいない？

クインの指摘は正しかったのか、エリックはふふっと笑いだした。類の前に中学生として幼い姿で現れたときのように、天使のような甘い笑顔だった。

「お見事――さすがに白銀の獅子の憑いてる騎士はごまかせないか。ここに黄金の獅子がいたら、きみの獣が騒ぎだすだろうからね。そのとおり、そいつは間違いなく〈神遣い〉の騎士で獣化してるのに、なぜか神獣が憑いてないんだ。〈異界の穴〉に落ちたときになにかあったみたいだね。ずっと離れた神獣が戻ってくるのを待ってたけど、無理だった。薄情な獣だ。でも、今日は――それよりももっといいものを手に入れられそうだから」

エリックは「ねえ、類先輩」と幼い声音で類に話しかけてきた。

「類先輩に出会えて、僕はほんとうにうれしかったんですよ。僕が悩んでいると知ったら、親身になってアドバイスしてくれてありがとう」

「……黙れ」

怒鳴りつけるつもりだったのに、怒りのあまり声が震えた。

「由羽をどこにやった」

「由羽？　僕もそれを相談したかった。彼をどうしたらいいのか。きみ次第だけど」

エリックがぱちんと指を鳴らすと、その隣にふっと由羽が現れた。

「由羽……！」

思わず駆け寄ろうとしたが、クインに引き留められる。由羽はぼんやりと光の膜につつまれていた。おそらく実体ではなく幻のようなものなのだ。

由羽はここがどこなのかわからないようにきょろきょろしていたが、エリックに「ほら、類先輩がきてくれた」と示されると、類のほうを向いた。

どこか無機質な表情はいつもの由羽そのものだった。どうやら意識だけが飛ばされて、実体そっくりにかたちづくられているらしかった。

類が「由羽……」と声をかけると、その顔がいきなりくしゃっとゆがむ。

「ごめんなさい、ごめんなさい、ごめんなさい……！」

由羽は泣きながら顔を覆う。感情的に泣く由羽を見るのは久しぶりだった。

もしかしたら、エリックに騙されたことを謝っているのかと思って、類は「いいんだよ」となだめた。

「由羽。大丈夫だから。僕がきたから、なにも心配しなくていいんだ。悪いのはみんなそいつなんだから」

「違うの。ごめんなさい、ごめんなさい、ごめんなさい……！」

由羽はひたすら「ごめんなさい」をくりかえす。明らかに尋常な様子ではなかった。わけがわからなくて、類はエリックを睨みつける。

「由羽になにをしたんだ……」

「なにもしてない。ただ記憶を甦らせただけ。『化け物を見た』っていうけど、由羽は自分に都合の悪いことは忘れてるから。それじゃいつまでたっても成長できない。彼が望んだことなんだよ。『僕は類くんたちに迷惑かけないように強くなりたい。だからきちんとなにがあったのか思い出したい。漠然と怖かったことしか記憶にない』っていうものだから。さあ、由羽。ちゃんと類先輩に懺悔《ざんげ》しようか」

エリックにぽんと肩を叩かれて、由羽はひっくひっくと泣きながら類に向き直る。

「由羽……いいんだ、そいつのいうことなんて聞くな」

類が制止するのもきかずに、由羽は「ごめんなさい！」と叫んだ。

「ごめんなさい、ごめんなさい。お父さんとお母さんが死んだのは僕のせいなの。僕が殺したの――！」

いま、なんといったのか。類は茫然と立ちつくした。先ほどアーロンにいわれた台詞が脳裏をよぎる。「すべてを知って、絶望しないように」――。

由羽は小さな子どものように「ごめんなさぁい……」と泣き崩れた。エリックがその隣に跪《ひざまず》く。

「由羽。駄目だよ。きみが殺したわけではないんだから。そこまで自分を責めちゃいけない。きみは相手が化け物だって知らなかったんだから。ちょっとした不注意だ。類先輩もわかっ

てくれる」

類はしばらく言葉がでなかった。あたりは静かなのに、うるさい音でもしているみたいにエリックの一言一言が頭にがんがんと響く。

「……きみはいったいなにをいってるんだ。由羽になにを吹き込んだ」

「――剣型のペーパーナイフ。十歳のとき、そこの騎士の依り代に反応したから、きみの祖母はそのときからきみを〈神代記〉の継承者に決めていた。だから、由羽はさほど注目されてなかった。けど、兄弟そろって〈旅人〉の能力が高いのは珍しいことじゃない。……きみが無意識に異世界へと夜な夜な移動していたとき、屋敷内には向こう側の空気がかすかに流れていた。それに触発されて、由羽も移動できるようになったんだよ。母親が『化け物はいや』といいだしたのは、きみが移動できるようになって、しばらくしてからのはずだ。由羽がね、まだ幼かったからなにもわからなくて……友達だと思って、向こう側から化け物を家に連れてきて、母親に会わせたんだよ。知らないあいだに、異形にあやつられて、自分がなにを紹介しているのかもわからないままにね。あんなものと何度も引き合わされては、母親が精神的にまいるのも無理はない。最後には命を奪われた」

「そんなこと……あるはずが――」

「きみは見たことあるかどうか知らないが……最近の異形は知恵をつけたやつや、いろんな変異種が生まれてるんだ。人間にしか見えないやつもいる。巧みに芝居をしてね。由羽にはそいつが同じ年頃の子どもに見えてたんだと思うよ。母親の前でも最初はね」

闇の森で出くわした、人間の子どもにしか見えなかった樹妖のことを思い出して、類はぞくりとした。そう――危ないとわかっている闇の森で、自分でさえ誘い込まれたのだ。幼い頃の由羽だったら騙されても仕方なかった。もしも、あんなおぞましいものが家のなかにいて、母に――。

母を襲ったのが、実際どういう種類の異形かは聞けなかった。聞きたくはなかった。だが、母親の最期を想像するにはその情報だけで十分で、底知れぬ怒りにわめきだしそうになった。

エリックは類の心情を読んだように微笑む。

「そう――きみの父親も怒りに身をまかせて復讐しにいった。異形に陵辱されていたとなったら、母親の恥になるから、痕跡はきれいに始末して、身内にも詳細を話さずにね。〈旅人〉だから異世界に渡る能力はあった。だけど……継承者になるのをいやがって、〈神遣い〉の騎士もそばにおくのを拒み、基本的な知識も術も身につけてない人間が、異形と対峙しても勝てるわけがない。だいたい、もともとは彼のせいなんだよ。彼は昔から家に受け継がれている〈神代記〉をどうにかして始末したかった」

幼い頃、父と叔父が〈神代記〉のことでいいあいをしていたのを思い出す。そうだ――父たちは〈神代記〉が手に余るといって話しあっていた。

「だから、きみの父親は祖母から〈神代記〉を一度預かって、自分たちとは関わりのない世界へ捨ててこようとした。だけど、捨てたはずの〈神代記〉はいつのまにか祖母の手元に戻っていた。〈神代記〉は受け継がれるものだから、継承者の手元から離れないんだ。でも、たしかに捨てたはずなのに？　なぜ？」

エリックはすっと指で四角形を宙に描いてみせた。そこには見慣れたバックルのついた革表紙の本が現れる。類のもっている〈神代記〉とそっくりだった。

「答えは――簡単だ。本来の〈神代記〉と、捨てられた〈神代記〉に分裂した。あれは生きてるものだからね。〈神代記〉はいくつかあるといわれているが、元はひとつだ。本来の〈神代記〉はきみがもっているもの。捨てられてしまった〈神代記〉が僕のもっているもの」

〈神代記〉は類の切り札だった。いままで未知なるものと対峙しても、なんとか平静を保っていられたのは強大な力を秘めている〈神代記〉の継承者という自負があるからだった。なのに、エリックも同じものをもっている？

「本来、分裂している〈神代記〉はひとつに統合されるべきなんだ。だから、きみのもっているものを僕に渡してほしい。ほかのも行方を追って調べてる最中だけど。きみの〈神代記〉が一番正統なものだ。〈神代記〉を守る神獣がついてるからね。あとは、分裂するたびに少しずつ性格を変えてる。たとえば、僕のこれは――知恵のある異形を生みだすことができるんだ。癖《くせ》のある、ゆがみのある内容になっている」

聞き捨てならないことをいわれて、類は唇を震わせた。もう我慢ならなかった。

「じゃあ……あの気味の悪い、知能のある異形を生みだしたのはきみなのか」

「そうだよ。いままで異形に知恵はないというのが通説だろう。だけど、少しずつ変わってきてる。人間たちも対処するのが困難になる。おもしろいね」

それはいわば、類を襲ったおぞましい樹妖を――由羽をだまして屋敷に入り込んで母親を殺した異形をつくったのはエリックだということだった。

類は目の前の男をどうにかしてやりたい衝動にかられて、頭のなかが真っ赤に染まった。

「類」とクインが呼びかけてくれなければ、おそらく後先考えずに相手に飛びかかっていただろう。必死に爆発しそうになる感情を堪える。

「――渡すわけがないだろう。僕がおばあさまから受け継いだものだ。おまえみたいなやつから守るために」

類の言葉を受けるようにして、クインが静かに剣を抜いた。それを見て、エリックは床に跪《ひざまず》いている由羽を立たせる。

「僕を殺したら、由羽がどこにいるかは一生わからないよ。きみたちの知らない世界に閉じ込めてるからね。もちろん、この子の〈旅人〉の能力も封じてる。わかってると思うが、ここに見えてるのは実体じゃない」

類は息を呑んで、隣のクインを振り返った。クインの厳しい表情を見て、もしもエリックをこの場で亡き者にしてしまったら、由羽の探索は彼の言葉通り困難なのだと悟った。

「駄目。エリックのいうことなんて聞かないで！」

エリックに腕をつかまれた由羽が、類に向かって叫ぶ。

「類くん、ごめんなさい。ほんとに迷惑ばかりかけてごめんなさい。僕のせいで、お父さんとお母さんがいなくなっちゃって、ごめんなさい。僕はもう類くんに迷惑かけたくない。もういいから。僕のことはいいから……！」

「おやおや。弟にこんなことをいわせて、平気なのかな」

薄笑いを浮かべるエリックを尻目に、由羽はひたすら「ごめんなさい」をくりかえす。類はたまらずに叫んだ。

「謝るな！」

由羽はびくっとしたように類を見たが、そうでもしなければ「ごめんなさい」というのをやめてくれそうもなかったからだ。

由羽が敬語を使わずに、感情のままに話すのを聞くのは何年ぶりだろう。そんな謝罪の言葉を聞きたいわけではなかった。

「……いいんだよ、由羽。僕にだけは謝るな。迷惑だなんて思ってない。そんなことあるはずない。おまえは僕が守るって約束した。このあいだ僕に兄弟だから遠慮するなっていってくれたじゃないか。僕も同じだ」

由羽の目が再び涙で潤んだ。目許がくしゃっとゆがんで、エリックを突き飛ばして、類に向かって手を伸ばして駆け寄ってこようとする。

「……お――お兄ちゃん……お兄ちゃん、お兄ちゃん！　助け――」

言葉はそこで途切れて、由羽は類の目の前からすっと消えた。

その場にむなしく膝をつく類を、エリックが微笑みながら見下ろした。心のなかに黒い塊のような憎悪が蠢《うごめ》くのを、類は初めて意識した。

「おまえは……許さない……」

「でも、殺せないだろう？　いまの由羽を見て、きみは切り捨てられるわけがない。〈神代記〉を渡したほうがいい。由羽のためにも、きみのためにも」

類はもうどうしたらいいのかわからなかった。ただ、エリックの指摘していることは事実だった。

類は再びクインを振り返った。クインは先ほどから表情を変えていない。祖母から譲り受けた、そしてクインと類をつなぐ絆でもある〈神代記〉。それを手放していいのか。クインを救いたいと思っていたのに。

「――類。きみが継承者だ。きみの好きにしていい」

類の心情を慮《おもんぱか》ったのか、クインはそういった。

心臓の鼓動をやけに大きく感じながら、類は〈神代記〉をすっと空間から取りだした。せっかくこうして隠してもっている術も覚えたというのに。ほんとうにこれでいいのか。でもほかに手段がない。

類の手の〈神代記〉を見て、エリックは頷いた。

「心配しなくても、あの子をひどい目には遭わせていないよ。〈神代記〉さえ手に入ったら、僕はすぐに消える」

「由羽をここに連れてこない限り、信用しない。渡すのはそれからだ。僕がきちんとおまえに受け継がないかぎり、〈神代記〉はどうせ僕の手元に戻ってくるんだろう？　おまえのさっきの説明によると。手元に残るのは分裂したものだけ。正統なものは奪えないはずだ」

「そうだよ。だから、こんなに丁重にもてなして、あきれるほど悠長に説明してる。奪えるなら、楽なんだけどね。理解が早くて助かる。さすが僕と血が連なるもの」

「…………」

ドクン、と心臓が大きく脈打った。類は目を瞠ってエリックを見つめる。

「……なに？」

「聡明な子孫でよかった、といってる」

「子孫？　なにが？　――おまえは何者なんだ？」

エリックは「まだわかってなかったか」と本気で驚いたように瞬きをくりかえした。

「僕がどうして獣化した〈神遣い〉の騎士を異界の果てから見つけたと思ってる？　由羽を別の世界に隠したり？　どんな世界にでも自由に行ける〈旅人〉の能力があるからだ。なぜ、分裂したものとはいえ、僕が〈神代記〉を扱えると思う？　それは僕がかつて〈神代記〉の継承者だったからだ。黄金の獅子に裏切られるまではね。〈神代記〉がもともとあった世界――あれが闇の森に侵食される原因をつくったのは、〈旅人〉の先祖が〈神代記〉を誤った使い方をしたからとされてるだろう。きみたちはその責任をとって、〈神代記〉を誰にも悪用できないように別世界にもっていった。その原因となったのは――僕だ」

向こうの世界の闇の森をつくった？　エリックの正体がようやくわかって、類は手元の〈神代記〉をぎゅっと握りしめた。

一族が異世界に渡ってまで守り続けると誓った――その最初の原因が、いま目の前にいる。

クインの顔色がさすがに変わった。

「おまえが元凶だというのか。なぜ、おまえはいまここに――」

「さっきの獣化した騎士と同じ理屈だよ。僕も時の流れが違う世界に落ちてて、しばらく自分が何者かわからなかった。数年前にいろいろ思い出してね。――ここでさっきの話につながるんだ。愚かな一族の子孫が、『〈神代記〉が手にある』といって、よりにもよって僕のいる世界に捨てていった。本物はすぐに正式な継承者の手元に戻り、分裂したものは、僕が手に入れた。でも、こいつは分裂したものだから、本家に比べたら、ケチな能力しかない。そこでちょうど本家の継承者が代わる時期だったから、きみの目の前に現れたというわけさ」

駄目だ――と思った。エリックに正統な〈神代記〉を渡したら終わりだ。

いままで一族が守ってきたものはすべて台無しになる。もともと彼の罪をつぐなうために、一族は異なる世界へとやってきたのだ。

このまま見過ごしたら、両親や紘人の母親が亡くなったように、これからも被害者がでる。知恵をもつ異形や凶暴化する異形がこれ以上増えたら、なんとか神殿の力で闇の侵食を防いでいる向こうの世界も危機に陥れられる。そして——天空倫理会を根城にしているというのなら、もしかしたら、この世界だって……。

でも、由羽を助けるためにはそうするしかないとわかっていた。先ほどまでは選択の余地などなかったのに、エリックの正体を知って「ほんとうにいいのか」といまさらのように心が揺れる。

（お兄ちゃん！）

しかし、由羽の叫びを無視することなど到底できるわけがなかった。

どうすればいいのか——。

類が〈神代記〉をもったまま迷っていると、隣に立っているクインが妙な反応を示した。ぞくっとしたように腕を押さえて、あたりの反応を窺う。唇を噛みしめる様子はひどく苦しそうに見えた。

「クイン？　どうしたんだ？」

「……さっきと同じ反応だ。俺のなかの獣が騒いでる。白銀の獅子が……」

エリックが眉をひそめて、クインと同じように周囲を見回した。

そのとき、人工的な照明しかない地下の部屋に、ふいに陽光のような眩しい光がさす。次の瞬間――。

「――駄目だよ、類」

アーロン・ベイズがふいに宙から現れて、類の隣にすとんと立った。「やあ」とこの緊迫した場にふさわしくない笑顔を見せる。

「いくらご先祖様だって、そいつに〈神代記〉を渡すのはやめたほうがいいよ。おすすめしない」

「なに……」

類にはアーロンが敵か味方か、いまだにわからなかったので、どうにも返事をしかねた。ただ彼が現れた瞬間、クインの全身から呼ばれてもいないのに、白い影がゆらめきたち、白銀の獅子がぼんやりと浮かび上がった。

アーロンは獅子に向かって「ごきげんよう、相棒」と声をかけた。知性ある瞳の獅子はアーロンをうろんそうに見てから、大きく口をあけて威嚇するように吠える。

「久しぶりだってのに、きみは怒りっぽいね。そんなんじゃ、みんなに怖がられてしまう」

おかしそうに笑ってから、アーロンはふと床に倒れている獣化した騎士の屍に視線を移して痛ましそうに目を伏せた。神妙な顔つきで転がっている首を胴体のそばにおいてから、クインに向かって、「ありがとう。彼の望むことをしてくれて」と礼をいう。

アーロンがようやく向き直ると、エリックの顔が満足そうに輝く。

「――やっときたか。黄金の獅子よ。きみがなかなか現れないから、僕は手をやいた」

類は耳を疑った。アーロンが黄金の獅子？

学校の制服を着て立っているアーロンは、どう見ても人間だった。明るいブロンドに彩られた華やかな美貌は人目を引いたけれども、獣っぽいところなどない。どこが神獣だというのか。

「待たせてしまったか」

アーロンは微笑みを浮かべた顔から一転して、エリックを鋭く睨みつけた。

「よくもわたしの騎士を捕らえて、さんざんいたぶってくれたな。彼の誇りを踏みにじって」

「お互い様だ。きみが僕を〈異界の穴〉に落としてくれたおかげで、僕は長い時間を失った」

エリックは手元の〈神代記〉を開く。頁が青白く光っていた。

彼の口から旋律が流れだすと同時に、ふっとあたりが暗くなった。部屋そのものがさらに地下に落ちていくような感覚が襲う。

気がつくと、そこは元の屋敷のカラオケルームではなかった。指導者たち五人の姿も見えない。

いつのまにか周囲は鬱蒼とした樹木が生い茂る森となっていて、濃い緑と土の匂いが漂っていた。幾千もの星がきらめく夜空が広がり、中心には森が一部陥没したような大きな穴があいている。穴からは不気味な風が舞い上がっていた。カサカサと音がして、ほのかな臭気が伝わってくる。

一瞬にして、異世界に渡った感覚もないまま、別の世界にきてしまったかのようだった。ただ背景が切り替わるように——これが〈神代記〉の力。

エリックが誇示するように、自らの〈神代記〉を片手に微笑む。

「黄金の獅子、きみを捕らえようとして、先ほどの屋敷と異世界への道をつなげておいたんだ。この穴は神官どもが手に終えない神獣をとらえて封じ込めるのと同じつくりになっている。騎士に憑いていない神獣はすべてここに引き寄せられる。たいていの異形は神獣を畏れてしまうから、その本能すらない毒虫どもを穴の底に何万匹と敷き詰めておいたよ。きみみたいな高貴な獣がいやがる、土のなかを這いずりまわる虫をたっぷり汚穢《おわい》にまみれさせてね。さて、いま、きみには騎士がいない。どうなるかな？」

クインが屋敷の地下への階段を下りるときに、異世界とつながっているといったのは、どうやらこのおぞましい穴のせいらしかった。

エリックが指を鳴らすと、穴の上に大きな光の魔法陣が描かれて、ぐるぐると回りだす。カサカサと音がしているのは、穴のなかに虫の大群がいるためだった。大きな穴の底いっぱいに虫があふれている様子を想像するだけで鳥肌がたった。

「なるほど、いい趣味をしてる」

アーロンは関心したように呟いたが、エリックが〈神代記〉を開きながら謳う旋律が空に響くと、ふっとそのからだが穴の中央へと飛ばされて宙に浮く。魔法陣が彼をとらえているようだった。

クインも謳いだすと、エリックの旋律とぶつかりあって、音が拮抗《きっこう》する。白銀の有翼の獅子は巨大な姿となって、ゆっくりと飛び立ち、穴の上を旋回した。アーロンを救おうとしているらしいが、まるでバリアーを張られたように一定以上の距離には近づけないらしい。白銀の獅子は怒りをあらわにして、天に向かって吼《ほ》えた。

「こちらには分裂したものとはいえ、〈神代記〉がある。抵抗するだけ無駄だ。そろそろ落とすよ」

エリックの宣言を聞いて、類は自分の手元の〈神代記〉を見た。アーロンがほんとうに黄金の獅子だというのなら、助けなければならない。こちらは正統な本家の〈神代記〉をもっているのだから。

「クイン。アーロンは黄金の獅子なのか。全然神獣に見えないけど」

「――」

クインも即答できないらしく、眉間に皺をよせて、穴の上を旋回している白銀の獅子に向かってなにやら話しかけるように謳った。

すると、白銀の獅子はこちらを振りかえって、返事をするように吼える。

「獣がそうだといってる」

類とクインのやりとりが聞こえたのか、アーロンが「おいおい、きみたち」と苦笑する。

「ひとが虫の穴に落とされそうだってときに、呑気《のんき》に真偽を議論しないでくれるか。類——僕の正体を知りたいのなら、〈神代記〉を読め。約束する。きみの弟は必ず見つける。僕と白銀の獅子がそろえば、全異世界を一瞬にして巡ることができる」

時間はもうなかった。類は瞬時にして、なにを信じるかを決断しなければならなかった。

エリックは許せない。やつに〈神代記〉は渡せない。そしてなによりも由羽を助けたい。〈神代記〉を読むことによって、自分がこの先どうなるのかはわからなかった。そもそも「読む」ということ自体、なにをするのか謎だった。

自分にできることは——クインを信じる。白銀の獅子を信じる。そしてアーロンを信じる。

類は決心すると〈神代記〉の金属のバックルを外して、頁をめくった。その瞬間、頁が青白く光りだす。

ラザレスはもう基本的に諳えるから、読もうと思えば読めるといった。てっきり白紙の頁に念じれば文字でも浮きでてくるのかと思ったが、そうではなかった。

頁からあふれだす光が、類のからだを貫く。それは一瞬にして、映像になって、音になって、からだのなかに染みこむ知識だった。

アーロンの正体――。

ぱらぱらと勝手に頁がめくられていき、必要なところで止まる。そして体内から、天上に響く旋律があふれる。

人間の声帯からでるとは思えない音。天の柱と自らとをつなぎ、力を導きだす。

類が謳いだすと同時に、穴の上の魔法陣にとらわれていたアーロンのからだが空高く飛んだ。浮き上がったからだを、旋回していた白銀の獅子がすかさず口に咥《くわ》える。

手にしている〈神代記〉が燃えだすかのように熱くなった。

「類！」

よろけそうになった類を、クインが支える。

そして次の瞬間、頁から強烈な光があふれだす。黄金の光だった。

白銀の獅子が咥えているアーロンめがけて、それは流星のように飛んでいき、彼のからだは弾《はじ》けて消えた。代わりに現れたのは――。

暗い夜空にまるで太陽が出現したかのごとくに、光り輝く黄金の獅子だった。白銀の獅子と同じようにペガサスのように豊かで大きな翼をもち、空を優雅に飛ぶ。瞳はアーロンを思わせるブランデー色で時折金に輝く。額には赤いルビーのような宝石が埋め込まれている。

まさに白銀の獅子と対をなす、王者の獣だった。

「くっ……」

エリックが苦い顔つきになった。その手元の〈神代記〉がぱらぱらとめくられていく。戦況不利を悟ったのか、なにかを呼びだすらしい。

「――出でよ」

そう叫んだあと、エリックは再び旋律を謳った。美しさのかけらもなく、複雑にねじ曲がっていて、不快を覚えさせる音だった。

類が耳をふさぎたくなったとき、夜空が割れるようにして、巨大な黒い塊が現れた。

エリックの〈神代記〉から呼びだされた神――。

それは山のように大きく、山羊《やぎ》のような角《つの》が生えた頭部をしており、下半身も獣のようだった。神のわりには、全身から異形のような腐臭がする。それが降り立った大地の木が、またたくまに枯れていった。

その山羊頭の邪神は引き締まった肉体をしていたが、腹だけがなぜかふくれており、臍《へそ》の代わりに大きな口があって、太い触手のようなものが何本も伸びていた。うねうねと動いて気味が悪い。

山羊頭の邪神が「おおおおん」と奇妙な声をあげると、腹部の口からボタボタとなにかが落ちてくるのが見えた。

地面に叩き落とされたそれは、むくりと立ち上がって類たちに突進してくる。邪神の僕《しもべ》である山羊頭の異形だった。こちらは完全に半獣で、下半身は四本足だった。

クインは類の前に立って、競走馬のような勢いで迫ってくるそれらを切りつけた。彼が謳いながら剣を振るたびに、白い炎の風のようなものが巻き起こり、周囲の異形たちはかまいたちにでも切られたように絶命していく。それに連動して、頭上の白銀の獅子が咆吼をあげながら大きな翼をはためかせていた。

親玉の邪神は異形たちに加勢するのかと思いきや、腹の口から触手を伸ばしてきて、足下を走り回る異形を巧みに捕らえると、頭部にある本来の口にもっていてバリバリと噛み砕いて喰らう。それが自分の腹から生みだされていることを自覚しているかどうかもわからなかった。

（混沌の神はとてもやわらかい神なのです）

ラザレスの抽象的ないいまわしの意味が、このとき初めてわかった。呼びだす人物によって変わる。つまりこれが、エリックが望む歪《ゆが》んだ神……。

ただただ稚拙で、邪悪と醜悪の塊のような存在――その光景はおぞましく悪趣味な戯画を見ているようだった。

類は足がすくみそうになったものの、再び〈神代記〉に目を落とした。こちらも勝手に頁がめくられていく。

もしも自分もあんなものを呼びだしてしまったらどうすればいいのか。でも、邪神をこのままにはできない。野放しにしていたら、また誰かが被害に遭う。自分に守れるならば……。

類が救いを求めるように空を飛ぶ黄金の獅子を見つめながら声をはりあげた瞬間、夜空に美しい音が響いて交錯した。

いったいなにがでてくるのか――。

現れたのは、想像とはかなりかけ離れたものだった。群青色の空を背景として、深海に漂う海月《くらげ》のような、透明なふんわりとした物体が浮かびあがる。巨大な透ける光の布のようで、類たちがいる上空一帯に広がった。

類は唖然《あぜん》として、それを見上げるしかなかった。神どころか、生き物にも見えない。それ自体はまさしく海月のようにふわふわと浮いているしかないのだが、白銀と黄金の獣が両端をくわえるようにして飛ぶと、光る布は泳ぐように優雅に移動した。

奇妙だが、淡い月光を織り込んだような光る布は美しかった。

二頭の獅子が山羊頭の横をゆっくりと通過すると、光の布がヴェールのように邪神の全身を覆う。すると、光の布にふれた部分から、邪神のからだはまるで砂の造形物のようにさーっと崩れ落ちはじめた。

邪神が塵《ちり》のように散っていくさまを、類は息を呑んで見守った。やがて四方八方にまばゆい光があふれ、一瞬ののち、再び暗い夜空に戻った。邪神は跡形もなく消え失《う》せていて、最初から何者も存在しなかったかのようだった。

海月のようなふわふわとした光の布はやがて地上に下りてきて、あたり一面を覆う。すると、山羊頭から生みだされた異形たちまで溶けるように消えてしまった。クインの剣で倒された屍すらも一掃されていく。

夜だというのに日向《ひなた》のような清々《すがすが》しい空気が流れて、邪神の登場で枯れた森の草木は生気を取り戻したように緑に息づき、臭気すらも浄化されたようだった。

茫然としている類とクインの頭上では、二頭の獣が戯れるように円を描いて宙を飛んでいた。

類の手にしている〈神代記〉の頁がめくられて、一番先頭が開かれた。夢で見たのと同じくひとつの絵が浮きでてくる。円のなかで有翼の獅子がもう一頭の有翼の獅子を追いかけている。

「――完全なる調和」

クインが空を見上げながら呟く。

光る布が大地の土壌に溶け込んで、この地の守護神になったことが感じとれた。もう何者もこの一帯を穢すことはできない。

一方、自分が呼びだした神があっけなく消されるのを見て、エリックはさすがに顔色を変えた。

「馬鹿なことを……なにも知らずに、取り返しのつかないことをして」

エリックはその場から逃げだそうと踵を返した。移動の術で姿が消えかけたが、クインが剣を振りあげて、狙いを定めた。彼が謳うと、剣から細長い光が飛びだして、消える寸前のエリックを拘束した。

一方、空中の二頭は、先ほどの山羊頭はもちろん、エリックの存在すらも忘れてしまったように我関せずといったふうに空の散歩を楽しんでいた。

白銀の獣が飛びながら空間にドアでもあるようにふっと姿を消す。それを追いかけるようにして、黄金の獅子も見えなくなった。

なにがあったのか。類が心配しながら頭上を見上げていると、しばらくして消えたときと同じように突如として、二頭が並んで現れる。黄金の獅子は口になにかを咥えていた。

ぐったりとしている小さな細い身体——由羽だった。

「由羽！」

黄金の獅子はいったん大地に降り立ち、由羽を横たえる。由羽は気を失っていたが、無傷だった。類が抱きしめると、わずかに身じろぎして目を開ける。

「お……お兄ちゃん？」

「由羽、大丈夫か」

「……うん……よかった。お兄ちゃんがいてくれて。ライオンのお化けが襲ってきて、怖かった……」

そう呟くと、由羽はほっとして力が抜けたらしく、再び目を閉じてしまう。そっと頭をなでていると、クインがそばに跪き、由羽の額に手をあてながら短い旋律を謳って「これでしばらく目覚めない」と囁く。

「——類。どうする？　あれはきみの血に連なるものだ。きみが決めていい」

クインが示す背後には、エリックがいた。先ほどまで威勢のよかった彼だが、身動きがとれないようだった。いつのまにか彼の手元にあったはずの〈神代記〉が消えている。あれがなければ、たいしたことはできないのだ。

「黄金の獅子め。おまえのおかげで、僕は——」

口汚い言葉を吐きながら地面を転がっている姿は惨めを通り越して哀れだった。

遥か昔のこととはいえ、エリックは類たちの先祖には違いなかった。だが、あまりにも遠い。なにもかもが。

「……僕は許さない」

類は絞りだすような声でそう呟いた。

再び由羽を抱きしめながら、類はもう振り返らなかった。クインが「わかった」と頷いて、エリックのもとへ行く。最後の悪あがきなのか、罵声が耳を突く。クインは当然のことながら相手にしなかった。

ほどなくしてクインが剣でエリックを切りつけ、くぐもるような苦痛のうめきが聞こえてきた。もはや逃げだそうにも抵抗できなくなったエリックのからだが、アーロンを捕らえるために作った穴に自ら落とされて、虫がざわつき、続いて反響する悲鳴も――。

吐き気がしそうになったけれども、いま目の前で眠っている由羽を守るためには必要なことだと耐えた。背後の物音がしなくなってから、類はようやく顔をあげた。

クインは類のもとへ戻ってくると、気遣うように類の頭をなでてくれた。この場面で「え」と驚かずにはいられなかったけれども、クインの生真面目な顔を見ているうちにこわばりかけていた心も溶けていった。

クインがそばにいてくれるから大丈夫。……どんなときでもそう思える。

白銀の獅子はすでに姿を消していた。黄金の獅子だけが久しぶりの飛行を満喫するように空の遊泳を楽しんでいた。

「アーロン、ありがとう。由羽を助けてくれて」

類が呼びかけても、黄金の獅子はちらりとこちらを見ただけで、返事をしなかった。獅子の形態では口をきけないのか。それとも以前いっていたとおり、アーロンというのは彼のほんとうの名前ではないからか。

〈神代記〉はすでに青白い光が消えて、普通の古書にしか見えなかった。祖母にはもっているだけでもいいといわれたのに、読んでしまったが、自分で決めたことだから後悔はなかった。

それにしても〈神代記〉を読みたいと思った最初の目的――クインの獣化や寿命の残りを

どうにかできないのだろうか。

「アーロン」

無駄かもしれないと思いつつも、類は黄金の獅子に声をかけた。また無視されるかと思ったが、黄金の獅子は類の周りをゆっくりと旋回した。白銀の獅子は知的ながらも厳格そうな顔つきをしているが、黄金の獅子はそれとは対照的で悪戯っぽく瞳が輝いている。

獅子が笑うように目を細めたまま、ゆっくりと降下して迫ってきた。神々しい姿に見惚《みと》れるようにして、類はその場に立ちつくしていた。由羽を楽々咥えられるような、大きな獅子の口が開いて、鋭い牙が覗く。

「——類！」

クインの叫ぶ声がどこか遠くに聞こえた。本気で一瞬なにが起こったのかわからなかった。自分のからだが跳ねとばされるような衝撃と、首に焼けつくような痛み。視界に飛び散る鮮血。

（……なにも知らずに、取り返しのつかないことをして）

エリックの声がいまさらのように脳裏に響く。獅子の牙が、自分の喉笛を切り裂いているのだと知る前に、類は意識を失った。

死の淵から再生へと向かう夢のなかで、類は黄金の獅子が申し訳なさそうにうなだれているのを見た。

首の痛みがひどいので、豪快に嚙みついてきた相手を前にして、さすがに複雑な心境で渋面をつくるしかなかった。

獅子はしばらく訴えるかけるような瞳を向けてきたが、やはり言葉が使えないのは不便だと感じたらしく、しゅるしゅると小さくなってから形を変え、アーロンの姿となった。

「ごめん、やさしく嚙むつもりだったんだけど。久しぶりだったから、少し乱暴になった。やわらかい喉笛は好物なんでね」

アーロンは学校で最初に会ったときのように爽やかな笑みを浮かべながら恐ろしいことをいう。

笑顔と台詞が合ってない——類がそう指摘すると、アーロンは苦笑した。

「勉強不足ですまない。この形態はそれほど慣れているわけではないから」

どうして神獣なのに口をきけるんだ？

類の疑問にアーロンは自分でもよくわからないと答えた。

いままでの経緯から分析するに、黄金の獅子は長いあいだ〈神代記〉から離れていて、〈神遣い〉の騎士とふたりで異界をさまよっていた。文化もなにもない、荒れ地のような世界だ。普通は獣化がはじまると、騎士は命を絶ってしまう。だからわからなかったが、長いこと騎士と一体化すると、騎士の獣化も進むが、騎士の特徴も神獣のなかに入り込んでくる。通常は騎士が亡くなるまで神獣は憑いたままなのだが、今回は離れることもできたし、姿も人間のものに変えられた。いろいろな条件が偶然に重なったせいで突然変異が起こったのかもしれない――と。

「大きな変化が生じる分岐点はそんなものだ。僕は言葉を覚えた初めての神獣かもしれない。それが面白かったせいで騎士から離れて、いろんな世界を飛び回っているあいだに、彼がエリックに捕らえられてしまった」

神獣も憑いていた騎士にはそれなりに愛着があるようだった。だが、こうして夢のなかで邂逅していると、アーロンの意識の片鱗が類のなかに流れ込んでくるのだが、それはとてつもなく膨大で途方もなくて理解しがたいものだった。視点があきらかに人間とは違う。でも重なる部分はある。だから学習して、転入生アーロンとして振る舞えたのだろう。

弟を救うことができてほっとしている類の首に、いきなり噛みついてくる粗暴さは神というより獣としか思えなかったけれども。

そのことを非難すると、アーロンは「申し訳ない」と再び謝罪した。

「きみは失われていた僕の獣としての本体を〈神代記〉から呼びだした。黄金の獅子に戻ったからには、〈神代記〉を守る神獣としての仕事をしなきゃいけない。そのためには騎士が必要だ。クインはもう白銀の獅子のものだし、あの場にいて僕を憑かせられる可能性があるのは、きみと由羽だけ。由羽を食べてもよかったのか？　弟を〈神遣い〉にしたくはないだろう」

これから何度もきみに喰われるのか——と類が気になっていたことを質問すると、アーロンは「いや」と否定した。

「黄金と白銀の獅子がそろって、完全なる調和が生まれた。僕と白銀の獅子は互いの足りないところを補完し、〈神代記〉から無限の力を引きだす。だから最初の血肉の融合で十分だ。白銀の獅子ももう自分の騎士を喰わずにすむだろう」

それが〈神代記〉を読んだ結果ならよかった——と類は感謝した。

「きみは〈神代記〉の継承者であり、黄金の獅子の〈神遣い〉の騎士となった。きみが僕を信じてくれなかったら、あんなふうに元通りの美しい獅子にはなれなかった。もしもエリックが僕をとらえて神獣の姿にしたとしても、おそらく異形のような醜い形態になっていただろう。〈神代記〉とはそういうものなのだ。きみが引きだした、あの光の布のような神も実用的でシンプルで美しかった。もっと神様らしい姿かたちを望むなら、古典美術の鑑賞でもして学ぶのだね。〈神代記〉にはどんなものでも生みだす力が秘められているから」

アーロンの姿がぼやけて消えそうになっていたので、類はもうひとつ知りたかった疑問をぶつけた。クインの寿命が長くないかもしれないことについてだ。

「白銀の獅子は彼をとても気に入ってる。あの子が幼い頃から憑いてるからね。すっかり親が子どもを心配するような心境になっているよ。僕が戻ってきたからには〈神代記〉のエネルギーを得られるから、白銀の獅子がクインを消耗させることはない。うんざりするほど彼は長く生きるだろう。きみも〈神遣い〉になったからには覚悟してもらわなくては」

クインはすぐに死ぬことはない。類も同じように〈神遣い〉としての長寿を得る。

じゃあもう眠らなくてもいいのか——と確認する。

「長く眠る必要はない。さらに長生きしたいなら、適度に眠るといい。ほかの〈神遣い〉たちと同じだ。もう獣化することはない。あれは、飢餓状態からそうなるものだから」

類が心配していたクインの問題はすべて解決された。自身が〈神遣い〉の騎士になるという犠牲はあったけれども。

「ほかは？　まだ僕に質問がある？」

からかうように問われて、類は質問ではなくてひとつだけアーロンにお願いをした。

もしもほんとにきみたちが神だというのなら——。

その内容を聞いて、アーロンは興味深そうな表情を見せた。

「それがお願いごと？」

類が頷くと、彼はおかしそうに目を細めて「やっぱりきみは……」と笑う。無理なのかと不安になって問い詰めると、アーロンは「いや」とかぶりを振った。

「きみがそう望むのなら叶えよう。白銀の獅子も快く同意してくれるだろう。では、類――あらためて、僕の騎士としてよろしく頼む」

アーロンが黄金の獅子だと知ったときからどうしても伝えておきかったことを類は口にした。白銀の獅子にくらべてきみは神様っぽくない、と。

「個性の違いはしようがない。違うタイプだから、僕たちはうまくいってるんだよ」

もうその姿では会えないのか……。これからはずっと獣の姿で？　こうして話せない？

アーロンの姿が再び不安定に揺らぎはじめたので、類はあわててそう問いかけた。

「僕を誰だと思ってる？　きみが望むなら、どんな姿でも」

尊大なことをいうわりには、やはり神様らしくない悪戯っぽい笑みを浮かべながら、アーロンは消えていく。

「類――僕がきみのことを気に入ってるといったのは、ほんとだよ……」

最後のその声とともに、なにもない暗闇のなかに類は残された。しばらくすると、真っ暗な天から光るなにかが降ってきた。

雪――？

手をかざしてみると、それは花びらだった。神殿に捧げられる花だ。黄色と白の花びらがまるで雪のように舞って、混ざりあう。黄金と白銀の獅子のように。あるいは太陽と月のように。

暗闇のなかに徐々に光が差し込んできて――。

類の意識は死の淵から浮上し、目覚めた。

「――類？」

まず最初に目に入ってきたのはクインの背中だった。窓際に立っていたクインが、気配を感じたように振り返る。外は昼間らしく窓からの眩しい光にさらされて、クインのプラチナブランドの髪が透けていて綺麗だった。

寝台に近づいてくるクインを見つめながら、類は起き上がろうとする。

「クイン……僕は……」

何度もまばたきをくりかえして、目を光に馴《な》らす。ずいぶん長いこと眠っていたような気がした。

寝かされているのは神殿の宿舎らしかった。神獣に喰われたあとだから、手当てのために連れてこられたのだろう。

クインは相変わらず表情が動かない美しい顔で類を静かに見つめると、額に手をあててきた。次に、やわらかい手つきで頭をなでてくれる。

「——よかった、目が覚めて」

一見冷静そうな瞳の奥に安堵の色が浮かぶのが見てとれる。

神獣に喰われても自身の経験から再生するとわかっていても、もしかしたらと心配して過ごしていたのだろう。

クインは寝台の脇に跪くと、類の手を握って自分の額に押し当て、神に感謝するように頭をたれた。

指先からのぬくもりが、生きている実感を与えてくれた。


類が眠っているあいだに、今回の件は一応の収束を見せていた。

エリックが遥か古代に闇の森が侵食するきっかけをつくった人物だった——。時の流れが違う異界に落ちていて、再び現代に現れたというのは類にとって驚愕の展開だったが、神官たちは冷静に受け止めていた。

エリックはなぜそんなことをしたのか。

〈旅人〉についてもあらたな知識を得た。異世界を移動できる能力、術の習得なしでも超能力のような力をもっていた彼らは、古い時代においては敬われる選民であり、同時に迫害される要素ももっていたらしかった。

エリックは非常に優秀な術者であったから、自らの万能感に酔っていた。自分で〈神代記〉の継承者だといっていたけれども、神殿の記録によると実際は違った。資格はあったが、選ばれてはいなかった。〈神代記〉を奪おうとしたために、過去にも〈神代記〉を分裂させていたのだ。

分裂した〈神代記〉は、神殿が把握しているものもあるし、していないものもある。エリックの所持していた〈神代記〉も、回収しようとしたときにはなくなっていた。「あれは生きている」とエリックはいったが、本の不可思議さを垣間見せる一端だった。

神殿が一番沸いたのは、黄金の獅子の復活についてだった。

エリックが黄金の獅子を裏切り者扱いしたのは——その昔、エリックが〈神代記〉を利用して、世界のバランスを崩すような真似をしはじめたので、〈神代記〉を守る黄金の獅子が彼を闇の森にある〈異界の穴〉に落としてしまったというのが真相らしかった。その穴は無数の壊れた異世界と通じているといわれている。そしてその戦いの反動で獅子自身も落ちてしまった——と。

〈神代記〉の継承者が〈神遣い〉の騎士になるというのは、前例がないらしく、神殿の上層部は類の扱いに困った反応を見せた。

「あなたはもうこちらの世界にはいない方ですし」

神官たちは複雑な顔をしていたが、神獣が選んだことなのだからどうにもならなかった。類は神官でもあるという〈神遣い〉の騎士として、時間があるときにこちらの世界を訪れて神殿で学ぶことになった。騎士というからには、剣も使えるようにならなければならない。

「じゃあ、ほんとうにわたしの生徒になるのですね」

ラザレスは喜んでくれたが、エリックとの対決の件では「指輪を渡したのに、どうしてわたしを呼ばなかったのか」とさんざん責められた。

「類もわたしを老体だと思ってるのですか」

「い、いえ……」

そんなことは思っていないのだが、途中から指輪があることすらすっかり忘れていた——ともいえなかった。それほど余裕がなく、切迫していたのだ。

生徒になるのはいいが、類が〈神遣い〉の騎士になったことについては、ラザレスは複雑な心境らしかった。黄金の獅子が戻ることによって、犠牲と負担は減ったが、それでも普通の人間とは違った人生を歩むことになるからだ。

「あなたは大変かもしれませんが——でも、あの子にとっては祝福でしょう」

クインのことを考えたのか、ラザレスは最後にはやさしげに目を細めて類に全面的に協力してくれるといった。

天空倫理会については、エリックに追従していた幹部の五人は捕らえられて、こちらの世界に連行されて裁きを受けるらしかった。ほかにも元神官が多数いるのだが、向こうの世界の出来事には基本的に干渉できないらしく、天空倫理会自体はいまも活動を続けている。

地下室から逃げだしたひとたちの記憶は、向こうにいる連絡役の神官たちが手分けして改ざんした。

しかし、エリックがいままでにも獣化した騎士に人肉を餌として与えていたはずで、それが明るみにでれば、こちらがどうにかしなくても、向こうの世界で制裁がくわえられ、いずれ団体は解体されるだろう——との見方だった。

世界が違うと、いくら記憶を改ざんできるような魔法めいた術が使えても、勝手にあれもこれもいじることは許されないのだ。それは積み重なっていくと時空のゆがみを生じて、いくつもの隣接する世界が影響を受ける。だから我々の使命は——と類はラザレスにくどくどと説明されたが、正直なところ実感としては理解できなかった。

類にとって世界を守るというのはあまりにも途方もなく、遠い。だが、祖母から受け継いだものを大切にして、身近なひとを守ることならできる。騎士としての高潔さにはまだ辿り着けていないのかもしれなかったが、そこからはじめるしかなかった。

十日もするとすっかりからだがよくなったので、類はクインを「やりのこしたことがある」と街へと誘った。

クインはなにも変わらない。目覚めたあと、〈神遣い〉の騎士になってしまったことについて、「悔やむか」と一言聞かれたが、類は「いや」と即座に否定した。

悔やむなどと——いえるわけがない。

それはクインの人生を否定することだった。

いままでのように頻繁に地下で眠る必要もなくなったので、クインは宿舎の部屋で寝起きをするようになった。本来与えられていた部屋はいま類が使っているが、これからも神殿に出入りするのだから、そのまま類のものにしていいといわれた。浴室付きの部屋は宿舎でも少ないからありがたいのだが、「クインも一緒でいいんだよ」というと、「なぜ？」と真面目な顔で返された。

神獣に喰われて再生したあとなのだから、すぐにはからだの接触がないのはわかるが、完治したいまになっても、クインは類にふれてこようとしない。

時々、なぜその必要が？　と思うような場面で、例のごとく「よしよし」と頭をなでてはくれる。でも、それだけだった。

そもそも先日はクインのほうから類にキスしてきたのだ。その後樹妖に襲われ、最後まではしてないものの肌もかさねた。類にしてみれば、以前よりもクインとの仲は一段階進展したつもりなのだが、本人の態度はさっぱり変化がない。

これはふたりの関係性について早急にきちんと話しあわなければならないのではないかと思われた。街に誘ったのもそのためだ。

街の通りは神殿への巡礼者などでごった返していた。屋台からは肉の焼ける匂いや、甘い砂糖の焦げるような匂いが漂ってくる。

「類はなにか食べたいのか。買い物か」

クイン自身は食べものの屋台にも市場の商店にも興味がなさそうだった。子どもの頃、一緒に街に遊びにきても、類の後ろをただ黙ってついてくるだけだったのを思い出す。

「クインは食べたいものある？」

「きみが食べたいものでいい」

なんでもこちらの意見を優先してくれるのは喧嘩しなくてもすむからありがたいが、類としてはもっとクインに人生を楽しんでほしかった。

商店をぶらついて歩き回っているだけでも、その端麗すぎる容姿からなにかとクインは目立つ。これでは遊ぶときにも気が休まらないだろうから、街を休暇で歩くときくらいはせめて神殿付きの騎士の衣装を脱いでほしいと頼むと、クインは「外出するときは神殿の人間だとわかるようにと決められている」と生真面目に応えた。

「神官たちだって、遊ぶときはこっそり着替えて違う服で出かけるって聞いたけど。クインもそうしたらいいんじゃないか」

「誰から聞いた？」

「ケニーっていう薬師見習いの子だけど」

「それはいけない。規則が……」

クインが厳しい顔をしたので、類はいいかげんに焦れた。

「悪いことじゃなければ、時々ハメを外すのも必要なことだと僕は思う。クインはそういうのがなさすぎる」

類が強く訴えるので、クインは「そうなのか……？」と迷うような顔を見せた。

「そうだよ」と類が頷くと、クインはかすかにおかしそうに口許をゆるめて「わかった」と返事をした。

「きみが望むなら、たまにはそういう行動になるように努力しよう」

返答がまだズレているような気もするが、急に人間が変われるわけもないので、類はとりあえず前向きな意見を聞けただけでもよしとすることにした。

屋台を巡って食事をとり、商店もひととおり見たあと、クインは「そろそろ帰るか」といったけれども、類は頷かなかった。

「まだやりのこしたことがある。それが終わってないから」

「ほかに行きたい店でもあるのか」

類は表通りから外れて、裏通りの宿屋にクインを連れていった。表通りの宿屋は旅行者で満杯だが、ここなら当日行っても部屋があいているだろうとケニーから教えてもらったのだ。

クインは宿屋の看板を見ても気難しそうな顔をしていた。自分から宿屋に誘うなんて、類にしても勇気のいることだった。ここであれこれいわれたら、舌を噛んで死にたくなるくらい恥ずかしかったが、クインが「疲れたから休みたいのか」と勝手に解釈してすんなり宿屋に入ってくれたので救われた。

通された部屋は質素な造りで、神殿の宿舎の部屋のほうが広くて綺麗なくらいだった。しかし、このあいだは樹妖に襲われたという事情があったからべつとしても、もしかしたら神官でもあるクインは宿舎では気軽に類にふれられないのかもしれないと考えたのだ。それに思い起こせば、昔、そういう欲求が長く眠っているせいでほとんどないようなこともいっていたではないか。類にしても、宿舎だと神官たちがほかの部屋にいると意識してしまって集中できない。だから、今日は最初から互いにリラックスできるように宿屋に行こうと決めていたのだった。

クインは部屋の窓を開けると、こわばった顔つきで寝台に腰掛けている類の額の髪をかきあげるようにして頭をなでてくれた。

「大丈夫か。気分悪くないか」

「へ……平気」

「そうか」

クインは身をかがめて、類の額にキスを落としてくれる。

類が再生して目覚めてから、初めてのキスだった。そのしぐさはどこかいつもよりも甘くて、類がなにもいわなくても、宿屋に誘った理由をさすがに察してくれているのだと思った。

だが――。

「冷たい飲み物を買ってくるから、休んでてくれ。人混みに酔ったんだろう。先ほど通り過ぎたところに、果実を搾って売ってる店があった」

クインがあっけなく部屋を出て行こうとするので、類はあわてて「クイン！」と叫んだ。

「どうした」

クインは驚いたように振り返る。呼び止めたものの、類はしばし口ごもった。いやな汗をかく。

「……クインは――ひょっとして、僕に意地悪をしてるのか？　僕だって、こういうことは得意じゃないんだ。得意じゃないというか、初めてなのに――こういう場所でふたりきりになって……このあいだは樹妖が原因とはいえ、ああいうことをしたのに――そんなに鈍感でいられると、僕はこれ以上どうしたら……」

頭のなかが支離滅裂になって、途中から自分でもなにをいっているのかわからなくなった。エリックと向き合ったときでさえ、怖くて緊張したけれども、これほど混乱はしなかったというのに。

「俺はそれほど鈍感ではないつもりだが――」

クインは困惑したように呟いて寝台のそばに戻ってきた。いや鈍感だ――と類はクインを睨みつけた。

「僕とクインはどういう関係になるんだ……。このあいだしたことは？　クインのなかでは媚薬に対処しただけなのか。でも、その前にクインのほうから僕にキスしてきたから……僕はあれこれ考えて……でも、あれからなにもしないいってことは、意味がないってことなのか」

クインは少し考え込んでから眉根を寄せる。

「意味がないわけがない。ただ、このあいだは――きみは媚薬で苦しんでいたし、俺がそれにつけ込んだだけだ。それと……きみは昔、男に好きだといわれて困るといっていただろう。中学生になったときに悩んでいた」

いきなりなにをいいだすかと思ったら、クインがあんな子どもの戯れ言を覚えているのに驚いた。

「だってそれは子どもだったから。いまは……クインがいやだったら、いくら樹妖に襲われたあとだからって――あんなこと、させない。クインはやっぱり鈍感だ。僕がこんな宿に連れてきて……それだけでわかるじゃないか。どういう気持ちでいるのか想像してくれないんだから」

クインが類を気遣ってくれているのはわかっている。でも、類にしてみれば保護者以上の情熱が欲しかった。でなければクインにとっては、自分は守るべき対象というだけで、それ以上の意味はないのかと思ってしまう。

「類……」

クインは寝台のそばに立ちつくしたまま、なにをいったらいいのか迷っているようだった。類は自分が泣きそうになっていることに気づいて唇を噛みしめる。

「クインは知らないだろうけど、僕も……ほんとはあんまり感情をだすのは得意じゃない。子どものときから……クインと一緒に過ごしてた小さい頃の僕と、向こうの世界の僕は少し違ってるんだ。クインには好き放題甘えてたけど、現実にはそういうタイプでもなくて……。だから……うまくいえないけど、子どもの頃はほんとうにクインが一番の心の友達だと思っていたし、大事で――いまもクインが大切だし、樹妖の媚薬のときもふれられていやじゃなかった。……だから、もっとふれてほしいと思って……」

再び頭が混乱してきて、言葉に詰まる。

これほど懸命になって、自分はなにを伝えたいのか。

はっきりしてるのは〈神代記〉を受け継いでから、いろいろな変化が一気に襲ってきたけれども、クインがいたからこそ耐えられたということだった。

類にとってクインはかけがえがなくて――だから、類もクインにとっての特別になりたいのだ。

クインは寝台の隣に腰掛けると、類の手を「すまない」と握ってきた。額やこめかみに唇がふれてきて、甘い吐息が肌をなでる。

「たしかに鈍感だ。俺にはきみが小さい頃と違ってるように思えない。向こうの世界でもこちらの世界でも、いまも昔も——どちらも、俺にとってはかわいい」

ずれているかと思えば、こういうときはストレートに言葉をぶつけられるから、類は赤面するしかなかった。

間近で向けられる眼差しはいつになくやわらかくて、心のなかで絡まっていたものがすっとほどけていく。

「きみは俺のすべてだ。何度もいってるが……それじゃ足りないのか。どういえばいい？」

「……た……足りなくはない。ただ、ちゃんとふれてほしい。このあいだみたいに——途中でやめるんじゃなくて……」

とても目を見ていえる内容ではなかったので、類はうつむいた。クインは「わかった」と耳もとに囁いてくれる。

「——だけど、なんの準備もないから、用意してくるあいだ、少し待っててくれるか。きみにつらい思いをさせたくない」

先日、行為の途中で自分が苦しげな反応を見せて気を失ってしまったことを考えれば、類はおとなしくいうことをきくしかなかった。

神殿の宿舎だったら先日のように香油などが置いてあったから、クインに手間をかけさせることもなかったのだろう。結局、こんな宿屋に連れてきたことは、独りよがりだったような気がしてきて——クインがいったん部屋を出て行ったあと、類は穴があったら入りたいような気持ちに苛《さいな》まれた。

しばらくすると、クインは通りの商店で買い物をしてきたらしく戻ってきた。先ほどいっていた果実のジュースも買ってきて手渡してくれる。冷たくて甘い果汁で喉を潤すと、気持ちが落ち着いてきた。

「クイン……ごめん」

「なにが？」

「……こんなところに連れてきて。僕は少しテンパってたみたいだ」

「かまわない」

クインは類の隣に腰を下ろすと、薬屋で購入してきたらしい袋から薬瓶のような茶色い容器を取りだしてまじまじと見つめた。潤滑剤のオイルかなにかだろうか。端整な横顔はなにを考えているのかわかりにくいが、クインのこういう行動は時々天然すぎて無神経だと思う。

あまりにも長く瓶を手にとって眺めているので、類はそのうちに「買う種類を間違った。取り替えてくる」とでもいいだしやしないかと不安になった。

「……クイン？　どうしたんだ？」

「いや。神殿の騎士の衣装で剣を携えたまま、裏通りの宿屋にきみを連れ込んで、薬屋でこんなあやしげなものを買って――俺を見たひとは、神殿の風紀が乱れきってると思うだろうと考えていた」

いっぱいいっぱいになっていたせいか、類は本気でそこまで気が回っていなかった。

「ご、ごめん……僕のせいで」

「かまわないといっただろう。これはきみのいうとおり、ハメを外してることになるんだろう？」

「…………」

「慣れないが、悪い気分じゃない」

クインがかすかに唇の端をあげてみせたので、類は思わずつられて笑ってしまった。

いままで自分から積極的にクインにふれることはできなかったけれども、くすぐったいような気持ちがあふれてきて、類はその腕にすがるようにして囁いた。

「――クイン、大好きだ」

甘ったるい香が小さな皿のうえで焚かれ、濃密な匂いが部屋のなかに漂っている。リラックスするから――とこれもクインが用意してくれたものだった。

クインが服を脱いでいるあいだ、類はなるべくそちらを見ないようにしていた。まだ夕方の時刻だったので、外から差してくるオレンジ色の光のせいで、室内は明るい。いやでもなにもかもがはっきりと見えてしまう。

クインは全裸になると、こめかみや頬にやさしいくちづけを落としながら、今度はゆっくりと類の着ているものを脱がしていった。

寝台に押し倒されて、首すじにかすかに荒い息がぶつかる。前回は媚薬でからだが火照っていてどうしようもなかったが、今回は素面だったので類の全身はこわばっていた。鼻からすうっと入ってくるどこかオリエンタルな香りは、いい具合に頭をぼんやりとさせてくれた。

類が緊張しているとわかっているのか、クインはあくまでゆるやかな手つきで肌にふれてきた。

ひどく慎重にしてくれるので、もっと強くさわってほしいと焦れてしまうほど――今回は媚薬の作用もないはずなのに、自分がとてもいやらしい人間のように思えて、類はひとりで頬を赤く染める。

からだの線をたしかめるようになでられて、なめらかな肌のなかでピンクに色づいている乳首を指先にとらえられた。

小さな粒が、指の腹でやさしく揉まれるうちに尖《とが》っていく。

「ん」

声が漏れそうになるのをこらえると、クインが唇のまわりを指先でなぞって口をあけさせる。

きつく唇を吸われて、舌をからまされる。何度もくりかえされて、口腔をたっぷりと犯され、口そのものを食べるみたいに吸われた。ハア……と熱い息がこぼれて、もう唇を閉じようなどという気はなくなった。

「あ――や……」

クインが胸に顔をうずめて、しこった乳首に舌を這わせてくる。ちろちろと舌先で舐められて、ちゅっと吸われると、そこだけではなくからだ全体にぞくぞくとした甘さが広がっていくようだった。

舌で押しつぶすように強く舐められると、類は悶えずにはいられなかった。

「あ……あ」

胸を愛撫されているうちに下腹のものが反応して硬くなり、先端から蜜をこぼしはじめる。

類が腰をもどかしげに揺らすと、クインが勃ちあがっているそれにふれてくれた。

乳首を舐められながら、下のものを握ってこすられると、恥ずかしいほどに先が濡れてきてしまう。

「や……クイン、もう……」

媚薬などなくても、自慰しか経験のない類にとって、その刺激は強すぎた。

クインの一見冷ややかな目で、自分の痴態を見られているかと思うと、恥ずかしくていたたまれなくなる。こらえようと思えば思うほど、甘い疼きが下腹にたまっていった。

「あ――っ……」

指先で先端を強く擦《こす》られた瞬間、類の欲望は抑えようもなく一気にふくれあがって弾けた。白濁したものがクインの手を汚して、腹へと勢いよく飛び散る。

激しく上下している胸にも飛び散った精をクインが指でなぞって舐める。指先を口に入れた様子を見ただけで、類は全身の体温が一気に上がったような気がした。

クインは少し気難しい表情を見せて、寝台脇の台においてある香の皿に目線をやった。

「……媚薬成分は入ってないはずなんだが」

その一言を聞いて、類はカーッと全身が茹《う》だった。単純に、達するのが早くておかしいと指摘されているようだった。

類は泣きそうになりながら顔をそむけて唇を嚙みしめた。耳まで焼けるように熱い。

「……クインの馬鹿」

その目尻に涙が浮かぶのを見て、クインが目を見開く。

「類？　なぜ泣く」

「クインが意地悪をいうからだ……」

類がキッと睨みつけると、クインは困ったように眉根をよせてしばらく考えたあと、額の髪をかきあげるようにして頭をなでてきた。

「すまない。もうよけいなことはいわない」

そのまま額や眦《まなじり》にくちづけて、にじんだ涙を吸いとっていく。

クインはからだを下にずらして、類の足を広げて腰をあげさせると、例の茶色の小瓶からねっとりしたものを塗りつけてきた。

ひんやりとした感触にびくりとなったものの、薄い草叢《くさむら》のなかでうなだれているものを再び指でとらえられて、先端にくちづけられる。達したばかりなのに、それはすぐに反応した。

「や……、クイン」

閉じている窄まりを潤滑剤のぬめりを借りながら指で広げられ、下腹のものを舐められると心地よさのあまりとろとろと先端から蕩《とろ》けてしまいそうだった。

普段、自分でするときなどは一度達してしまったら、もうその気になることすらないのに。

「また出る……もういやだ……。こんなの——おかしい……」

クインは口を離してくれたものの、内部の感じる部分を指でいじられているので、前のものも張りつめていくばかりで、腰がもどかしげに動いてしまう。

類の後ろを慣らしながら、クインは腿《もも》の内側のやわらかい部分にきつく吸いついてくる。

その吐息がいつになく興奮したように乱れているのを感じて、類はからだの奥が疼くのをどうしようもなかった。

熱で潤んだ目に、同じく熱に浮かされているようなクインの表情が映った。普段はその顔には感情があらわになることは滅多にないのに、類の火照ったからだを見つめる眼差しは明らかに欲情していた。

類に呼吸を整える時間も与えずに、クインはさらに大きく類の足を開かせて、腰を浮かさせる。そして再度茶色の小瓶からねっとりとするものをだして交わる部分に塗りつけた。

クインの男の部分がこれ以上ないくらいに大きく張りつめているのが見えた。一見ほっそりしているようで、しっかりと鍛えられた上半身から続く腹は見事に引き締まっていて、その下で屹立《きつりつ》しているものは逞しい。

指で丹念にほぐされた場所にそれを押し当てられた瞬間、類は全身が火傷《やけど》しそうに熱くなった。クインは荒い息を吐いて、からだを進める。

「――類。力を抜いて」

すぐには全部入らなくて、クインは慎重に身を沈めた。大きなものに串刺しにされているような感覚にからだはこわばりかけたけれども、額に落とされたなだめるようなキスのおかげで徐々に緊張がとけていく。

先日のような痛みは少なかったが、異物が入ってくる感覚にはやはり慣れなかった。

足をさらにかかえあげられて、深くからだがつながる。気が遠くなりそうな感覚に襲われながら、類はクインの熱を受け入れた。

合わせられた唇から、熱い吐息が混ざりあう。

ようやく根元まで収めると、クインはすぐには動かずに、身をかがめてきて類の唇を吸った。ひとつになったことに、類はほっと息をつく。さすがに先ほど昂ぶりかけていた自らのものは萎えていたけれども、それを上回る精神的な充足感があった。

「苦しくないか」

「……ん……平気」

むしろクインのほうがなぜか苦しそうな顔をしているので、大丈夫なのだろうかと心配になった。

「……きみは、すごく狭い」

「よ、よくないのか……?」

狭いなら広げたらいいのだろうが、なにをどうしたらいいのかわからずに類は焦った。クインは「ふ……」と珍しくおかしそうな笑いをこぼした。

「よくないわけがない。むしろ……」

しばらくすると、クインは熱い息を吐いて、腰をゆっくりと動かしはじめる。馴染んだものが引き抜かれて、また奥深く入ってくる感触に、類は顔をゆがめる。

先ほど指でいじられて心地よかった部分を、クインの大きなもので直接刺激されて、内側からの快感が徐々にふくらんでいった。むずがゆいような疼きが淫靡《いんび》な熱に変わっていくのにとまどう。

初めはスローペースだったものの、クインの動きもだんだんと荒々しくなっていった。類の両足をかかえあげるようにして、深く腰を入れてくる。突き上げられるたびに、快感が背すじをのぼっていった。

「や……クイン」

クインはこらえきれない熱を吐きだすかのように腰を前後に振っていた。その表情は相変わらず眉間に皺がよせられていたが、普段クールな青い瞳がはりつめた熱に潤んでいた。ハア、と熱い息がこぼれる。

「類……」

まるで「すまない」と許しを請うように、類の額に唇を押しつけてから、クインはさらに類の深いところを味わいつくすように腰を突き入れてくる。

律動が激しくなるたびに、「や」と類は頭を左右に振り続けた。からだはすっかりクインの熱情に支配されていて、いったん萎えたはずの下腹のものも再び勃起していた。

「類――」

囁く声が興奮に甘くかすれて、耳の奥をくすぐる。

つながったまま唇を合わせられて、口腔もさらに深く交わるように舌を吸われた。類のものが弾けると、それに合わせるようにクインが腰を荒々しく振り、体内のものが脈打って精を漏らす。

余韻の甘さに浸りながら、夢中でキスをした。いつも冷静に見えるクインが、獣みたいに荒い息を吐いて類の唇を求めてくるのが心地よかった。

ほんとうにひとつになった——と実感した。

クインは射精したあとも萎えてはいないようで、類の肌をさらにまさぐってくる。乳首を舐めながら、白濁で濡れている足のあいだを指でさぐられたときにはカッと耳まで赤くなった。

「ク……クイン？」

敏感になっている乳首をしつこく揉まれて吸われているうちに、もう片方の手でさぐられている場所がいやらしくひくついてしまう。

若いから弄《いじ》られればからだは反応しそうになるが、正直なところ、類はもう二回も射精させられていて、体力的には自分で腕をあげるのもしんどいくらいだった。

「や……クインは——昔、あんまりこういう欲求がないっていってたくせに。嘘つき、詐欺だ」

自分が宿屋に誘うまでなにもしてこなかったのに、まさかクインが続けて挑んでくるとは思わずに類は困惑を隠せなかった。

「嘘じゃない」

逃げようとするからだを押さえつけて、クインは耳もとに囁く。興奮に濡れた瞳を向けられると、類はなにもいいかえせなくなる。

「でも、きみはべつだ」

クインは類に再び受け入れる体勢をとらせた。

すぐに硬い楔《くさび》を打ち込まれて、類は息も絶え絶えになった。情熱のままに揺すぶられて、からだの芯まで蕩けていくようだった。くちづけを交わしながら激しく動かされて、眩暈がしてくる。

それでも、クインが夢中になったように自分を求めてくれることがうれしくて、類は首すじに腕を回してしがみつく。

「……クイン。あ——」

甘えたように名前を呼ぶと、クインの腰の動きがよりいっそう荒々しくなる。自分でも突き上げてくる欲求を止められないようだった。いままで飢えていたものを補うように——いや、飢えていたことすら知らなかった己の心身の渇きを初めて自覚したように。

からだを揺らされて、類が首をのけぞらした瞬間、クインの性器がより重量を増して再び熱い精が吐きだされた。

ハア……とクインは荒く息をついて、類をきつく抱きしめる。そうやって肌を重ねていると、心までもが隙間なくぴったりとつながって、すべてがとけあってひとつになっていく気がした。

それこそが類の望んでいることだった。クインともう決して離れないこと――。

「――大丈夫か……」

クインがからだを気遣うように目を覗き込んできたので、類はぐったりとしながらも「大丈夫」と頷く。

先ほどまであれほど激しく類のからだを貪《むさぼ》っていたくせに、クインはいきなり以前と同じようにぎこちないしぐさで「よしよし」と頭をなでてくる。

彼の美しさも強さも情熱も――その少しズレているような生真面目で清らかなところも、なにもかもがいとおしかった。

「クイン……僕にとっても、クインはすべてだ。ほんとだよ……。子どもの頃から、クインは僕にとって理想の騎士だったんだ」

「――――」

クインは一瞬驚いたように目を瞠ってから、表情をやわらげた。それは昔、気難しい様子のクインに、類が寄り添うように近づいて座ったらうれしそうな反応を見せた――それと同じ顔だった。

クインの過去の話を聞いたときから、類は彼をもう決してひとりにしないと決めていた。長らく孤独だった彼が、類のことを「俺のすべてだ」といってくれたのだ。だから、二度と失わせることはしたくない。

類までもが〈神遣い〉の騎士になってしまったのは偶発的だったが、これが一番望ましい結果といえた。

（きみたちが神だというのなら——）

類がアーロンにした、たったひとつの願い。それは……。

神獣によって、長寿を約束された〈神遣い〉の騎士にもその寿命には個体差がある。白銀、黄金の獅子が揃ったことで〈神代記〉から無限のエネルギーを引きだせるから、クインも類もまだ長く生きるとアーロンはいった。それならば——できることなら、ふたりを同じくらいの寿命にしてほしい、と類は頼んだのだった。もし無理なら、せめてクインがあとにひとりで残されるのだけは避けてほしい。彼に再び哀しい思いをさせたくないから——クインの命があるかぎり自分はそばにいて、最後までひとりにならないように見届けたい、と。

神獣たちはその願いを聞き入れてくれた。類にはもう神に望むことなど、ほかにはありはしなかった。

エピローグ

「お兄ちゃん、おはよう」

食堂に顔をだすと、由羽が元気な笑顔を見せる。

外に照りつける夏の日差しにも負けないくらいの明るい表情に、類は目を細める。

「おはよう」

朝はばらばらになりがちなのだが、叔父も紘人も今日は珍しく同じ時間に食卓を囲んでいた。

椅子を引いて席に着くと、家政婦の崎田が朝食の皿をだしてくれようとしたので、類は「僕はコーヒーだけで」とことわった。

「駄目だよ、お兄ちゃん。ちゃんと食べなきゃ」

最近では由羽は背丈もすっかり伸びて、以前のほっそりした女の子みたいな印象からはだいぶ様子が変わった。ほんの数年前は天使みたいだったのに、いまではどちらかというと快活な少年に見える。それもそのはず、由羽の朝食の皿にたっぷりのベーコンと目玉焼きがダブルで並んでいるのを見て、類は「大きくなるはずだ」としみじみとした思いに耽《ふけ》った。

由羽だけではない。類も成長した。以前は周囲に美少年とからかわれていたけれども、表情は大人っぽく引き締まり、顔つきは繊細ながらも青年のそれになった。

祖母が亡くなり、類が〈神代記〉を受け継いだ――あれから三年近くになる。由羽は高校一年生になり、類は大学に通っている。

叔父と紘人たちと暮らす男四人の生活は、以前と変わらず平和そのものだった。

由羽は敬語でしゃべることも、超常現象に異常に興味を示すこともなくなり、両親が消える以前の本来の性質をすっかり取り戻したようだった。

まだ身長ではだいぶ差があるけれども、このますすく元気に成長されたら体格的には逆転される可能性もあって、兄の威厳にかかわると類はひそかに危惧している。それも贅沢な悩みだった。

もう由羽は大丈夫だ――この三年でそう思うことができたから、類は決心したのだ。

「やっぱり僕、見送りにいきたいな。お兄ちゃんはなんで今日出発するの？　夏休み始まるまで待ってくれればいいのに」

由羽が恨みがましそうに類を見つめる。

「ごめん……。向こうで友達と会う約束してるんだ。今日行かないと、彼が夏休みの長い旅行にでちゃうから。それがどうしてもずらせなくて」

「だって……お兄ちゃんが海外行くのに、見送りできないなんて――学校休もうかな」

由羽がぽつりと呟くのに、「こら」と紘人が注意してくれる。

「駄目だろ。高等部入ったら、皆勤賞狙うんじゃなかったのか。俺が由羽の代わりに、仕事を休んで、ちゃんと空港まで送っていくから」

「それ、絶対におかしい！」

「まあ、俺は親父のところで働いてるから可能なの。でも、由羽はまだ高校生だから、ちゃんと学校行きなさい」

由羽が「だって……」という目を向けてくるので、類はためいきをついた。

「由羽。僕も学校は休んでほしくない。でないと、安心してここを離れられなくなる。どうせ休暇には帰ってくるし、向こうに遊びにきてくれればすぐ会えるんだから。由羽は賛成してくれただろ？」

そう――大学二年になったこの夏、類は海外へと留学することになっていた。こうして叔父の家で家族そろって朝食の席を囲む機会もしばらくなくなるのだった。

コーヒーだけを飲んで部屋に戻ると、「お兄ちゃん」と由羽が部屋に入ってきた。学校にいく支度を終えているらしく、制服姿で鞄を手にしていた。

「さっきは我儘《わがまま》いってごめん。ちゃんと学校行くから大丈夫だよ。お兄ちゃんも――からだには気をつけて」

すっかり快活になったかと思えば、こういうときにはふいに昔ながらのかわいい表情が覗くから、類はつい後ろ髪をひかれそうになる。でも、この三年間で由羽がしっかりしてきたことは確認している。

「うん……ありがとう。由羽も元気で」

由羽は頷いて、類の背後にあるスーツケースに目をやった。

「お兄ちゃん、荷物それだけでいいの？　向こうに先に送ったりしてるの？」

「必要なものは向こうで買って揃えるから。そんなにもっていかないんだよ」

「そっか。そうだよね。国内だったらいいけど、イギリスに送るだけで大変だもんね」

由羽は納得したように頷いてから、ふいに視線を落とした。

「あのさ……昨日、お別れ会でみんなで晩ごはん外に食べにいったとき、いっぱい話したつもりだったけど、まだお兄ちゃんにいい忘れてたことがあるんだ」

「……なに？」

類は内心ドキリとした。もしも三年前のことをたずねられたらどうしようかと思ったのだ。

「僕はお父さんたちがいなくなってから、少し変だったよね。口きかなかったり、半分引きこもりみたいになって、周りのひとにも変なしゃべりかたしたり……どうしてそんなふうにしてたのか。すごく子どもだったんだろうなって思うんだけど、お兄ちゃんにも迷惑かけた。これ、ちゃんといったことなかったよね。ごめんね、手間のかかる弟で」

いや——と類は心のなかで否定する。前にも聞いたよ、と。おまえは三年前にもぼくにごめんなさい、ごめんなさいと謝ったんだ。でも、そんなものは必要ないから、謝るなと僕は答えた……。

だが、いまの由羽には、「謝るな」とわざわざいわなくても大丈夫だった。「なんだよ、あらたまって、らしくない」と返すと、すぐに表情を明るくして、「えへへ」と悪戯っぽく笑う。

「しんみりさせる気ないんだ。お兄ちゃんにもう安心して、留学楽しんできて、っていおうと思って。お兄ちゃん、僕に対してはいつまでも過保護だから。ついこのあいだも、剛と話してて、『でも、おまえは中学一年の頃までほんとに特殊だったもん。心配されるのも無理ない』っていわれて。……それで……たしかに変な態度だったよなあって思い出して。……自分でも、なんであんなふうにしてたか、よくわからないんだ」

「無理ないよ。母さんと父さんが続けていなくなったんだから。……僕だって、少し年が上だったからあれだけど、おまえの年齢だったら、きっと不安定になってた」

「そっか。……だよね。うん」

由羽は最近では三年前まで皆に敬語でしゃべっていたことや、類を「類くん」と呼んでいたことを気恥ずかしく感じているらしかった。

なんであんなふうにしていたのか、よくわからない——あたりまえだった。由羽はなにも覚えていないのだから。

三年前、中学一年のときにエリックという友達ができたことも、見知らぬ異世界に彼に連れ去られたことも――黄金の獅子たちに救いだされて、「ライオンのお化けがでた」といったことも、記憶から消去されているはずだった。

そして、由羽が幼い頃の無邪気さをなくしてしまった原因である、両親がいなくなった理由も――。

黄金の獅子に救われたあと、由羽はしばらく神殿へと預けられた。類が神獣に喰われて再生して目覚めたあと、由羽は「お兄ちゃん」と昔のように呼んでくれたが、その心は過去の記憶が鮮明になればなるほど壊れそうになっていた。

類にはもう「ごめんなさい」と謝らなかったが、母への懺悔は日に日に深まるばかりだった。薬師たちに催眠で記憶を覗いてもらった結果、由羽はやはり母親が異形に惨殺されたところを見ていたのだ。

だから、こちらの世界に戻ってくる際に、類は決断した。由羽にはすべてを忘れてもらおう――と。

本来、こんなことをしてはいけないのかもしれない。勝手かもしれない。

母のむごたらしい記憶だけではなく、〈神代記〉に関することも、記憶を操作できる術を使える神官に頼んで消去してもらった。

神官たちには、「この子は〈旅人〉としての能力があるから、こちらの世界のことだけは知らせたほうが、あなたの理解者になれますよ」といわれた。類が〈神代記〉の継承者でもあると同時に、〈神遣い〉の騎士にもなってしまったので、一族の守り手としては誰かべつの人間にも結界などの術を覚えてもらったほうがいいといわれたのだ。由羽はその候補者として最適だと――。だが、〈神代記〉に関わったら、いずれ母の最期もまた思い出してしまう。類としてはそれをどうしても避けたかった。

由羽には普通の人生を歩んでほしい。もしもこの先、〈旅人〉として一族のことに巻き込まれるとしても、いまはまだ若すぎる、と。

類自身も、一族のことを知ったのは十七歳になってからなのだ。せめて由羽には少年期ぐらいはまっすぐに成長してほしかった。

類の希望どおり、忌まわしい記憶は消され、由羽は幼い頃の明るさを取り戻してくれた。もうなにも類が心配することはないと確信できたから、旅立つ決意をしたのだ。

「じゃあね、お兄ちゃん。元気で。僕も叔父さんたちと休みになったら行けるように頼むから」

「うん――待ってる」

由羽は手を振って部屋を出て行った。類は窓からその制服の後ろ姿が家を出て遠ざかっていく姿を見つめた。

その後は再び階下に下りて、叔父に「由羽のことをよろしく頼みます」と挨拶した。叔父は「元気でな。とりあえず夏休みに中には一回あちらから戻ってきて、イギリスに行ってくれ。由羽が楽しみにしてるから」と念を押してきた。「はい」と類は答える。

長年お世話になった家政婦の崎田に別れの挨拶をすませてから、スーツケースを手にして、紘人が運転してくれる車に乗り込んだ。

「もういいか。出発するぞ」

「うん――」

行く先は空港ではなかった。信州の祖母が暮らしていた屋敷だ。

由羽の手前、イギリスに留学することにしているが、実際はそんな予定はなかった。大学を休学して、類は向こうの世界に行くのだ。〈神代記〉がもともとあった世界へ――。

三年前から、休日や時間のあいたときには、〈神遣い〉の騎士として学ぶために向こうの世界をたびたび訪れていた。時間の流れが違ったから、比較的ゆっくり滞在できたけれども、〈神代記〉の継承者としても〈神遣い〉の騎士としても向こうの世界をもっと深く知る必要性を感じた。

類たちの先祖はもともと〈神代記〉を悪用されないために、違う世界へと渡ってきたはずだった。しかし、向こうの世界の荒廃はいまも徐々に進行している。闇の森は神殿の力でなんとか食い止めているものの、この三年のあいだにも各地でさまざまな怪異が起こりつつあった。それは突き詰めていけば、類たちの先祖が犯した罪につながっているのだ。つまりは〈神代記〉に――。

〈神代記〉が何冊かあることは知られていたが、分裂したものであるとはエリックの事件までは神殿も把握していなかった。分裂したものを回収すれば、〈神代記〉の時間を戻す能力を使って、闇の森の侵食も元に戻せるのではないかという見方もあり、神殿では新たな道を模索しつつある。いままではただ封じて、異世界に隠し、その力を積極的に使おうとはしてこなかった〈神代記〉の有り様が見直されているのだ。

やはり〈神代記〉を守る神獣、白銀と黄金の獅子がそろったことが大きい。守り神の彼らがいるおかげで、〈神代記〉はある程度コントロールすることが可能だと判明したからだ。彼らは名の知られぬ神々の力を利用するにあたって、門番のような役割を果たす。そして、もうひとつ——〈神代記〉の継承者であり、同時に黄金の獅子の〈神遣い〉の騎士である類の存在も大きかった。

類にしてみれば、いくら先祖が向こうの世界の人間であったとしても、生まれて慣れ親しんだ場所を自分の世界だと認識していて、先祖たちのいた世界は「遠い国の出来事」というように感じていた。しかし、神殿で歴史や世界の成り立ちを学び、さまざまなひとと関わっていくうちに意識の変化が生まれた。自分の能力が役立つのならそうしたい、と。

それに叔父や由羽たちが住むこの世界にも、異形は突如現れて、人知れず被害が発生している。それらは世界のバランスが崩れているためなのだった。だったら、元から正さなければならない。

だから、類はしばらく向こうで騎士としての修業を積むと決心したのだった。休日にたまに訪れるのではなく、きちんと時間の流れを感じて生活してみたい。とりあえずは留学というとことにして一年――向こうの時間ではもっと長い年月が流れる。それから先はどうするかは決めていなかった。

「この夏、一度ちゃんと帰ってこいよ、俺たちがイギリスに行ったとき、おまえがいなくちゃ話にならない」

車のなかで紘人に叔父と同じことを確認されて、類は「わかってる」と頷く。

叔父も紘人も類が〈神代記〉の生まれた世界に行くことは承知している。由羽だけが知らないのだ。

「そっちからの連絡も、由羽からメールがきたときなんかも、全部角倉が僕に知らせてくれることになってるから。大丈夫」

「なら、いいけど。このあいだなんて、神殿にずっといなかっただろ。連絡がつかなくて焦ったよ」

「変異種の異形がでたっていうから、クインと調査に出てて……」

「まあ、そういうことしてりゃ、休日に行くだけじゃ足りないってなるよな」

紘人はあきれたようにいうが、彼にとってももはや他人事ではない。

類が向こうの世界に滞在しているあいだ、こちらの世界の一族の守りをしてくれるのは紘人なのだ。由羽が最適だといわれたが、類がことわったので、紘人に白羽の矢が立った。エリックとのあいだに起こった事件の真相を知って、紘人は快く引き受けてくれた。父と叔父はどちらかというと〈神代記〉について消極的だったが、紘人は母親が異形のせいで死んだということもあって、類に協力的だった。〈神代記〉のことを知ってから、自分は継承者ではないけれども、なにかできないかとずっと思っていたのだ、と。

「おばあさまのときも、彼女ひとりに背負わせるなんておかしかったんだよ。世代を経るうちに、もうこっちの世界に溶け込んでたから仕方ないけど。みんなできちんと協力しようとしないから、代々、厄介な代物だなんていう扱いになってしまったんだ」

紘人も〈旅人〉として比較的強い能力を有していたので、三年前から時間をつくって向こうの世界の神殿に通い、自然のエネルギーを利用した結界を張る術などを会得していた。いまではこちらの一族の守りは任せても大丈夫なほどに上達している。

叔父は最初紘人がかかわるのは望んでいなかったようだが、父とともに〈神代記〉を捨てようとしていたことが事件の発端の一因になったと知って、「ほんとにすまない」と詫びるとともに腹を括《くく》ってくれるようになった。

こうなってくると、知らないのは由羽ひとりということになって、仲間はずれにしているような気にもなってくる。けれども、できることなら類としてはこのまま一生知らないでいてくれることを望んだ。由羽の〈旅人〉としての能力は封じてしまっている。由羽が元気に笑っていてくれるように——異形たちがもう彼に近づかないようにするため、類は向こうの世界の根本的な問題を解決しようとしているのだから。

信州の屋敷に辿り着くと、角倉がいつもと変わらない顔で「お待ちしておりました」と出迎えてくれた。スーツケースはここに置いていく。由羽の夏休みにつきあうときには、類はここから一足先にイギリスに旅立ち、留学しているという仮の生活を見せる予定なのだ。

「角倉。これが僕の携帯とパソコン。由羽から連絡がきたらすぐに知らせて。僕がここにこられないときは、返事だけ神殿の連絡と同じやりかたで送るから。それを携帯かパソコンから打ちこんで送信してほしい」

「わたしは絵文字など使えませんけど、大丈夫でしょうか」

角倉がかしこまってたずねてくるので、類は「大丈夫。僕も使わないから」と答えた。そのやりとりを見ていた紘人がくくっとおかしそうに笑う。

「大丈夫だよ。いざとなったら、俺がフォローするから。角倉も、困ったら俺になんでもいって」

紘人がそういってくれるので、類も心強かった。やはり志をひとつにしてくれる身内がいるのはありがたい。

角倉に再度パソコンや荷物の保管を頼んでから、類は「そろそろ行く」とふたりに向き直った。

「どこから行くつもりなんだ？」

「おばあさまの書斎を見てから行くよ」

類は「じゃあ」と手を振って居間をあとにした。異世界に出入りできるふたりにしてみれば、向こうの世界に行くのは珍しいことでもない。門倉は「いってらっしゃいませ」と無表情に応えて、紘人は「気をつけて」と気軽そうに手を振る。ふたりに見送られて、類はなつかしい書斎へと向かう。

扉を開くと、昔と変わらない空気が出迎えてくれる気がした。

壁が一面の書架で覆われた部屋は、古い本の匂いが漂う。窓の前の飴色のマホガニーの机、部屋の調度品のひとつひとつが長い時間を経た重みをもっているようで、窓からの陽光に照らされながら、祖母が物思いに耽っていた光景がまるで昨日のことのように目に浮かぶ。

類にとっては、この書斎で剣型のペーパーナイフを見つけたときからすべてが始まったのだ。目を輝かせてペーパーナイフを振り回していた幼い頃の自らの姿が見えてくるようだった。

少し感傷的な気分になりながら、いまは自分のものとなったペーパーナイフを取りだして握りしめる。すると、光がたちのぼり、剣の形となる。それと同時に、自らのからだからふわりと黄金の光がゆらゆらとのぼるのが見えた。

クインを呼んだはずなのに、なぜか黄金の獅子が姿を現して、しきりに瞬きをくりかえしながら類を見つめる。

彼は言葉をしゃべる初めての神獣だというけれども、いまではアーロンの姿で現れることはめったにない。類に憑いてからこの三年でも両手の指に満たないくらいだ。嘘かほんとか、本人の弁によると、僕は人間のような小さな器におさまりきるスケールではないから——という話だった。本音では、あまり人間くさくなって相棒の白銀の獅子に距離をおかれたくないため自制しているらしい。

超然としている白銀の獅子に比べたら、黄金の獅子は今日もどこか茶目っ気のあるような表情をしていた。類をからかうように見つめながら、ふいに空間から手品のようになにかを取りだした。

それは剣だった。柄が金色で赤い宝石が埋め込まれていて、美しい形をしている。

神獣に喰われて〈神遣い〉の騎士になったといっても、類は当初まったく剣など使えなかった。この三年のあいだに向こうの世界に通い、神官たちと同じように神学や高度な術を学びながら剣の稽古をこなして、なんとか様になってきたところだ。もちろんクインや、先生のラザレスには遠く及ばない。

類が剣を使っているのを見ると、黄金の獅子はたまに呼んでもいないのに現れて「へっぴり腰め」といいたげに白けた視線を向けてくることもたびたびだった。

それでも額の宝石と同じ赤い石が埋め込まれた剣を与えてくれたところを見ると、神獣も少しは類を認めてくれたのか。

「――ありがとう」

礼をいうと、黄金の獅子は退屈するようなあくびをしてみせてから、微笑むような表情で消えていく。

真新しい剣を眺めていると、黄金の獅子と入れ替わるようにして、書斎にクインが現れた。彼は緊張した面持ちをしていた。

「なにかあったのか」

呼びだしてしまったから、緊急事態だと思ったらしい。今日はクインが向こうで類を待っていてくれる予定だった。

「ごめん。おばあさまの書斎にきたら、初めてペーパーナイフを握ったときのことを思い出したから。クインにきてほしくなった」

クインは当時の記憶に思いをはせるような顔をした。そして、類の脇にかかえている剣に目をとめる。

「……いい剣だ。神獣の贈り物か」

「まだ僕には立派すぎるけど」

「そんなことはない。類は、俺の守りもそのうちに必要なくなるほど強くなるだろう」

「まさか」と類は首を振ってから、クインを悪戯っぽく見上げた。

「いまさら逃げないでくれ。クインは僕の騎士だ——ずっと。僕が一番最初に欲しがったのはこれだから」

ほら、これ——と小さな剣型のペーパーナイフを示してみせると、クインはゆっくりと瞬きをくりかえしてから表情をゆるめた。そうして類の肩を抱きよせて、額にくちづける。

この三年の間、向こうの世界を訪れるたびに逢瀬を重ねてきたから、生真面目すぎるところのあったクインもようやく類を恋人らしく扱うようになってくれた。感情を面にだすことも以前よりは増えた。それでもクインはいまだに時折、類の頭を「よしよし」とぎこちなくなでたりするけれども。

その昔と変わらない不器用なぬくもりも、恋人として肌をかさねる熱も、すべてがいとおしくてたまらなかった。

〈神代記〉の継承者として、〈神遣い〉の騎士としての責任感はもちろんのこと——類が大学を休学して向こうの世界に行こうと考えた一番の理由は、クインがいるからだった。彼がいたからこそ決意できたのだ。

初めは夢の登場人物だと思っていた、類の理想の騎士——。夢はいまや現実となって、類のそばに愛するひととして寄り添っていてくれるのだから。

「行こう」

促されて、類はクインが剣で床に描いた魔法陣のなかに足を踏み入れた。

三年前には守られるばかりだった類も、いまは繊細かつ端整な顔立ちに凛々しさが加わり、身長もさらに伸びてからだつきも青年らしく成長している。すらりと長い腕を伸ばして、黄金の剣を手にしている姿はなかなか様になっていた。

これで神殿の白い騎士の衣装を身にまとったら、クインと並び立つ様子は初めから一対になることを運命づけられていた美しい騎士に見えることだろう。夢だと思っていたものに、類自身も近づいているのだった。

微笑みあいながら、ふたりは書斎の空間から消えていく。

あとに残されたのは、窓から差し込む陽光に照らされた、ゆったりした時間が流れる書斎の静寂のみ――ほかのひとから見たら、これこそ夢だと思う光景かもしれなかった。

あとがき

はじめまして。こんにちは。杉原理生です。

このたびは拙作『神獣と騎士』を手にとってくださって、ありがとうございました。

ファンタジーで騎士がでてくるという、個人的には好きな設定なので、楽しみながら書かせていただきました。

異世界の事件が絡んでくるので、なかなかラブに行き着くまでが遠かったですが、わたし的にはノリノリで書いたお話なので、長さにめげずに読んでいただけるとうれしいです。

さて、お世話になった方に御礼を。

イラストのサマミヤアカザ先生には、スケジュールの件で大変ご迷惑をかけてしまい申し訳ありませんでした。サマミヤ先生なら、美麗な騎士を描いてくださるだろうと思って、このお話を考えたのですが、カバーのクインを見たときにはその格好良さに惚れ惚れしてしまいました。クインだけではなく、ほかのキャラクターも皆それぞれに美しく可愛く描かれていて、送られてくるラフを見るのがとても楽しみでした。お忙しいところ、ほんとうに素敵な絵をありがとうございました。

お世話になっている担当様、今回も予定通りに原稿が仕上がらずにご迷惑をかけて申し訳ありませんでした。今後は態勢を立て直して執筆に取り組みたいと思いますので、どうぞよろしくお願いいたします。

そして最後になりましたが、読んでくださった皆様にも、あらためて御礼を申し上げます。いつもながら攻のキャラクターを自分だけしか喜ばないかもしれないと思われるタイプにしてしまいました。わたしの本を何冊か読んでくださったことのある方なら「こういうのがほんとに好きなのね」と感じるのではないかと思います。類についてはイラストで子ども時代、高校生、大学生になってからと見られるので、一粒で三度美味しいつくりになっております。今回も自分の好きなものをぎゅっと詰め込んだ一冊になりました。

最初の予定よりも長くなってしまって、書いても書いても終わらない状態だったのですが、大変なわりには没頭して書くことができました。終わってみると、それだけに自己満足な原稿になっていないかと心配だったりもします。

いろいろ反省する点も多いのですが、作者的には気に入っているお話なので、読んでくださった方に少しでも楽しんでいただければ幸いです。

杉原　理生

✦初出　神獣と騎士……………書き下ろし

杉原理生先生、サマミヤアカザ先生へのお便り、本作品に関するご意見、ご感想などは
〒151-0051 東京都渋谷区千駄ヶ谷 4-9-7
幻冬舎コミックス　ルチル文庫「神獣と騎士」係まで。

幻冬舎ルチル文庫

神獣と騎士

2015年6月20日　　第1刷発行

✦著者　杉原理生　すぎはら りお

✦発行人　伊藤嘉彦

✦発行元　株式会社 幻冬舎コミックス
〒151-0051 東京都渋谷区千駄ヶ谷 4-9-7
電話 03(5411)6431 [編集]

✦発売元　株式会社 幻冬舎
〒151-0051 東京都渋谷区千駄ヶ谷 4-9-7
電話 03(5411)6222 [営業]
振替 00120-8-767643

✦印刷・製本所　中央精版印刷株式会社

✦検印廃止

ISBN978-4-344-83474-3　C0193　Printed in Japan